U0738287

广东青年
批评家
丛书

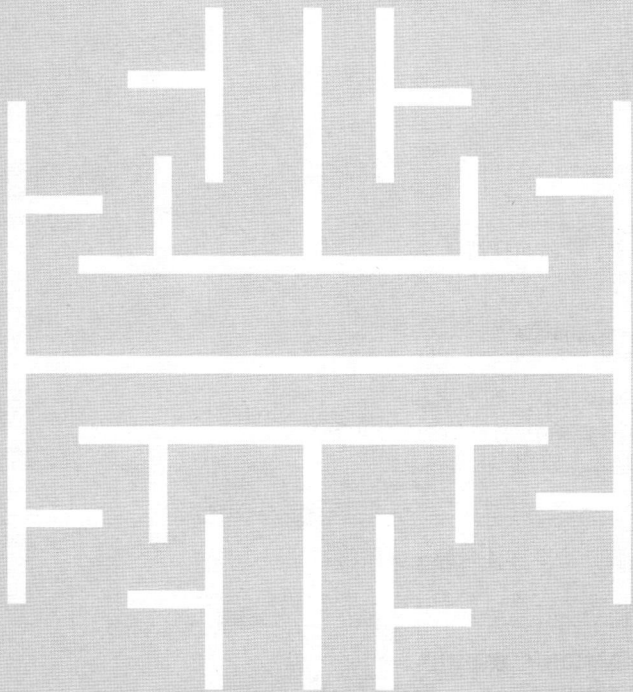

杨汤琛 著

趋光的书写

诗歌、地域与抒情

WRITING TOWARDS THE LIGHT

SPM
南方传媒　花城出版社

中国·广州

图书在版编目（CIP）数据

趋光的书写 ：诗歌、地域与抒情 / 杨汤琛著. --
广州 ：花城出版社，2023.4
（广东青年批评家丛书）
ISBN 978-7-5360-9954-8

Ⅰ．①趋… Ⅱ．①杨… Ⅲ．①诗歌评论－中国－当代
－文集 Ⅳ．①I207.22-53

中国国家版本馆CIP数据核字(2023)第054028号

出 版 人：张　懿
责任编辑：黎　萍　秦翊珊
责任校对：袁君英　李道学
技术编辑：林佳莹
封面设计：吴丹娜

书　　名	趋光的书写：诗歌、地域与抒情
	QUGUANG DE SHUXIE：SHIGE、DIYU YU SHUQING
出版发行	花城出版社
	（广州市环市东路水荫路11号）
经　　销	全国新华书店
印　　刷	广东鹏腾宇文化创新有限公司
	（广东省珠海市高新区唐家湾镇科技九路88号10栋）
开　　本	880毫米×1230毫米　32开
印　　张	8.75　1插页
字　　数	188,000字
版　　次	2023年4月第1版　2023年4月第1次印刷
定　　价	54.00元

如发现印装质量问题，请直接与印刷厂联系调换。
购书热线：020－37604658　37602954
花城出版社网站：http：//www.fcph.com.cn

擦亮"湾区批评"的青年品牌

总序

张培忠

习近平总书记在文艺工作座谈会上的重要讲话中指出："文艺批评是文艺创作的一面镜子、一剂良药，是引导创作、多出精品、提高审美、引领风尚的重要力量。"文学批评是文艺批评的重要组成部分，是文学工作的重要一环，是文学发展的重要推动力，具有引导文学创作生产、提高作品质量、提升审美情趣、扩大社会影响等积极作用。溯本追源，"粤派批评"历来是广东文学的一大品牌。晚清时期，黄遵宪、梁启超倡导的"诗界革命""小说界革命"曾经引领时代潮流，对20世纪中国文学批评影响至深。二十世纪二三十年代，钟敬文研究民间文学推动了这一文学门类的发展，是20世纪中国民间文化界的学术巨匠。新中国成立后，萧殷、黄秋耘、楼栖等在全国评论界占有重要地位，饶芃子、黄树森、黄伟宗、谢望新、李钟声、程文超、蒋述卓、林岗、谢有顺、陈剑晖、贺仲明等也建树颇丰，树立了"粤派批评家"的集体形象，也形成了"粤派批评"的独特风格，即坚持批评立场、批评观念，立足本土经验，面向时代和生活，感受文艺风潮脉动，又高度重视审美中的文化积累和文化传承，既追求批评的理论性、科学性和体系建构，注重文学史的梳理阐释，又强调批评的实践性，注重感性与诗性的个性呈现。

新时代以来，广东省作家协会加强和改进文学批评工作，弘扬中华美学精神，进行科学的、全面的文学批评，建设有影响力的文学批评阵地，营造良好的文学批评生态，在全国文学批评领域发出广东强音。10年间，积极组织文学批评家跟踪研究评析当代作家作品及文学思潮和现象，旗帜鲜明地回应当代文学发展的重大理论和实践问题，召开了一百多位作家的作品研讨会。高度重视对老一辈作家文学创作回顾研究与宣传，组织了广东文学名家系列学术研讨会，树立标杆，引领后人。创办了"文学·现场"论坛，定期组织作家、评论家面对面畅谈文学话题，为批评家介入文学现场搭建平台。接棒《网络文学评论》杂志，创办《粤港澳大湾区文学评论》杂志，中国作协主席铁凝同志为《粤港澳大湾区文学评论》题词："祝贺《粤港澳大湾区文学评论》创刊，希望这份杂志在建设大湾区的宏伟实践中，在多元文化的汇流激荡中，以充沛的活力和创造力，成为新时代中国文学理论创新、观念变革的前沿。"联合南方日报社、羊城晚报社等实施了"广东文艺评论提升计划"。推行两届文学批评家"签约制"，聘定我省22位著名文学批评家，着力从整体上打造骨干文学评论队伍，提升"粤派批评"影响力。总的来说，广东文学理论家、文学批评家思想活跃，秉持学术良知，循乎为文正道，在学院批评、理论研究、理论联系社会现实和创作实践方面，在探索文学规律、鼓励新生力量、评论推介广东优秀作家作品方面，在批评错误倾向、形成文学创作的良好氛围方面，均取得显著成绩，为繁荣我省文学事业做出了积极贡献。

2021年，为发现和培养广东优秀青年批评人才，促进广东文学理论评论多出成果、多出人才，推动新时代广东文学评论工作创新发展，广东省作协经公开征集、评审，确定扶持"'广东青年批评家丛书'出版项目"10部作品，具体为杨汤琛《趋光的书写：诗歌、地域与抒情》、徐诗颖《跨界融合：湾区文学的多元审视》、贺江《深圳文学的十二副面孔》、杨璐临《湾区的瞭望》、王金芝《网络文学：媒介、文本和叙事》、包莹《时代的双面——重读革命与文学》、陈劲松《寻美的批评》、朱郁文《在湾区写作——粤港澳文学论丛》、徐威《文学的轻与重》、冯娜《时差和异质时间——当代诗歌观察》。入选者都拥有博士或硕士学位，以扎实的专业素养、开阔的文学视野形成独到的文学品味、合理的价值判断。历经两年，这套"广东青年批评家丛书"如期面世。这批青年批评家从创作主题、作品结构、叙事方式等文学内部问题探讨作品的得失，从中国现当代作家的作品出发，从不同的审美倾向和美学旨趣出发，探讨现当代文学为汉语所积累的新美学经验，坚持以理立论、以理服人，敢于褒优贬劣、激浊扬清，有效展现了"粤派批评"的公正性、权威性、针对性和实效性。

党的二十大报告强调："坚守中华文化立场，提炼展示中华文明的精神标识和文化精髓，加快构建中国话语和中国叙事体系，讲好中国故事、传播好中国声音，展现可信、可爱、可敬的中国形象。"构建中国文学话语和叙事体系是构建中国话语和中国叙事体系的题中应有之义，是新时代文学批评家的新使命新任务。回望西方话语体系主导世界，其实也只是并不久远的事情：在殖民主义时代之前，世界是多元并存、相互孤立的；在殖民主义时期，西方话语逐渐成为世界的主导性话语；在冷战时期，西方话语体现为美苏两大阵营的意识形态竞争；在后冷战时代，以美国为代表的西方话语一度独霸世界。当今世界和西方国家内部面临的一些挑战，包括人口危机、环境危机和文明群体之间的矛盾，都很难在西方话语框架之中找到答案。中国在大国崛起过程中产生的种种现象，仅仅通过西方话语体系也难以解释。这些反映在文学领域同样发人深省。曾几何时，一些人误将西方文学话语和叙事体系奉为圭臬，"以洋为尊""以洋为美""唯洋是从"，丧失了中国文学话语的骨气、底气、志气。伴随着西方话语体系的公信力持续下降，构建客观、公正的中国话语和中国叙事体系恰逢其时，前程远大。

王国维《宋元戏曲考》称"凡一代有一代之文学"。与此相对应，一个时代必然有一个时代的文学批评。在全球化的语境下，迫切需要广大作家增强主动塑造和传播中国形象的自觉意识和行动能力，既要创作精品力作、讲好中国故事，又要传播好中国声音、阐释好中国特色。对文本的创作，更加要强调信息的含量、思想的容量、情感的力量，并对文学话语体系构建的深刻性、独特性、预见性、形象性提出更高要求，在国际舆论场上和文坛上彰显中华文化软实力、中国文学话语权，塑造中华民族和平崛起、伟大复兴的大国风范和大国形象。积极构建中国文学话语和叙事体系，我们就是要在独特的审美创造中形成独特的中国风格、中国流派，不断标注中国文学水平的新高度，让世界文艺百花园还原群芳竞艳的本真景致。

在新时代中国踔厉奋进的新征程中，粤港澳大湾区建设是一道风景线。"9+2"，11城串珠成链，握指成拳，美好愿景正变为生动现实，粤港澳大湾区文学融合发展也不断升温。与此相契合，"粤派批评"正逐步向"湾区批评"升级，以大湾区海纳百川、兼收并蓄的开放姿态，契合湾区的文学地理特质，重视岭南文脉传承，坚持国际眼光和本土意识相融、前瞻视野与务实批评结合，树立湾区批评立场、批评观念，面对中国当代变革中的新鲜经验和大湾区建设伟大实践的复杂经验，善于做出直接反应和艺术判断，注重批评的理论性、科学性和体系完善，突出批评的指导性、实践性、日常性，"湾区批评"在全国的话语权逐步凸显。文学批评是一项充满挑战，也充满着诗性光辉和思想正义的事业，需要更多有志者投身其中，共同发出大湾区文学的强音。从某种意义上说，青年批评家是文学大军中最具锐气、最能创造、最会开拓进取的骨干力量，后生可畏，未来可期。

"广东青年批评家丛书"集结青年批评家接受检阅和评点，对青年批评家研究、评论成果进行宣传和评述，是一次有益的探索。希望这套丛书激发更多青年批评家成长成熟，坚持开展专业权威的文学批评，弘扬中华美学精神，倡导"批评精神"，积极探索构建"湾区批评"的审美体系和评价标准，多出文质兼美的文学批评，发挥价值引导、精神引领、审美启迪作用，不断擦亮"湾区批评"品牌。是为序。

作者系中国报告文学学会副会长、广东省作家协会党组书记

目录

我们需要什么样的诗歌批评[*]

作为一名怀疑论者，我常常自忖，诗歌批评的意义到底是什么？柏拉图指认诗歌是影子的影子，那么，诗歌批评岂不是更为虚弱的幻影？如许稀薄、动荡，摇曳于意义与虚无之间。更让人烦恼的是，较之拥有稳固阐释体系与美学趣味的古典诗词，尚在路上的现代诗一直身处如何为自我正名的旋涡之内，不仅各路评论者言人人殊，诗人内部也聚讼纷纭，普罗大众更多以不懂敬而远之，尤其自20世纪90年代消费时代启幕始，诗歌的边缘化已无须置喙，其中，诗歌批评的混乱与无能亦为之推波助澜。我还沮丧地看到，在学术界，由于现代诗歌批评缺乏小说、戏剧评论所能依仗的图解模式与研究术语，而予人以印象式、主观化的负面感受，诸多迫于学术压力的批评者就此纷纷转向小说研究，抑或埋首于似乎更具学理性的诗歌史书写与材料考释，有关现代诗的历史研究宛然于摇摆不定的价值游移间找到了一条稳妥的道路。然而，这不过是自欺欺人。事实上，无论诗歌史研究的园地多么丰饶而高产，这仍是一种外部的眺望，他们回避了对有关价值构成的判断，史料的繁荣无法掩盖现代诗批评日益贫乏、意义趋于消歇的事实。正是源于这份意义折磨，当我读到凌越新近出版的批评集《汗淋淋走过

---

* 发表于光明网《文艺评论》版。

这些词》，我仿佛有了为批评辩护的理由，寻求到了现代诗批评拥有意义的可能性。譬如，在这个日益技术化、格式化的世界，可望通过批评来稳固现代诗的批判性力量；譬如，在嘈杂、混乱的诗歌现场，通过真诚的诗歌批评来敞开现代诗隐匿的美与德，擦亮现代诗的评价标尺。

记得奥登在评述爱伦·坡时，对其关注了过多无聊作家而深感遗憾，在他看来，才华会湮没于对无聊作家的评论之中，显然，他强调批评的对象往往决定批评的高度，乃至批评的生命力；同样，韦勒克在《批评的诸种概念》中强调批评的决断，指出人文科学的灾难在于它们在要求与法律和真理同样的权利时显得畏畏缩缩。这类诤言显然很难对当下的中国诗评界起当头棒喝的作用，我看到太多优秀的批评者陷身于一个又一个平庸的诗人论间气喘吁吁，不敢做出高下判断，他们绞尽脑汁，以高妙的言说对那些注定被文学浪潮所吞噬的作品进行过度阐释、高度表扬，在败坏自我诗歌胃口的同时，也污染了诗歌风气，搅乱了批评的秩序。然而，他们（包括我）也是值得同情的，现实需要、人情关系、圈子文化，抑或友情提携、不忍之心等，都会产生这种并不纯粹的批评关系。正是从这个意义而言，凌越是勇敢而超脱的，他以近乎隐逸的姿态游离于当代诗歌各种圈子之外，广州各类喧嚣的诗歌活动中，极少觅见他的身影，这虽然让他很难进入虚荣的闪亮旋涡，但保证了他能松弛地释放批评的自由，因而，他尽可以率性地对某些诗歌现象和诗作发出不祥的鸮鸣。《经典的惯性》中，他调侃当代"三十年诗歌经典"乃为微型的经典，是米粒上雕刻的恢宏意象，比喻之妙让人喷饭；行至文末，他又毫不避讳地显金刚怒目之态，"最近十几年第三代诗人几乎集体哑火，当年的某些代表诗人近年的作品，只能用惨不忍睹来形容"。这么率直又尖锐的行文多么痛快淋漓，它即刻激起我的阅读快感，放眼望去，周边潮水般的谀辞多么虚伪而泛滥呀。在批评对象的择取方面，凌越严格秉持了庞德所言的"批评即选择"的原则，有着固执的洁癖，多涉笔能经得住时光考验的优质诗人，如狄金森、策兰、俄罗斯白银时代的众诗人，以及与国内诗坛保持若即若离关系的黄灿然、蓝蓝等。一流的诗歌本身就是奇迹，而经过凌越专业目光的凝视，诗作与评论因美好摩擦而迸发的隐匿之光足以让读者目眩神迷。

现代诗本身具有批评性，因而，它先天保有德性，长了一副批评的牙齿。就如波德莱尔说的，诗人体内天生携带批评器官。在我看来，这并非说诗人是天然的文学评论家，而是指现代诗人必然是现实压力的反对者，是一种针对规训表达置疑的不满力量，一如波德莱尔笔下游荡的波西米亚人，现代诗人始终是现代性笼子无法驯服的反抗者。凌越信奉这么一种诗人的德性，相信词语的能量，他偏爱与时代形成紧绷张力的俄罗斯白银时代的众诗人，曼德尔施塔姆、帕斯捷尔纳克、阿赫玛托娃、茨维塔耶娃等，他们那暗哑又澄澈的声音是人性在高压气候下如何捍卫自由的极致形态，顽强的词语要戳破形而上的总体谎言，美与德要在文明废墟上挣扎着绽放。或许，在凌越看来，透过俄罗斯诗人的命运与诗歌的三棱镜，诗歌那批评喉咙发出的呼啸声会变得更为清越有力，更能穿透当下诗歌德性趋于崩散的技术化世界。

《伫立在两座废墟上的爱情歌手》是凌越有关诗歌德性

的一份清晰的供词，他从爱情议题切入阿赫玛托娃的诗歌意义城堡可谓准确，因为微妙的爱情诗篇"也是在和那个时代进行残酷的对话，甚至你的语调越是低微、个人，其控诉也就越是强烈"。"在震耳欲聋、虚张声势的政治宣传的高音喇叭下，也许一声温柔的'我爱你'就是一种唤醒良知保有正义的方式"。凌越从阿赫玛托娃温柔低诉声音里感受到了舌头管辖的力量，看到人性之花永不衰败的希望，诗歌如希尼所言，无法阻拦一部坦克的到来，但它可以证明人的独一性，也可以证明兽性的力量是可以变形的。这也是凌越所倾心的道德力量。

　　凌越曾多次强调其批评观念源自特里林、威尔逊，这两位均是20世纪欧美文学批评界的巨人，在英美新批评大行其道的时代，他们逆流而上，坚持追溯人文主义传统，强调知识人的伦理责任。作为精神继承人，凌越的诗歌批评文字森林里，也始终回响着业已消散的人文精神，盘旋着道德勘察的犀利目光，他自言："而在我倾注许多精力的文学批评内部，我也更关注那些更具社会性和责任感的文学作品，我很好奇在引发强烈'效果'的语句背后，道德在其中究竟发挥了怎样的作用。"或许，正源于这份自觉，凌越愿意把诸多批评献给更具社会性与责任感的诗人，如阿赫玛托娃、策兰、蓝蓝等，显然，他与这些诗人在精神血脉上有着隐秘而坚固的联系。

　　特里林、威尔逊两位大家开阔、立体的批评方法也被凌越所继承，他总能越出文本藩篱，将时代的复杂生活、诗人的生存境遇等纳入统一论述，甚至将摇晃于虚实之间的诗人逸事编织入文。如论狄金森，凌越怀揣着想象激情描述了草木丰饶而寂静的花园、从窗口吊下的装满姜饼的篮子……对狄金森物质生活的想象性描述激活了诗歌内部匿藏的火花，构筑了读者对诗人精神生活的理解底座，诗意的存在被赋予了鲜活的肉身。对茨维塔耶娃、策兰的分析则始终悬挂着批评者的伦理立场与社会学眼光，他勘察策兰的生存图景，辨析诗人与同时代人海德格尔的趋同与分歧，探究茨维塔耶娃周边的人情关系。这些溢出文本之外的论述打破了拘囿于文本细读的精致之瓮，赋予诗歌批评更为强劲有力的触角。当然，凌越朝向时代与存在的冲破不是为了无限制的精神漫游，而是为了强有力地合拢，如姜涛所言，最终"收拢于自身的立场，这立场既是美学的，也是认知的，更指向了伦理"。收放自如间，批评文本敞开了丰饶的空间。

现代诗人携带批评的器官，又因为他们所书写的现代诗总是与时代的审美惯习之间构成了批判的力量，以致不少现代诗人主张弃绝现实，制造一个自为的诗歌世界，而并不向一般人敞开，这类自觉的美学先锋性让现代诗总处于晦暗的边缘，也恐吓住了多数意欲靠近的读者。可毋庸置疑，现代诗歌并不期待成为孤立而暗哑的谜语，它的力量仍根植于存在，以及对存在的反思之中，它要求与周边发生交集，并召唤他者的到来。这一期待与迷惑而好奇的读者有着类似性。因此，用批评的强光让现代诗现身，这不仅是现代诗的内在要求，也是彷徨于孤独边缘的现代读者的普遍渴求。遗憾的是，当代诸多诗歌批评不是让诗歌现身，而是用云遮雾绕的概念缠绕、溢美的应时阐释让诗歌更高深莫测，乃至令人厌倦，诗歌与批评膨胀为两队虚伪的语言狂欢。这种不适感对我而言由来已久，因此，我珍视凌越的诗评，它给我最大的感受是清晰。本来，清晰应该是诗歌批评的基本美德，如今它却如此稀缺，其重要原因，乃大量批评家缺乏诚实的态度，他们不愿意诚实地进入文本，或者根本缺乏进入文本的能力。而凌越的诗评是一种清晰到近乎清澈的书写，上面浮动着批评者诚实的面影，可以说正是借助凌越清晰、恳切的解读，我对策兰、狄金森等现代诗人有了更为坚实的理解，也借此窥见了更多现代诗创作的秘密。

譬如在中国长期以晦涩而闻名的策兰，缘于流行而懈怠的批评方式，策兰诗歌在中国读者眼里居于神秘的高处，如紧闭的石头之花，似乎是现代诗不可言说的表征。我曾为此寻找数篇评论想一窥策兰的真相，可只看到满纸的存在主义、死亡意识等概念无尽缠绕着。在诸多西方高深理论的解构下，策兰的诗句化为飞扬的意义碎片和理论旋涡，吓得我不愿再涉险，直到我读了凌越的《策兰：一道伤口舐向高处》，才恍然望见了策兰诗歌绽放的花蕊，在我看来，中国读者要理解并欣赏策兰，凌越的这篇文章是绝不可越过的界碑。凌越开篇直指策兰的写作秘密，即在"言说"与"存在"之间寻求平衡，并以自己的方式展开现实主义的书写。现实主义的定论将策兰诗歌拉到了坚实的地平线，并在凌越的时代剖析与对作家灾难性命运的讲述里获得了确切的意义；除此之外，这"自己的方式"无疑是探究策兰诗歌神秘性更为重要的钥匙，凌越对这关节处的阐发亦绝不推脱，他以类似新批评（虽然他对新批评并无好感）的精细手法对策兰的"方式"进行了精微的勾勒，抽丝剥茧地将隐伏于黑暗处的诗歌经纬一条条加以解码。凌越首先将解密的方向指向策兰那过于紧闭的"词语"，指出策兰词语的神秘性来自于他给词语注入的巨大能量，通过扩张诗歌词语疆界、使用复合词对词语施加压力等方法，"策兰希望诗中每一个词都生发出巨大的能量，希望每个词都携带着一个大厅，在那里面似乎应有尽有"。为了更清晰地阐明这一点，凌越还辨析了策兰与曼德尔施塔姆、翁加雷蒂之间的异同。论及策兰与翁加雷蒂诗句的相似性时，更是目光犀利，越过了诗句凝练性的表象，直指两者意义维度的差异，"翁加雷蒂对这个世界存在的意义持一种相对乐观的态度，他的诗句虽短，但在单位意义上仍然是完整的；而策兰哪怕在极短的诗句里也不忘使用他惯用的扳手，把平常的或者在他看来庸常的语义扳断"。读到这样明快、决断又灵性的文字时，我们恍然大悟之余收获了只有现代诗才能赋予的愉悦。

　　类似的阅读快乐也涌现于凌越对狄金森诗歌的精妙阐析间。谈及狄金森诗歌内部频繁现身的破折号，凌越没有懈怠地沿袭流行的诗歌节奏说，而是透过破折号这一符号面影，窥见了狄金森诗歌创新的秘密，指出破折符号在诗歌意义大厦中所发挥的创造性功用，"狄金森诗中的破折号就像万能的黏合剂，可以将任意的两个词、短语或者句子强行黏合在一起，其实质是为了打破词语结合习见的惯性，甚至从外形上看，这些破折号就如同日常语句中的逻辑链条被强行抽走之后留下来的残缺的气息奄奄的经脉，而崭新的诗意则从寻常话语意义的废墟上破土再生"。这段精辟又充满新奇意象的言说以诗性的语言勘察了符号对语言的刺激性，打开了符号运用背后的意义维度，让我们对狄金森诗作有了更新鲜的认知。凌越这类精微的阐析有英美新批评式的精致、细腻，诗歌在他专注的凝视下，犹如慢慢敞开内面的魔方，然而，他又绝不停留于此，因为，凌越厌恶寻章摘句式的文本解读，更拒绝过度阐释。他只是豁现诗歌魔方秘密的点灯人，在照亮诗歌内面的刹那，便决绝地隐身。

总能于晦暗处恰如其分地照亮诗歌，这种能力的部分依赖于凌越的诗人身份。事实上，批评史上有分量的诗歌批评总离不开诗人的自我言说，他们深谙词语炼金术，更能参透诗歌难以言传的秘密，艾略特、希尼、奥登的诗评往往与他们的诗作相映生辉。凌越有多年的诗歌书写经验并从未懈怠，作为一名挑剔又高傲的诗人，他对诗歌有惊人的直觉，能迅速掌握诗歌对象的核心秘密，难得的是，他又能用罕见的理性将这直觉呈奉出来。直觉与理性的交融，构成了其评论清晰性的重要底色。事实上，对凌越而言，诗歌批评只是他诗歌创作的另一种变体，"这种感觉有点类似于抒情诗人向戏剧诗人的转变"。凌越的夫子自道以机警的比喻直指本质，的确，诗歌的创生具有封闭性与自恋性，抒情主体以强光的形式占据意义的核心位置，而诗歌批评需要批评者以对话的、低姿态的方式进入他人，卸下自我中心主义的坚硬盔甲，正是在挣脱自我的同时，更澎湃的主体自由得以涌现，估计，这便是诱惑凌越从事诗歌批评的重要原因吧。

以目前高度操作性的学术标准衡量，凌越的诗评是松弛的、反学院化的，有如山间小溪随物赋形的随意。这种书写方式也暗合他所心仪的特里林、威尔逊式的札记体书写，正是借助于这类相对开放的形式，批评的洞见才得以闪现，灵性的语句才得以追逐不羁的思想处处留存。当然，这种松弛文风其实也在宣告，诗歌批评的力量并非由宏大的概念堆积与高深的逻辑建构来达成，它始终依赖自由的思想，倾向冲动，期待愉悦；凌越深味其义，所以他的批评指针总是在词语的飞翔与存在的探究之间来回摆动，并保持了克制的平衡感，轻盈与沉重之间，凌越以批评的方式释放了诗歌的美，重申了现代诗的责任伦理。

漂泊的诗神，或浮起的橡实：
当代海外诗歌的漂流诗学*

从来漂泊与诗互为成就，羁旅异乡、茕立陌上，游子嗟穷叹旅以慰愁思，而锦绣诗章也得以从行旅间显身。漂泊与才华相撞后所发生的奇妙壮伟的化合反应，更可成为改造世界诗歌版图的有力撬点，正是奔走于时空的流动之沙上，且行且吟的荷马于流浪中编织了辉耀西方文明的诗句；流亡的但丁写下了展示文艺复兴之曙色的《神曲》；而行吟泽畔的屈原则于放逐地独力制造了中国诗歌史上的一座奇异的词语高峰。无论自我放逐，抑或抱憾离乡，空间的无尽漂移在对诗人造成身心创痛的同时，也于虚无与陌生中敞开了诗歌更为丰富的力量与秘密。

20世纪八九十年代，头角峥嵘的西方世界在浩瀚的太平洋那边隐露出诱惑的边际，发出一种与理想等同的远方的召唤。仿佛循光而去的飞蛾，一批怀揣渴望的诗人纷纷加入漂泊的行列，如北岛、杨炼、多多、顾城、张枣、宋琳、杨小滨、孟浪、胡冬、吕德安、王家新等，他们在策兰所言"非祖国与非时间"的异度时空，彷徨于离散与思乡、自由与失根、沉沦与奋起之间，他们作为异乡与故土之间的悬置者，不自觉拥有了内面与外部的双重视野，其诗歌言说亦由此发生了嬗变与扭

---

* 刊发于《广州文艺》。

曲、分裂与生长，与国内迭起纷呈的诗歌场构成了互涉、互融、互为镜像的诗歌景观，生长为足以修正当代诗歌走向的现象级的经典言说。

一、被失去的地址与还乡的诱惑

远方（异域）对于曾失落于政治迷狂、怅然于理想废墟的当代诗人而言，是闪耀着金色光芒的乌托邦，是当代诗歌一个被反复书写的主题词，是浪漫主义和新启蒙理想的一道美丽投影。共和国时代出生的诗人们以闭抑空间内部能达到的最高想象力涂抹着那无边无际的异域他者，对抗着被视为闭抑、呆板的时代现实。从他们早期诸多诗篇中，我们看到异域化身为色彩缤纷的地址名词，燃烧为诗歌中的希望之焰、活力之源。70年代的多多隐居僻地，却要为心中的玛格丽洗劫"一千个巴黎最阔气的首饰店"，电汇"加勒比海岸湿漉漉的吻"，甚至连食物都是"英国点心""西班牙牛排""土耳其烟草"，要"到黑海去，到夏威夷去，到伟大的尼斯去"，这些琳琅满目的异域地名成为刺激诗人多多狂欢式诗歌展开的重要幻剂。远方也引发了北岛、张枣、王家新们巨大的激情，北岛高吟"走吧，/我们没有失去记忆，/我们去寻找生命的湖"（《走吧》）；张枣渴望"选择/一个朝南的房间/一块干净的地方/我们重新开始/没有姓名和年龄"（《纪念日之四》）；王家新则幻想着斯奈德的北部山区和暴风雪中的俄罗斯。怀揣远方的渴求，中国当代诗人们如联翩的候鸟于二十世纪八九十年代络绎迁往海外。

当渴望的双脚真正抵达幻想的彼地，诗人却无法寻回往昔在文字里畅想、在言谈中渴望、在大陆内部呼唤的他者。彼岸永不可抵达，想象的地理与历史呈现为冰冷的现实存在，成为多多笔下被失去的地点，"是英格兰/使我到达我被失去的地点"（《在英格兰》）。与此同时，曾经幻想为抵制之物的时代外部（譬如作为祖国的实体）退隐幕后，（这个外部曾经给予当代诗人巨大的压力与动力，他们因此迸发过强悍的诗歌激情），"应许之地"的乌托邦光芒瞬间消失，日常、冰凉的海外生活成为存在的实体。这一境遇类似拉什迪所描述的移民必将承受的分裂与丧失，"传统上，一位充分意义上的移民要遭受三重分裂：他丧失他的地方，他进入一种陌生的语言，他发现自己处身于社会行为和准则与他自身不同，甚至构成伤害的人群之中"[1]。海外诗人丧失了文化故土，而西方的商业精神、消费主义又败坏着他们曾经追寻的自由，作为诗人的社会价值也因边缘的漂移而趋于虚无，异域既是物质般无情的现实，也是虚空中升起的冰冷城堡。

《看不见的城市》里，卡尔维诺笔下的旅人以寓言的方式演绎了幻想与现实之间的分裂，"在梦中的城市里，他正值青春，而到达依西多拉城时，他已年老，广场上有一堵墙，老人们倚坐在那里看着过往的年轻人，他和这些老人并坐在一起。当初的欲望已是记忆"。曾热烈畅想英国点心与金色港湾的年轻多多也曾用梦幻的方式到达他的"依西多拉城"，而当他

---

[1]　萨·拉什迪：《论君特·格拉斯》，黄灿然译，《世界文学》1998年第2期，第286页。

真正触及异域的土地，当初的欲望化为记忆。诗人笔触阴郁地描述着现实抵达的英格兰："当教堂的尖顶与城市的烟囱沉下地平线后/英格兰的天空，比情人的低语声还要阴暗……耻辱，那是我的地址/整个英格兰，没有一个女人不会亲嘴/整个英格兰，容不下我的骄傲。"（《在英格兰》）不难想象，当诗人不远万里奔赴他所幻想的英格兰，感受到的却是现实中的阴郁与漠然，地址已经失效，无处可依的凄怆让诗人激愤地将耻辱作为栖息地。去魅后的异域呈现了它粗笨而冷酷的底色，文化的隔膜、语言的隔离瞬间搭建起游子的囚所，它甚至让张枣发出囚徒的叹息："这海底好比一只古代的鼻子/天天嗅着那因得我变形了的瓶子/看看我的世界吧，这些剪纸，这些贴花/懒洋洋的假东西：哦，让我死吧！"（《海底被囚的魔王》）昔日幻影不再，地址已被现实修改，流浪的缪斯注定处于无尽的漂流与寻找之中。

无枝可栖的孤独与苦闷化为怀乡者的眼泪，"流亡者的头总往后瞧，眼泪总是滴落在肩胛骨上"（布罗茨基）。孤悬海外的诗人中了魔咒般纷纷陷入了思乡的迷途，异域非但没有如约展现一望无垠的幸福许诺，反而成为一个漂移的原点，不过为诗人再造了回归"源头"、回到初始的无限欲望。漂泊的北岛被故国所诱惑，被归去来所折磨，"被来自故乡的牛瞪着，云/叫我流泪，瞬间我就流/但我朝任何方向走/瞬间，就变成漂流/刷洗被单簧管麻痹的牛背/记忆，瞬间就找到源头/词，瞬间就走回词典/但在词语之内，航行/让从未开始航行的人/永生——都不得归来"（《归来》）。而对于90年代之后才旅居英国的王家新来说，祖国成为漂移途中一个压迫性的存在、一种随影相随的事物。"流亡的人把祖国带在身上/没有祖国，只有一个/从大地的伤口迸放的黄昏/只有世纪与世纪淤积的血/超越人的一生……祖国在上，在更高更远的地方/压迫你的一生"，故国，成为被失去的源头、成为压倒性的过去的时光，它们从眼泪与伤口中生长为漂泊者的抒情。

多多自1989年去国，就变得多愁善感起来，怀国思乡之作不绝于手，它们流溢着安静而忧伤的调子，朝向远方的祖国一唱三叹："十一月入夜的城市/唯有阿姆斯特丹的河流/突然/我家树上的桔子/在秋风中晃动/我关上窗户，也没有用/河流倒流，也没有用/那镶满珍珠的太阳，升起来了/也没有用/鸽群像铁屑散落/没有男孩子的街道突然显得空阔/秋雨过后/那爬满蜗牛的屋顶——我的祖国/从阿姆斯特丹的河上，缓缓驶过……"（《阿姆斯特丹的河流》）在"没有用"的相思成灾中，诗人成了一个被祖国纠缠睡眠的重症思乡者，他甚至在《居民》一诗完全陷入了"思乡"这类明澈的忧伤之中，"在没有时间的睡眠里/他们刮脸，我们就听到提琴声/他们划桨，地球就停转/他们不划，他们不划/我们就没有醒来的可能/在没有睡眠的时间里/他们向我们招手，我们向孩子招手/孩子们向孩子们招手时/星星们从一所遥远的旅馆中醒来了/一切会痛苦的都醒来了/他们喝过的啤酒，早已流回大海/那些在海面上行走的孩子/全都受到他们的祝福：流动/流动，也只是河流的屈从/用偷偷流出的眼泪，我们组成了河流……"（《居民》）有意思的是，多多曾提及自己书写的分裂性："在中国，我总有一个对立面可以痛痛快快地骂它，而在西方，我只能折腾我自己，最后简直受不了。""祖国"这个庞大而模糊的意象在诗人出国前与出国后的诗作中都曾闪烁过，但呈现的却是色调迥异的情绪。作于1973年的《祝福》中，"祖国"是一个流浪的孤儿："从那个迷信的时辰起/祖国，就被另一个父亲领走/在伦敦的公园和密支安的街头流浪/用孤儿的眼神注视来往匆匆的脚步/还口吃地重复着先前的侮辱和期望"（《祝福》）。祖国是晦暗而阴郁的，它摇摆于痛苦与期望之间。而在作于1989年的《阿姆斯特丹的河流》《在英格兰》等诗作中，祖国是漂流于异乡河流的浪漫屋顶，是魂牵梦绕的祖国母亲，"从指甲缝中隐藏的泥土，我/认出我的祖国——母亲"（《在英格兰》）。祖国意象的蜕变，呈现了多多于不同时空语境下对于祖国的感受与情绪。赛义德认为，"放逐"是知识分子"对抗式阅读"的方式，也是创作生命力更新的源泉。无疑，在身体与精神的双重转变中，故国与异国均成为在场的他者。这种被悬置的命运让移居海外的多多足以在陌生化情境下重新观看与感受母体文化，从而更新了对于祖国的观看视角与情感倾向。

海外诗人漂流异域，与故土的牵绊不仅凸显于祖国这个巨大之物上，汉语与传统文化的还乡亦成为海外诗人们反复确认与寻求的方向。异域之场中，他们是被隔离的他者，是不在场的在场者，语言的隔绝、文化的差异、异质的焦虑制造的是无穷尽的心灵孤独与文化迷失，由此，汉语，这悬浮的故乡宛然化为漂泊途中坚固的安全岛。北岛从母语中找到了现实的存在感："在外面漂泊久了，是否和母语疏远了？其实恰恰相反，我和母语的关系更近了，或更准确地说，是我和母语的关系改变了，对于一个在他乡用汉语写作的人来说，母语是唯一的现实……"①为此，独在异乡的诗人以噬心的疼痛在母语中反复寻觅故土的慰藉，"我对着镜子说中文／一个公园有自己的冬天／我放上音乐／冬天没有苍蝇　我悠闲地煮着咖啡／苍蝇不懂得什么是祖国／我加了点儿糖／祖国是一种乡音。"（《乡音》）诗人所面对的镜子，是虚空的象喻、孤独的表征，亦是虚无中自我的确认，而确认的支点便是被说的"中文"，中文与对镜自白的"我"成为互为镜像、互相确认的关系。只有在乡音的慰藉下，诗人才得以从冬天公园的沮丧（异域的荒芜与孤独）中挣扎出来，他放上音乐，悠闲地煮着咖啡，以为可以借此优雅地度过这异域时光。可这一系列貌似轻松并颇具西式风范的动作不过是脆弱不堪的自我表演，诗人内心的痛楚正在淤积，他不得不从优雅的咖啡手艺滑向不堪的苍蝇，嘲弄"苍蝇不懂得什么是祖国"，肮脏龌龊的昆虫在没有祖国的负担下比"我"活得更加轻松，为了缓解这沉郁于心的痛苦，"我"又加了点糖，可祖国的魅影挥之不去，它又幻化为镜中之音向诗人徐徐召唤。对于备受思乡煎熬的北岛而言，中文，不但是唯一的行李，也是唯一的安慰吧。

布罗茨基曾深入思考过流亡与母语之间的关系，他阐述道："流亡作家是对他的母语的反讽，或者向母语的隐退。语言起初是他的剑，接着成为他的盾，最终变为他的宇宙舵。他同语言之间最初是私人的、亲密的关系，这在流亡中变成命运——再往后才变成职业和责任。"母语以亲人的方式予漂泊

---

① 晓渡：《我一直在写作中寻找方向——北岛访谈录》，《诗探索》2003年第3—4辑。

的游子以安慰，而对于诗人而言，母语是无可逃避的命运，也是诗人必须借此创造的责任。作为海外诗人的代表，杨炼离乡三十年，漂流过二十多个国家，无尽的漂泊中，他始终坚持用汉语写作，提出了汉语诗歌"中文性"的诗学命题，并以走火入魔的方式书写了彰显汉语之魅力的组诗《同心圆》。其中《识》一诗全用小篆写成，诗中仅有寥寥八个不成完句的汉字，这类误入歧途的极致书写固然让杨炼难逃文字游戏的指责，然而，从精神指向而言，杨炼对汉语的疯狂迷恋与他经年的漂泊无不有着内在的关联，无根的漂泊之途中，汉语成为诗人抵抗虚无、确认自我的唯一现实根据，他企图攀援汉语之枝寻求自我确证的回乡之根。

　　语言、传统，它们就像血缘的召唤，是游子无法逃离的宿命，也是人类回溯来处的天然冲动，张枣对此有着决绝的认知："她也就是那个在历史从未摆脱过政治暴力的重压，备受意识形态的欺凌，怀旧、撒谎，孤立无援而又美丽无比的汉语……让我们在自由和镣铐中各自奔赴自己的命运。但母语是我们的血液，我们宁肯死去也不肯换血。"[1]我们会发现一个有意思的现象：曾视西方现代派诗为引路人、曾高举反叛传统旗帜的当代诗人们一旦远离传统，置身西方，就仿佛失去了张力的弓箭，他们失去了从西方诗歌中汲取力量的热忱，反而将才华之弓指向曾奋力攻击的传统之源。这一悖论性情境，让我们望见了传统、时间与诗歌创作之间的无尽纠葛。朦胧派诗人北岛、顾城、杨炼去国前的诗作是共和国诗坛上一次集体的美

---

[1]　张枣：《张枣随笔选》，人民文学出版社，2012，第53页。

学叛逃，是西方现代诗派的一个嘹亮的回声，他们在中国新诗史上勇猛地开创了新的地平线。然而，漂流于异域文化之场的他们却如逃亡的逆子，离得越远，血液内部的呼唤越有力量，时间愈久远，过去的印记愈清晰。曾被他们所叛逃的传统文化在他们远隔重洋后化身为殷殷的呼唤、不竭的诱惑，"胡马依北风，越鸟巢南枝"，海外诗人们望风而鸣，在海外承续传统之源，重新发掘传统之活力。

顾城出国后，多次化用古体诗的形式来作诗，如《遥念》《远望》《汉堡临渡谢梁君》《婳歌》等作，不仅语言古雅，诗情诗意亦不脱唐人兴味。杨炼则如炼丹师，着意在古典文化、诗词与现代汉语、经验之间化合一种"中文性"的诗作，《水薄荷叙事诗（五）——哀歌，和李商隐》以李商隐的一句诗作为楔子展开创作，诗人之神与李商隐之影交相出没于诗句间，成为古今诗文之幻化的奇景。其组诗《水肯定的》与《水经注》形成互文，不少诗句直接引入《水经注》原文，成为现代汉语与古典文献交叉编织的互文性文本。为何漂流的缪斯之子会格外钟情传统的承续？有关张枣的言说或许能触及其中的秘密："越想脱离流亡状态，就越是陷入流亡的迷途；越在迷途中，就越热衷于对过去经验的精美重构。行子断肠，百感凄恻，流亡中的诗人对传统文化元素的自觉再现和变形，其实也是流亡心态的一部分。"①

这实在是一个有趣的悖论，身在其中却渴望逃离，而一旦离开则断肠凄恻，被无尽的还乡执念所诱惑。去国经年，曾经执意飞离故土的游子纷纷以各种方式还乡，多多回到了阳光热

---

① 颜炼军：《张枣论》，《文艺争鸣》2014年第1期。

烈、气息清新的海南岛，成为一名沉默的教授；王家新匆匆旅居两年又折回了始终呼唤着他的祖国；张枣终于摆脱了海底魔王的囚所，返回了最终安顿他身心的故土；而常年辗转世界各地的北岛、杨炼也成为候鸟式的返乡者，漂泊的缪斯依靠故乡的指引返回了母语的发源地。

二、内转的心灵风景与朝向语言的航行

在颂歌文体一统天下的时代，北岛、顾城等从时代的淤泥内部挣扎而出，赋予了当代诗歌政治抗议与美学反叛的双重形态，外在法则与意识形态的束缚是他们颠覆的对象，也是他们诗歌激情的重要来源，他们从与外部的对抗中获取了巨大的诗意，在历史的序列中生成为一个大写的抒情主体。而二十世纪八九十年代，他们纷纷放弃国内的殊荣而漂流海外，在某种意义上也遵循了挑战与反叛的内在逻辑，以远离的方式将自我抛入一个作为对立面的异域。然而，这一自我流放似乎并没有让他们获得想象中无边无际的自由与激情。无尽的漂泊仿佛耗尽了他们对于外部的热忱，曾经沸腾于对外颠覆与抗议的内在心灵冷却下来，那潜伏于现实冰山下黑暗而个人的一部分如幽灵般浮现，成为诗人不得不直面的事物。北岛谈及出国前后诗歌之变化时回答："如果说变化，可能现在的诗更往里走，更想探讨自己内心历程，更复杂，更难懂。"[①] "我想流放给

---

① 北岛：《热爱自由和平静》，载《新诗界》第四卷，新世界出版社，2003，第417页。

了我许多去面对黑暗之心的机会，那是每一个人都必须面对的……"（《流亡只是一次无终结的穿越虚空的旅行》）悬居域外的宋琳渴望从孤独的内心缔造一个新的开始。"长期的孤独中养成的与幽灵对话的习惯，最终能否在内部的空旷中建立一个金字塔的基座？"[①]仿佛布罗茨基所言的橡实的漂流，它固然会遭遇无数的洪水与泥土，可始终坚固地与外界保持着隔绝，悬着一个空旷的内部。

漂泊始终是一种与他者文化保持距离的悬置状态，是身处其中又身处其外的"在"。这种闭抑的流动所发生的如影相随的孤独会予人以"海底被囚"的苦闷，而从诗歌创作层面而言，亦有助于诗人从大写的主体走向实在的个体、幽微的内心。

北岛寓居海外后，诗作与20世纪80年代相比更为个人化，呈现了朝内的持续性深入的态势，对自我潜意识地捕捉、对暗示性心象的呈现构成了他海外书写的主要形态，如《关键词》一诗："我的影子很危险/这受雇于太阳的艺人/带来的最后的知识/是空的那时蛀虫工作的/黑暗属性/暴力的最小的孩子/空中的足音关键词，我的影子/捶打着梦中之铁/踏着那节奏/一只孤狼走进无人失败的黄昏/鹭鸶在水上书写/一生一天一个句子"（《关键词》）。北岛对作为诗人的自我进行了反复的拆解、重建与反思，危险的种子、黑暗属性的工作、梦中之铁、孤狼、鹭鸶，这些碎片化随意穿插的意象呈现为个人呓语的特质，带有陈超所言的"自嘲"与"宿命感"，呓语般潜意识的

---

① 宋琳：《域外写作的精神分析——答张辉先生十一问》，载《新诗评论》2009年第9辑，北京大学出版社，2009，第185页。

　　　　　　　　　　　趋光的书写：诗歌、地域与抒情

展示则意味着北岛从理性的诗语建构走向了心灵深渊处。

与北岛类似，新西兰漂流岛上的顾城也逐渐步入了一个谜语般的内心世界，他一些作于此时的诗作让人想起梦幻者的喃喃自语，他不再对着外在的他者抒情，也不指向形而上的追问，他返回自身的梦境与感受之中，构筑迷宫般的心象。

仿佛一颗被寒冷所包裹的种子，在无法突围的孤独中，张枣努力于寒冷的德国练习观物与观心的能力，"但我刚到德国，就马上理解了里尔克与罗丹的关系，就是所谓物诗。从那里，我真正开始了解罗丹，了解看，练习各种观看，然后内化看。在孤独的黄昏，寒冷的秋季，坐在一棵樱桃树下，观看天鹅，等等。这种看也成了对生命的一种消遣，也是一种面对绝望的办法"①。如果不孤独地楔入德国，张枣可能永远徘徊于里尔克与罗丹之外。漂流将张枣推入孤独、一个绝对的远景，在这一状态中，他拥有的只是他自身。异域在制造孤独的同时，也让诗人从绝望中寻找诗歌的出路，张枣所提及的里尔克的物诗，其内涵是从罗丹的雕塑得到灵感，通过个体对客观对应物的直观，于物我交融间返回心灵的内在空间，并抵达普遍人性的幽暗基地，因为"人类的灵魂永远在清明或恓惶的转折点中，追求这比文字和图画、比寓言和现象所表现的还要真切的艺术，不断地渴望把它自己的恐怖和欲望，化为具体的物"（里尔克《罗丹论》），观物成为张枣化解内心恐怖寻求本质力量的重要方式，"在我最孤独的时候/我总是凝望云天/我不知道我是在祈祷/或者，我已经幸存？"（《云天》）从对云

---

① 张枣：《张枣随笔选》，人民文学出版社，2012，第210页。

天的凝视中，诗人返回自身，对自我存在进行了本质性追问。这一追问不仅指向个体经验，在作为人类眼睛的凝视中，也恍然指向人的来处与去处。

宋明炜如此复述萨义德的漂流体验："来自后殖民国家和地区的流亡者的经验，处在话语世界边缘的存在，处在历史之外的时间，在他的论述中，流亡从历史的黑洞中被还原为一种切肤的体验，它因此也就走出了狭窄的领域，面向我们每一个人"（《流亡的沉思：纪念萨义德教授》）。流浪于历史黑洞中的海外诗人最终如萨义德所言，不得不以独立的姿态来承担所有压力，并借此潜入普遍人性的幽暗水域，因为漂泊是"一种绝对的视角"，"你本人和你的语言就是你的全部，没有任何人或任何事介于这两者之间"（布罗茨基）。

漂泊不仅改造诗人的内心，也作用于诗歌美学肌理的变形，除了不断朝向内心深渊的航行，海外诗人也于文本内部进行美学层面的编织与调节，以纯粹手艺人的姿态心无旁骛地打磨诗艺，张枣将这一倾向视为流浪诗人的必然追求："美学内部的自行调节的意愿才是真正的内驱力。先锋，就是流亡。而流亡就是对话权力的环扣磁场的游离。流亡或多或少是自我放逐，是一种带有专业考虑的选择，它的美学目的是去追踪对话，虚无，陌生，开阔的孤独并使之内化成文学品质。"[1]自我放逐，既是对此在的生存方式的逃离，也是对既成美学规则及被束缚的美学品质的挣脱。

北岛就颇悔少作，对他人津津乐道的"经典"总抱不愿提

---

① 张枣：《张枣随笔选》，人民文学出版社，2012，第256页。

　　　　　　　　　　　趋光的书写：诗歌、地域与抒情

及的态度，就算远走海外，他也"注定成为受成见侵害最深的一个"（唐晓渡），而一直挣扎于别人扔给他的各类政治标签之中。从某个程度而言，自我放逐对于北岛更意味着他渴望摆脱"社会正义与良知代言人"的僵化符号，渴望从纯粹诗人的角度来恢复自身，渴望朝向诗歌语言与艺术形式的内部探险。陈超对于北岛的评述是敏感而中肯的："从另一角度说，第三世界诗人也可以利用西方读者的误读兴奋点，来强化自己诗中的政治，以获取国际影响力的象征资本。在此，道义和投机会时常显得含混难辨。然而，在我看来，北岛是较为清醒的，他出国后的诗作，不但极力淡化政治性，而且继续朝向了对纯粹的诗的努力。"[①]北岛希望"笔在绝望中开花"，他的海外书写勇敢地朝向了汉语内部的航行，对于汉语的重新发掘与赞叹，让悬居海外的北岛痴迷于语言炼金术，语言的锻造愈发精纯，意象的雕刻愈发精细，诗体仿佛枝蔓尽除的水晶树，冷峭而富于质感，譬如《无题》一诗："在母语的防线上/奇异的乡愁/垂死的玫瑰/玫瑰用茎管饮水/如果不是水/至少是黎明/最终露出午夜/疯狂的歌声/披头散发"（《无题》）。这首短诗足以体现北岛海外诗作所追求的"少就是多"的特质，诗句精简，每行仅寥寥几字，摈弃了复杂的修饰与转折，但凸显的意象却富于造型与张力，饮水的玫瑰、披头散发的歌声，这些诡奇的意象宛如工笔雕刻，匠心独具，它们在诗意的牵引下构成奇异的关联，从而迸发出巨大的诗意。其海外诗的代表作《时间的玫瑰》也清晰呈现了北岛诗艺追求的细节与方向："当守

---

① 　陈超：《北岛论》，《文艺争鸣》2007年第8期。

门人沉睡/你和风暴一起转身/拥抱中老去的是/时间的玫瑰/当鸟路界定天空/你回望那落日/消失中呈现的是/时间的玫瑰/当刀在水中折弯/你踏笛声过桥/密谋中哭喊的是/时间的玫瑰/当笔画出地平线/你被东方之锣惊醒/回声中开放的是/时间的玫瑰/镜中永远是此刻/此刻通向重生之门/那门开向大海/时间的玫瑰"（《时间的玫瑰》）。"时间的玫瑰"作为一个富于视觉效果的名词组合，它赋予了形而上的时间具象的美，同时又展现了仿佛正徐徐绽放的玫瑰的动态生命，可谓诗中的神来之笔。作为核心意象，它不断以回环反复的方式幽灵般浮现于每一诗节的末尾，仿佛无尽的时间的循环与流逝，一次次消失又绽放于读者面前。时间中幻现的意象有转身的风暴、水中之刀、东方之锣、开向大海的门，它们是每一诗节的核心意象，形成独立、自足的诗节意义，同时从不同层面如花瓣拥向花蕊般精确地呼应着"时间的玫瑰"，立体多维地呈现了诗人对于时间的哲性思考。

漂泊的体验也以近乎极致的方式压迫着顾城脆弱的神经，他在新西兰漂流岛上执意过着与邻舍鸡犬相闻、不相往来的隐士生活，用树皮盖房子、木头造桌子。对于诗歌，他也一样要追求返璞归真的自然，竭力从自然口语中寻找诗意的升腾，毫不掩饰地呈现个体破碎性的精神生活片段，他写了大量诸如以下的诗句："他很没钱/大堤不容/不知怎的/拿着橘子"（《焉知》）；"娃娃不要说话/沿着走，跟着下降/写完中小学幽暗未明/的发言稿，该回去了午夜，也在食堂吃饭/说谁在碗里洗锅/小鳄鱼皮张开，像谁来着/大了娶媳妇，照相/尤其是眉毛呵"（《风声》）；"死是一个/很坏的感觉/就像一个说好的下午/车没有来/你还得等/缩在床底下哎，几天几夜都是因为插门/他从前门进来/没人救她/敲勺的时候，把刀/舞来舞去　走路不要踩鸡蛋，这才/稍有松心，兔子一个跟一个/没人的地方/更深，也没人"（《魔》）。这些诗句彻底抹去了顾城前期的诗歌风格，它以破碎的口语形态挑战惯有的美学法则，以无为的方式主动放弃诗歌写作技巧，让诗歌借助词语神秘地流动，它通向被淹没的无意识之流，呈现的是诗歌无言而幽冥的部分。顾城的这种书写方式不啻是一种决绝的自我毁灭与再造，它趋近策兰式自我紧闭的语言旋涡。

虽然，在诸多访谈中，多多总断然否定海外生涯对其诗歌的改造，但不可否认，域外的孤绝、漂泊的省思已如水融地，不自觉地变形了他诗歌书写的方式。如果说出国前，多多通过对意象的绝对控制体现了操纵词语与想象的强悍能力，那么出国后，多多对恣肆的才情有了足够的警惕，对诗艺有了更精细的追求，他望见了诗与歌之间的古老血脉，开始从声音循迹而来，专注于诗歌的发声学研究。黄灿然指出："多多的激进不但在于意象的组织、词语的磨炼上，而且还在于他力图挖掘诗歌自身的音乐，赋予诗歌音乐独立的生命。"[1]《依旧是》《在一起》等诗作一唱三叹、回环重叠，内在的韵律与表象的节奏融洽无间，成为富于弹性与灵性的谣曲式书写，"走在额头飘雪的夜里而依旧是/从一张白纸上走过而依旧是/走进那看不见的田野而依旧是/走在词间，麦田间，走在/减价的皮

① 黄灿然：《最初的契约》，载《多多诗选·附录》，花城出版社，2005，第250页。

鞋间，走到词/望到家乡的时刻，而依旧是/站在麦田间整理西装，而依旧是/屈下黄金盾牌铸造的膝盖，而依旧是/这世上最响亮的，最响亮的/依旧是，依旧是大地"（《依旧是》）。

"依旧是"犹如节奏的鼓点，驱使着诗句持续前进，在加速度的能量聚集下，诗句如礼花般依次绽放，多多对于诗歌韵律的追求将诗歌中跳跃、纷乱的意象赋予了清晰的形态，并制造了听觉的狂欢，这无疑是多多诗歌艺术形态上一次有效的提升。当然，随着对诗歌音乐独立生命性的进一步追逐，多多不断调试着诗歌的发声方式，从外部的音律追求转向对诗歌内在节奏的调试。不难发现，他90年代后期的诗作如《四合院》《没有》等已然褪去了外部音律的躯壳而化为有呼吸的生命体。

帕慕克曾说："离乡背井助长了他们的想象力，养分的吸取并非通过根部，而是通过无根性。"（《伊斯坦布尔》）当代诗人漂泊异域，遭遇了悬浮于自我与他者之间的双重失重，漂浮于无根性的不可承受之轻中。然而，正如养分的吸收往往通过无根性，在反重力的压迫之下，他们反而在母语与传统间寻得了写作的根基，获取了更为开阔的想象空间，甚至萃取了更为深邃的诗歌之精华。从这些层面而言，海外漂泊者的诗歌具有类似的泛音，当然，基于个体的诗学追求与个人的诗性见解，当代海外诗歌永远声音纷扰，面容复杂，书写者很难对它进行整齐的划分与概述，任何界定都会带来迷失与损耗。因此，上述东鳞西爪式的表述不过是投向他们漂流生涯、动荡文字的匆促一瞥。

从时间的方向看：论第三代诗歌的时间诗学*

    时间始终是人无法逃匿的存在，也是抵达人类真相的根本途径，博尔赫斯曾言："假若我们知道什么是时间的话，那么我相信，我们就会知道我们自己，因为我们是由时间做成的。造成我们的物质就是时间。"[①] 时间造就我们，同样也造就诗歌，"时间和律度可以说是诗中最基本的成分"[②]。作为诗歌最隐秘又最坚实的部分，时间是个体生命与外在世界不同关系的隐秘表露，是诗歌变形的根本性力量之一，它会从根部影响，乃至颠覆诗歌的意识形态与外部形式。因此，如果从时间的方向出发，或许能更清晰地看见诗歌嬗变的内在动力，能在诗歌与时间的关联语境中，揭示诗歌的本质特性及其深层结构。第三代诗歌作为对朦胧诗的一个反动，在诗歌史的研究中，多以一种断裂的面目而存在。这种断裂，固然有着语言的、修辞的全面反动，然而，如陈超所警惕："仅从修辞效果和诗的结构上把握第三代诗是很危险的……所以我想要考察第三代诗文本的固有意义，一个理论基点或前提是这些诗人的生命方式以及支配着这种方式对生存实在的理解。"[③] 显然，于

---

*   刊发于《当代作家评论》。

①   博尔赫斯：《作家们的作家·前言》，云南人民出版社，1995，第3页。

②   陈世骧：《中国文学的抒情传统》，三联出版社，2015，第257页。

③   陈超：《打开诗的漂流瓶》，河北教育出版社，2014，第276页。

更深层面，我们应该将第三代诗人的断裂性书写归因于生命方式与生存实在的根本性转变，而这一转变却离不开"造就我们"（博尔赫斯言）的时间，我更愿意指出，是作为生命存在方式的时间体验模式的转变促使了第三代诗歌的内在转向。正是从第三代诗人开始，线性的现代时间体验兀然陷落，诗人击破了历史时间的幻象，回到了个体存在的时间之流，开启了中国新诗新一轮的时间体验模式，发展出异质的时间诗学，并由内而外地改变了诗歌的固有形态。从这个意义而言，从时间的维度来谈论第三代诗歌，或者更能清晰地把握其诗作的部分真相。

一、失去了"未来"的此时此刻

要判断一代诗歌的基本形态，寻找常用词是抵达真相的捷径之一。波德莱尔指出："要看透一个诗人的灵魂，就必须在他的作品中搜寻那些最常出现的词。这样的词会透露出是什么让他心驰神往。"[1]在第三代诗人之前的共和国新诗中，我们可以轻而易举地指认其常用词是"未来"，不管是胡风的《时间开始了》，还是朦胧诗的发轫之作《相信未来》，抑或具有宣言性质的《回答》，"未来"是共和国诗作中不断闪耀并具有终极意义的词语，它让几代诗人对之心驰神往。诗人站在岁月的废墟里瞭望未来，拭亮了理想的锈迹，由此奠定了对于时

---

[1]　转引自胡戈·弗里德里希《现代诗歌的结构：19世纪中期至20世纪中期的抒情诗》，李双志译，译林出版社，2010，第31页。

间的领悟：

朋友，坚定地相信未来吧／相信不屈不挠的努力／相信战胜死亡的年轻／相信未来，热爱生命（食指《相信未来》）

新的转机和闪闪的星斗／正在缀满没有遮拦的天空／那是五千年的象形文字／那是未来人们凝视的眼睛（北岛《回答》）

一切的现在都孕育着未来／未来的一切都生长于它的昨天（舒婷《这也是一切》）

可以说，对未来的吟咏与信任使得诗人们即使面对冰天雪地、枯藤落叶，也坚信时间的巨轮必然会推翻这颓废的一切，经历长途跋涉与艰难岁月之后，人们面前将出现一个闪闪发光的新世界。食指、北岛等于伤悼、不满、愤激之后，更有着对于未来时间的坚信与憧憬，他们于灰色、冰冷的当下悬置了一个温暖、美好的未来。如同来自另一个星球的光线，未来以恒久的方式安慰当下的人们，诗歌由此成为遥远未来的一个现实回声。显然，共和国第一代、第二代诗人对于时间始终抱有一种先在的乐观主义精神，这种相信未来、对未来进行美化想象的思维模式，离不开现代性装置的普遍笼罩。汪晖指出："现代性概念首先是一种时间意识，或者说是一种直线向前、不可重复的历史时间意识，一种与循环的、轮回的或者神话式的时间认识框架完全相反的历史观。"①对于经过进化论洗礼的中国

---

① 汪晖：《汪晖自选集》，广西师范大学出版社，1997，第2页。

诗人而言，时间始终是连续的、进化的，是通往最优未来的一个连续体。如柯林伍德所言："进化论这时就可以用来作为包括历史的进步和自然的进步两者都在内的一个普遍的术语了。"[1]

而到了第三代诗人这里，这种连续向前的时间体验突然陷落了，它的表征便是片段经验的大量浮现，"未来"及跟未来相关的词语销声匿迹；在第三代诗歌这里，"未来"仿佛是一个"失去"的时间符号、一个故意被遗忘的时间语汇，与之相反的是，诗作中出现了大量片段性的时间点，"七点整""九点半""十点钟""这时""此刻"等成为频繁出现的时间标记，似乎诗人停留在了单个原子状的时间点上，失去了与未来的联系。这种斩断时间联系的漂浮性书写或许可以从韩东的表达中寻找到奥秘："我们是在完全无依靠的情况下面对诗歌和世界的，虽然在我们的身上投射着各种各样观念的光辉。但是我们不想，也不可能用这些观念去代替我们和世界（包括诗歌）的关系。"[2]显然，观念的光辉与时间连续体内部的允诺有关，而韩东等人正有意识地从连续性的时间迷狂中清醒过来。或者说，集体抛弃了"未来"允诺的他们不再迷恋未来乌托邦的观念光辉，而是将自我抛入这世界，以一种无依无靠的方式领悟生命中的此时此刻：

早晨六点，是海湾最宁静的时刻／我从大海迷路，并坚持／和立在沙滩上的鲸鱼们待在一起（韩东《和鲸鱼们在一起的日

---

① 柯林伍德：《历史的观念》，何兆武译，商务印书馆，1997，第177页。
② 转引自洪子诚：《中国当代新诗史》，北京大学出版社，2010，第263页。

趋光的书写：诗歌、地域与抒情

子》）

又一次，在五点钟/灯还未亮的时候/我登上山冈，守望黎明/像多年以前，在母亲的子宫里/等着那只手，把我引领（于坚《守望黎明》）

作为经验体的单个的时间点成为诗歌中充满包孕性的一刻，诗人将这一刻膨胀，镌刻其情绪，领悟其秘密，以高密度的方式获取对自我存在的体认，也是在这一刻，时间与"我"融为一体，有如于坚诗中的"我"感受到了母亲子宫的引领，诗人逃离了未来指向下空洞的主体构造，而走向与个体血肉相连的此时此刻。可以说，从强调此时此刻始，第三代诗人普遍告别了线性时间而进入了存在历史主义的经验之流，如弗雷德里克·詹姆森所概括的"在历史主义并不涉及线状的、进化论的，或本原的历史，而是标明超越历史事件的经验"[1]。

对此刻的注视扩充了时间点的内部意蕴，也有效改造了诗人的抒情姿态，第三代诗人的身姿普遍从眺望转为凝视、从呼唤未来转为倾听现在、从抽象抒情转为具体描述、从线性的追索走向片刻的眷恋。如果说眺望未来的姿态是高蹈的、非现时的，那么凝视此刻的姿态是在地的，是主体与客体、个人时间与客观时间的合二为一，也是存在主义哲学层面的"物""我"的再度融入，它类似陈东东的"只能是我"所拥有的此刻体验：

①　弗雷德里克·詹姆森：《马克思主义与历史主义》，载张京媛主编《新历史主义与文学批评》，北京大学出版社，1997，第27页。

此刻／此刻假如有一只大鸟／火红的大鸟假如这时候撞进了车窗／只能是我／我会喊出它的名字（陈东东《一江渔火》）

这是"我"与"此刻"此物的彼此铭刻与发现，它存在于诗人突破线性时间之流回至个人时间的某一刻，正是这一刻的凝视让诗人越过常人的习焉不察，喊出"它的名字"。对时间点的关注不仅让诗人目光聚焦，发现"只能是我"才能拥有和融入之物，而且头颅开始变低并贴近大地万物进行倾听。当伫立于静夜某一刻的韩东面对一个被庸常所遮蔽的日常之物——"杯子"，他以倾听的方式领会了"这时"杯子所发生的具体声音及其包孕性意义。

这时，我听见杯子／一连串美妙的声音／单调而独立／最清醒的时刻／强大或微弱／城市，在它光明的核心／需要这样一些光芒／安放在桌上／需要一些投影／医好他们的创伤／水的波动，烟的飘散／他们习惯于夜晚的姿势／清新可爱，依然／是他们的本钱／依然有百分之一的希望／使他们度过纯洁的一生／真正的黑暗在远方吼叫／可杯子依然响起／清脆、激越／被握在手中（韩东《我听见杯子》）

这是个体深陷于其中的"这时"，一个远离了嘈杂外部而专注于倾听的时刻，倾听将"此在从这种充耳不闻其自身的迷失状态中带回来"，"去听常人之际而充耳不闻自身的它自己"[1]。

---

① 海德格尔：《存在与时间》，陈嘉映译，三联书店，2015，第311页。

　　　　　　　　　　趋光的书写：诗歌、地域与抒情

于存在主义式的听与被听中，"杯子"从日常性的迷失中浮现，成为自身，并与诗人的本心相融，成为诗人潜入自我与世界的共鸣之物；与此同时，这也是一个具体的时刻，具象的杯子、杯子发出的物质性的声音，它们的形而下刺破了食指、北岛等诗作中的抽象抒情（在展望未来的奋笔疾书下，闪亮于朦胧诗中的星辰、太阳、鸽子等形象，多是失去日常细节与具象体验的象征性符号，它们共同构成了朦胧诗空洞而抽象的抒情体），及物性的描写成为对抽象抒情的一种反动，杯子作为诗人触手可及的日常之物，是一个具体而剥落了象征意蕴的存在之物，它此刻的存在与诗人息息相关并内在于诗人生活，诗人对于它的抒情始终回旋于杯子这一具象而饱满的形态之内。

驻足于单个时间点上的诗人，仿佛漂泊于碎裂的冰块之上，时间链条在此失去了关联，诗人无暇眺望而沉溺为片刻的拥有者，其诗歌的外在征候便是因未来的陷落而回到日常，因时间链的切断而回到当下，诗歌与肉身由此血脉相连。第三代诗歌的这种抛弃未来、聚焦于此刻的时间诗学赋予抒情以坚实的重量与具体形式，不仅避免了共和国新诗那种普遍空洞与不及物的抒情陷阱，而且深度恢复了我们对于诗歌的感受，形成了一种既坚固又开放的诗歌文本。

二、消解与重构中的历史

抛弃"未来"的第三代诗人斩断了连续性的时间链条而专注于当下，这自然有着反意识形态的考量，但与此同时，当下并不是崭新的、空洞的当下，历史始终以一种还魂的方式必然地存在于当下之中，本雅明指出："历史是结构的主体，它不是同类的、空洞的时间，而是充满了现在的时间……对于罗伯斯皮尔来说，古代罗马是充满现在的过去，是在历史的连续性中毁灭了现在的时间。"①同样，我们可以转而言之，当下不是同类的、空洞的时间，而是充满了历史的时间，历史与现实的无尽纠葛，使得历史成为第三代诗人无法背面不顾的对象，在如何处置历史与表述历史方面，第三代诗人发展了新的书写方向。

20世纪80年代中后期，对历史的开掘与表述成为诗歌书写的热度，诸多诗人开始从历史寻根的角度来锤炼诗句，杨炼、江河式利用历史来抒发民族情绪、追溯文化辉煌的寻根式书写成为一时潮流，一哄而上的历史书写固然契合了甚嚣尘上的文化热，却始终存在拘泥于历史表象、局限于文化阐释的缺陷。"它们仿佛是一篇篇还未理清思路的关于文化思考的论文，黏稠、臃肿、浑浊，在言说中难以回避尴尬的自我遮蔽。"②与此相比，第三诗人的历史书写俨然是对杨炼所引导的寻根写作及其附和者的一个有效的反对。在杨炼等寻根诗人那里，"历史是他们的宏大叙事所赖以凭借的载体和价值依附的神性本体。"③正像杨炼笔下的大雁塔，有关它的宏大抒情凝聚了有关历史文化的多重意蕴。

---

① 瓦尔特·本雅明：《历史哲学的论题》，载张京媛主编《新历史主义与文学批评》，北京大学出版社，1997，第36页。
② 张清华：《论第三代诗歌的新历史主义意识》，《诗探索》1998年第2期。
③ 张清华：《论第三代诗歌的新历史主义意识》，《诗探索》1998年第2期。

我被固定在这里/已经千年/在中国/古老的都城/我像一个人那样站立着/粗壮的肩膀，昂起的头颅/面对无边无际的金黄色土地/我被固定在这里/山峰似的一动不动/墓碑似的一动不动/记寻下民族的痛苦和生命（杨炼《大雁塔》）

作为历史的见证、文明的象征，大雁塔的境遇宛如中华民族的命运，其中镌刻着历史的荣耀与苦难。杨炼以大雁塔为基点遨游于千年历史长河，展现历史与现实、理想与衰落之间的对峙、挣扎。而韩东稍后所作的《有关大雁塔》似乎故意对杨炼的《大雁塔》进行了反讽式狙击，不仅缩短了杨炼的长篇巨幅，而且以反历史叙事的姿态消解了附着于大雁塔之上的历史隐喻，在诗的前两行与最后几行，作者以循环的书写方式昭示大雁塔之于人类的历史虚无性：

有关大雁塔/我们又能知道些什么……有关大雁塔/我们又能知道些什么/我们爬上去/看看四周的风景/然后再下来（韩东《有关大雁塔》）

从头至尾，韩东都在强调"我们又能知道些什么"，在此，大雁塔被还原为一座实存的物质之风景，仿佛漂浮于时间之上的表层之物，处于它背后的深层的历史结构被"又能知道些什么"轻轻拆除掉，作者从沉重的历史文化体系中逃逸而出；显然，就书写策略而言，意在挣脱观念世界的韩东着意于规避历史想象由此规避控制其历史想象的意识形态，毕竟，历史终归是被书写成所想象的历史。"我们需要考虑到我们同过去交往时必须要穿过想象界、穿过想象界的意识形态，我们对过去的了解总是要受制于某些深层的历史归类系统的符码和主题，受制于历史想象力和政治潜意识。"①或许，正是源于此，韩东干脆让大雁塔成为失去了历史想象的物体，诗人以空无一傍的方式来重新发现大雁塔，书写有关大雁塔的当代叙事：

有很多人从远方赶来／为了爬上去／做一次英雄／也有的还来做第二次／或者更多／那些不得意的人们／那些发福的人们／统统爬上去／做一做英雄／然后下来／走进这条大街／转眼不见了／也有有种的往下跳／在台阶上开一朵红花／那就真的成了英雄／当代英雄（韩东《有关大雁塔》）

诗歌中被剥除了传统历史文化幻象的大雁塔化身为当代人无聊的行动对象，那些不得意的、发福的、转眼不见的人们以其无聊、庸常、无意义的行动解构了历史叙事下被结构的大雁塔，正统的、被赋予宏大意义的大雁塔就此分崩离析。

如果说，在韩东那里，历史以消解的方式退场，历史之物凸显为去历史化的世俗之物，那么，在柏桦、李亚伟等第三代诗人那里，历史成为洞穿现在与过去的碎片，他们在其中编织、舞蹈，狂欢地嬉戏于历史之中。柏桦的《在清朝》可视为一篇主动靠近正史却又从内部进行重新编织的互文性书写，诗

---

① 弗雷德里克·詹姆森：《马克思主义与历史主义》，载张京媛主编《新历史主义与文学批评》，北京大学出版社，1997，第21页。

人自言此诗是受费正清的《美国与中国》一书的激发而完成的，不过，诗人并非要将诗歌做成学术著作的一个浪漫笺注，而是发生了创造性叛逆，更趋向于克里斯蒂娃所言的变形的互文性："互文性的引文从来就不是单纯的或直接的，而总是按某种方式加以改造、扭曲、错位、浓缩或编辑，以适合讲话主体的价值系统。"①于是，在柏桦优雅的编织下，有关清朝的正统叙述被放逐了，边缘性事物以主体的方式浮现出来：无事的牛羊、饮酒的诗人、遍地风筝、长指甲的官吏、古色古香的建筑等，这些破碎的、边缘化的意象被织为诗歌主体，以偏离、变形的方式指涉费正清所描述的清朝，成为清朝的另一幅魅惑面影。2007年，柏桦又抛出长诗《水绘仙侣——1642—1651：冒辟疆与董小宛》，以易代之际的冒辟疆与董小宛为题，醉心于两位历史人物的世俗生涯，着意刻画他们优游于茶食之间的"养小"生活。柏桦这类偏离了经世济民、家国大事的稗史式书写，更侧重于宏大叙事下那道长长的生活阴影，它以反中心的方式，不经意地对固有的文化符码进行修正与削弱。其内在的价值或许可以援引海登·怀特对于新历史主义的批评来加以阐释：

　　他们尤其表现出对历史记载中的零散插曲、佚闻佚事、偶然事件、异乎寻常的外来事物、卑微甚或简直是不可思议的情形等许多方面的特别的兴趣……因为它们对在自己出现时占统治地位的社会组织形式、政治支配和服从的结构，以及文化符码等的规则、规律和原则表现出逃避、超脱、抵触、破坏和对

① 转引自程锡麟：《互文性理论概述》，《外国文学》1996年第1期。

立。①

当柏桦将历史落实为稗史，绕过沉重的大叙事走向轻逸的小叙事，这种种逃离与躲闪间自然有着对规则与结构的内在破坏与消解。

较之柏桦以偏离的方式所从事的稗史化书写，李亚伟的"稗史化"姿态更为猛烈，他不仅放弃正史叙事，而且直接抡起现代人的锤子，对历史进行随心所欲的锻造，依照个体趣味对历史进行解构与重新编码，历史及其历史人物变成共时的狂欢化的书写符号，在《苏东坡和他的朋友们》一诗中，李亚伟以陌生化的现代眼光对苏东坡等文人进行重新编码，固定的历史形象与价值涵指于笔下不断瓦解，直至苏东坡等变成现代人眼里不可通约的"古人"：

古人宽大的衣袖里/藏着纸、笔和他们的手/他们咳嗽/和七律一样整齐/他们鞠躬/有时著书立说，或者/在江上向后人推出排比句/他们随时都有打拱的可能/古人老是回忆更古的人/常常动手写历史/因为毛笔太软/而不能入木三分/他们就用衣袖捂着嘴笑自己/这些古人很少谈恋爱/娶个叫老婆的东西就行了/爱情从不发生三国鼎立的不幸事件/多数时候去看看山/看看遥远的天/坐一叶扁舟去看短暂人生……（李亚伟《苏东坡和他的朋友们》）

---

① 海登·怀特：《评新历史主义》，载张京媛主编《新历史主义与文学批评》，北京大学出版社，1997，第106页。

趋光的书写：诗歌、地域与抒情

作者充分发挥了稗史的想象力，着重于从咳嗽、捂嘴偷笑、谈恋爱等想象性的日常生活入手，掏空了历史人物内在的沉重感、崇高性，饱含文化意蕴的历史人物被矮化为庸常、无聊的古人形象，降格的喜剧化书写让一切变得轻松而有趣。第三代诗人如此热衷于稗史化的书写方式，究其原因，姜涛认为："稗史的吸引力，或许也拜二十年来诗歌群体自动稍息一边的文化位置所赐：稍息造就了边缘，边缘构成一种限制，但同时也构成了特定美学享乐主义、犬儒主义之前提：既然诗歌的想象力无法承担严肃的伦理责任，那么在见证、反讽、观察的位置上，想象力自然可以逸乐、自由为名，使一切轻逸化为风格，让历史在碎片中有趣，这已是当代诗歌美学正确性的一部分。"[①]

于不断拆解、重构、消解历史的狂欢化书写中，第三代诗人似乎对过去时间产生了绝对控制，并由此发散出自由奔放的想象力，然而这种放纵的历史书写由于过于轻逸，难免会堕入历史虚无主义的泥淖。

三、失去象征的时间符号

人神交汇的古典时代，人与自然、人与时间的关系趋于全面象征化，朝暮、旦夕、春夏秋冬，诸如此类出没于诗歌中的时间符号，天然隶属于固有的象征语义系统，成为不言自明的

---

① 姜涛：《"历史想象力"如何可能：几部长诗阅读札记》，《文艺研究》2013年第4期。

象征体；而随着现代工业文明联袂革命意识形态的强势进入，技术性的、意识形态的力量打碎了古典象征体系并重新缔造了具有普泛性的象征符号，清晨、黑夜、春天、冬天等时间符号在共和国新诗的抒情系统内成为意识形态的聚合体，被赋予了新的象征意义。顾城的《一代人》之所以人人传诵，离不开黑夜、光明等词语符号所聚集的强烈的象征性，它以简约、浓缩的语言概括了一个时代的悖乱与劫后余生的希望。"黑夜给了我黑色的眼睛，我却用它寻找光明"，"黑夜"这一时间符号的涵指显然隶属于笼罩性的革命话语象征体系内，"通过其记号的统一性和阴影部分，强行加于一种在被说出以前已被构成的言语形象"[①]。"黑夜"由此成为潜在的意识形态结构、读者不约而同承认的象征性符号，并被赋予了强大的所指力量；与之类似，作为黑夜、冬天的反义词，春天、黎明等时间符号往往可与希望、美好、未来等名词相置换，它们频繁出现于新诗创作中并自动浮现为意义坐标，以致这类耳熟能详的时间符号往往堕落为贯彻某种形态的自动符号，成为对时间的一种陈腔滥调。不可讳言，新诗中的时间符号因密不透风的重重指涉正演变为被污染、被束缚的象征体。

第三代诗人，对重重遮蔽下的语言有着高度警惕，韩东喊出了"回到语言自身"的口号，四川的非非则试图通过感觉还原、意识还原、语言还原来逃避知识、思想与意义。这类针对语言污染而发生的激烈否定与罗兰·巴尔特的语言反思类似：

---

① 罗兰·巴尔特：《罗兰·巴尔特文集》，李幼蒸译，中国人民大学出版社，2008，第14页。

　　　　　　　　　　　　　趋光的书写：诗歌、地域与抒情

我已不再能够只在某种延续性中发展写作而不致逐渐变成他人语言和我自己语言的囚徒。一种来自一切先前写作以及甚至来自我自己写作历史的顽固的沉积，捂盖住了我的语词的当前声音。①

　　当语言沉积落实至时间符号并成为捂住诗人语言的那双巨手，第三代诗人不惜以驱赶，乃至蚀空的方式来祛除时间符号内部的象征累积。他们首先摧毁了古典诗歌时间内部的情感象征体系，积淀于季节时间内的物是人非、感时伤逝的喻指被通通斩断了，春夏秋冬四季、黎明黑夜等时间标记脱落了披挂于自身之上的层层情感装饰，还原为诗歌内部空洞的语言标记，一如韩东书写的春天：

　　天气已不再寒冷/我可以读书到深夜/但苦于这里的寂静只是寂静/我听不见各种春天的事物/在夜间活动发出的声音/我有时候似乎睡着了/我的灵魂也要来到千里之外（韩东《春天之四》）

　　诗人消解了传统象征体系内的春天之所指，充满力量的春天在此变得无力，"我听不见各种春天的事物"，"春天"作为季节符号所表征的希望、欢快等情感装置因"听不见"而失效，它仿佛只是诗歌中一个作为外在标记的时间符号，诗人在其中"似乎睡着了"，并神游于与春天无关的世界。这首诗可

---

① 罗兰·巴尔特：《罗兰·巴尔特文集》，李幼蒸译，中国人民大学出版社，2008，第13页。

以看成第三代诗人与时间关系的一个巨大的隐喻，即时间符号内部累积的历史、情感的意义在第三代诗人的写作中已被蚀空，时间符号的象征意义不再自动生成而转变为无意义的空洞符号。与韩东的春天相对照，柏桦的《春日》书写了一个春天的下午，同样，有关春天这一季节的象征性情感被有效祛除，"春日"成为一个具体而暂时的场景、诗中的一个仅呈现能指的标记，诗中展开的情节成为"春日"这一符号内部客观流动的画面：

> 你，一个眺望风景的人／正站立水中的小桥／继续你的眺望／远方，在古代的城门下／汽车运送着游客／勤奋的市民打扫着店铺／音乐在那儿／倒影的日落在那儿／旌旗、红墙、绿树在那儿（柏桦《春日》）

阅读上面的诗句，读者有关伤春、惜春等习惯性的情感期待难免落空，附着于春天之上的意义所指已然被诗人抽离，一系列人与事物，如勤奋的市民，游客，红墙、绿树，它们宛如罗兰·巴尔特笔下的语言自足体"诗中字词的迸发作用产生了一种绝对客体；自然变成一个由各垂直面组成的系列，客体陡然直立"[1]，绝对客体的凸显以消解惯常情感的方式重组，它们以"在"的姿态成为失去了指涉的春日的全部存在。

第三代诗歌不仅主动消除了附着于时间之上的情感象征，

---

[1] 罗兰·巴尔特：《写作的零度》，李幼蒸译，中国人民大学出版社，2008，第33页。

　　　　　　　　　　趋光的书写：诗歌、地域与抒情

而且有意识地与某种形态相切割。毕竟，第三代诗人集体出场之时，社会生活的世俗化正在加速，面对日益分化的现实，第三代诗人所遭遇的时代经验与朦胧诗人不再相同，朦胧诗那种过多纠缠政治的时间体验模式不再富有吸引力，第三代诗人普遍采用一种祛魅的非意识形态的方式来书写有关时间的诗篇。以冬天的书写为例，在朦胧派诗人笔下，"冬天"作为一个季节符号，它从来不是自在自为的存在，而负载了情感的、意识形态的多重指涉。阅读北岛的《走向冬天》，我们不难发现，冬天在北岛笔下是一个意义高度归纳的象征性符号：

走向冬天／在江河冻结的地方／道路开始流动／乌鸦在河滩的鹅卵石上／孵化出一个个月亮／谁醒了，谁就会知道／梦将降临大地（北岛《走向冬天》）

冬天，几乎笼罩了全诗的基本抒情走向，与雪莱的"冬天来了"类似，它成为诗中潜指愚昧时代的一个象征符码，也隐含着对于时代希望的倔强寻找。批判与寻找相纠缠的意义语域下，乌鸦、月亮、梦作为超现实的诗意存在物，指向始终不离冬天所带来的寒冷与希望，它们共同建构了一个内涵确定的意识形态的集合体，这种内在于意识形态的对时间符号的象征性运用，在朦胧诗中已成惯例。因而，杨黎的《冷风景》所勾勒的那个漠然的、自为的冬天，仿佛一柄利刃，刺破了新时期以来某种形态对于时间的遮蔽，独立的时间符号从社会话语的网络里脱落下来，社会性时间还原为物性时间，冬天被杨黎还原为一个罗兰·巴尔特所言的记号："一旦消除了固定的关系，字词就仅仅是一种垂直的投射，它像是一个块状整体、一根柱石，整个地没入一种由意义、反射和意义剩余所构成的整体之中：存在的只是一个记号。"①其中出现的街道、扫地人、灯光，它们只属于事物本身，被放置在冬天这个时间范畴下，构成一幅客观图景：

> 这会儿是冬天／正在飘雪　雪虽然飘了一个晚上／但还是薄薄一层／这条街是不容易积雪的／天还未亮／就有人开始扫地／那声音很响／沙、沙、沙／接着有一两家打开门／灯光射了出来（杨黎《冷风景》）

这里没有伤时感逝的哀伤，没有"冬天来了，春天还会远吗"的希冀与豪情，这幅冬景图是客观、唯物的，是平凡的事件流中的一段，它不产生外在于自身的更高意义，它的存在正如法国新小说家阿兰·罗伯-格里耶所言："世界既不是有意义的，也不是荒诞的。它存在着，如此而已。"②冬天通过诗人返璞归真的勾勒返回到自身的透明中来。

当象征性被祛除，时间从重重叠叠的情感的、意识形态的、历史的语境下浮现出来，成为自己，回到了自身。时间在第三代诗歌中变得轻松、透明，它不再是一个特殊的负担沉重的象征符号，而成为卡西尔所说的一个永不停歇的事件之流的某一段，"即使时间，最初也不是被看作人类生活的一个特殊

---

① 罗兰·巴尔特：《写作的零度》，李幼蒸译，中国人民大学出版社，2008，第31页。

② 阿兰·罗伯-格里耶：《未来小说之路》，《当代外国文学》1983年第1期。

形式，而是被看作有机生命的一个一般条件。有机生命只是就其在时间中逐渐形成而言才存在着。它不是个物而是一个过程——一个永不停歇的持续的事件之流"①。

结语

如果说中国古典诗词的时间诗学不离感时伤逝，是"昔我往矣，杨柳依依""感时花溅泪，恨别鸟惊心"；那么，随着新文化运动及现代工业文明的全面进驻，基于对进化论理念下现代时间的重新认知，无限趋于进步的线性时间理念成为中国新诗叙写的内在线索，并延续为共和国新诗的主流模式。而自第三代诗人始，现代性维度下的时间理念开始被颠覆，一种基于新的经验而发生的时间诗学成为第三代诗歌普遍的内在结构，对线性时间的摈弃、时间符号的空洞化、对历史的解构等，诸如此类有关碎片化的时间书写形成了第三代诗歌内部新的时间景观，并由内而外地改变了诗歌的意识形态、语言及其意象，造成了我们所言的"断裂"景象。当然，这种新经验之发生并非凭空而降，其社会学原因或许可以援引伊丽莎白·福克斯-杰诺韦塞的判断来概括之：

"生活在这种一个相对主义的时代，生活在现代高科技的后资本主义世界中，生活在骚动不安又互相牵制的地球上，我们的文化中那些公认的关于秩序、因果性、主客体等的认识已

---

① 恩斯特·卡西尔：《人论》，甘阳译，西苑出版社，2003，第86页。

远远不够了。我们大多数人对世界的复杂性、不确定性和不可预测性都太熟悉了。它们统治着我们的世界，并颇见成效地打碎了我们试图事物体系的渴望。"①

在这么一个相对主义时代，第三代诗人无可避免地卷入其中，境遇之变所带来的骚动与不可预测，让他们如无根的浮萍沉浮于时代风雨中，于是，新经验下有关新的时间诗学随之摇曳而生。

---

① 伊丽莎白·福克斯-杰诺韦塞：《文学批评和新历史主义的政治》，载张京媛主编《新历史主义与文学批评》，北京大学出版社，1997，第60页。

意象与节奏：论《野草》的诗体构成

　　《野草》的诗性特质正被一批当代学人所瞩目，然而，毋庸讳言，相关论述多盘旋于诗意、诗心的阐释，热衷于追寻其压在文字背后的心灵结构以及社会学价值，有关《野草》诗体审美层面的阐释可谓寥若晨星。其中，张枣以诗人的敏感指出《野草》的诗体美学特征："鲁迅的博学非比寻常，对于现代世界文学诸多风格流派信手拈来：赫尔墨斯主义、暗隐喻、消极性观念、语言的自我中心主义、梦境结构等等，其中有很多都被纳入西方现代派的诗学范畴，正如胡戈·弗里德里希与米歇尔·汉伯格在其著作中所描述的那样。《野草》全然不同于鲁迅'为人生'的文学观，毫无疑问走的是'纯诗'的路线。"①上述诗学洞见无疑为后学者敞开了一个生产性的阐释空间，可惜张枣表达洞见之后，并没有沿此方向展开系统论述，其著作《现代性的追寻：论1919年以来的中国新诗》仍专注于主题解索与意义勘探，将《野草》解读为作者对生存危机的语言层面的克服。本文试图在此基础上，借力现代诗学理论方法，直面文本的"文学性"（诗性），从现代诗的核心构成元素，即专制性幻想下的意象生产、自觉的节奏等来探索《野草》作为现代诗的美学生成方式。或许只有对其诗歌构成

---

① 张枣：《现代性的追寻：论1919年以来的中国新诗》，四川文艺出版社，2020，第81页。

元素及其结构形态进行细描，才能清晰地阐明《野草》为何是高度自洽的现代诗歌。

一、专制性幻想下的意象生产

意象是现代诗的基本构成元素，韦勒克的《文学理论》论及诗歌定义时，将意象视为诗歌结构的基本单位："当我们不再按题材或主题对诗歌加以分类，而要问诗歌是一种什么样的表述方式时，当我们不是以散文式的释意，而是从其整个结构的复杂性来确定诗歌的'意义'时，我们就会面临诗歌的主要结构这一问题，这就是本章题目中的四个术语（意象、隐喻、象征、神话）所要提出的问题。"[①]可见，在韦勒克看来，意象既是诗歌的主要构成单位，也从表述方式层面确立了诗歌的文体形态。

现代文学史上，《野草》以其别具一格的文本形态刺激着读者倦怠的眼睛，它带来的震惊体验与奇特的意象制造密不可分。神秘、怪诞而瑰丽的意象群构筑了一个前所未有的审美世界，它闪烁着晦暗之光，远离散文书写所必须遵循的现实逻辑，内部漂浮着非理性的语言链条，变幻着超现实的意象：彷徨于明暗之间的影子、冰结的死火、裸身的复仇者……这俨然不是描述，抑或复制现实经验的散文世界，而是被专制性幻想所强力扭曲、变形的现代诗的世界，"现代诗歌如果涉及现实

---

① 勒内·韦勒克、奥斯汀·沃伦：《文学理论》，刘象愚等译，江苏教育出版社，2005，第210页。

物的或者人的现实，那么它也不是描述性的，对现实并不具备一种熟悉地观看和感觉的热情。它会让现实成为不熟悉的，让其陌生化，使其发生变形。诗歌不愿再用人们通常所称的现实来量度自身，即使它会在自身容纳一点现实的残余作为它迈向自由的起跳之处。"①《野草》的抒情主体借助现实的残余走向了自由，客体在专制的想象刺激下变异，破空而来的想象物肆意衍生，它们造就了现代诗自觉追求的震惊效果，"如果现代抒情诗尚还能从它与读者之间的关系来定义，它就会乐于将自己定义为攻击，作者与读者之间的裂缝因震惊效果而始终敞开"。②的确，《野草》谜语般的意象群仿佛不是为了昭示意义，而是为了震惊读者。

从这个角度而言，以震惊性的意象为主体构造的《野草》，可谓完美契合西方现代诗学旨趣的一部诗集。死火、影子诸类奇异的意象与其说是在现实事物间被发现的，不如说是被生产出来的，它们不再是传统抒情诗所容纳的经验的投影，而是现实的变形与经验的断裂，意象臣服于诗人专制性的想象力之下，以突兀的方式降临。由此，我们也不得不借助梦境结构、陌生化、超现实主义等现代诗学理论来探究《野草》现代性意象的生成机制。

《野草》的梦境结构被张枣指认为表征了现代诗学特质的创造性手法。的确，《野草》计24篇，有9篇以梦的形式展

---

① 胡戈·弗里德里希：《现代诗歌的结构：19世纪中期至20世纪中期的抒情诗》，李双志译，译林出版社，2010，第1—2页。

② 胡戈·弗里德里希：《现代诗歌的结构：19世纪中期至20世纪中期的抒情诗》，李双志译，译林出版社，2010，第138页。

开，梦不仅是鲁迅潜意识的具象表达，更是一种制造意象的修辞手法，荒诞、奇异、非现实的各类意象在梦的力量下创生。诸如"死火""游魂""地狱"均是梦者所创造的并不存在之物。梦里的"死火"是反物理性的纯粹幻想之物，"有炎炎的形，但毫不动摇，全体冰结，像珊瑚枝；尖端还有凝固的黑烟，疑这才从火宅中出，所以枯焦"。"死火"意象远离事实与逻辑，虽然以客观物象为基础，但经过主观想象的改造，已化为违反经验世界的变异之物，变异的"反常性"更清晰地隐喻了鲁迅悖论性思想的存在形态。《墓碣文》中的"游魂"化为口有毒牙的长蛇意象，"不以啮人，自啮其身"，作为梦幻与心灵交媾的产物，"长蛇"意象展现了鲁迅灵魂中的毒气、鬼气与强烈的自省意识。总之，做梦让抒情主体拥有了逾越现实的能力，徘徊于无地的"影"、遍身有大光辉的"魔鬼"，诸如此类意象，与"死火"等同，它们作为绝对的幻想物，不再是寻求现实肯定的客观对应物，而是从作者强有力的精神运动中诞生。

鲁迅的"做梦"与现代派诗人的"梦"手法如出一辙。在现代派诗人这里，梦不再局限于弗洛伊德式反映作者潜意识的被动价值，而是挣脱现实、再现纯粹精神运动的重要方法，是波德莱尔、兰波、马拉美等反复征用的具有生产性的诗歌技巧，"梦是一种生产力，而不是感知力，这生产力的运行绝不会陷入混乱和随意，而总是精确而有计划。不论它以何种方式出现，具有决定性的始终是，它制造出了非真实的内容……所有这些推动力都具有魔术操作的能力，梦正是以此将人造的非现实置于现实之上的。"①上述论说来自弗里德里希对波德莱尔诗作的阐释，它同样可以用来判断《野草》的梦境结构；显然，鲁迅的"做梦"并非凌乱而无意识的梦的碎片化呈现，他的每个梦都有着精巧的结构，展现了主体精确的计划。

经典如《死火》，便充分显示了《野草》梦境的理性设计。鲁迅以具象而精细的笔触建构了一座梦幻的冰谷，它有着严整的空间结构，青白的冰块上纠结着珊瑚网般的死火，梦中的"我"是惊醒了死火的闯入者，并与苏醒的"火"进行了来回往复的对白。"死火"最后的燃烧与灭亡，是清醒选择的结果，有着自洽的存在逻辑，是契合了作者精神运动的精巧图像。鲁迅造梦，重在理性地"造"，因此，他的梦境内部多次再现清晰的思辨历程，如"狗的驳诘""影子"有关生存与消灭的缠绕式辩论等，哲性思考融入了象征性的意象之内，梦里的意象因梦而浮现，又因梦醒而消失，做梦与梦醒两极之间的超现实世界固然不受现实规范，却在现实之外另造一个自足的意义体，并始终臣服于抒情者的理性控制之下。

作为一名现代诗人，鲁迅通过梦境结构创造了一个超现实的自足的想象空间，实现了主体的绝对自由。梦境手法之外，鲁迅还娴熟地通过陌生化手法对日常意象进行深度改造，使之成为能够传递诗人现代感受力的有效对应物。俄国形式主义学者什克洛夫斯基这样论述"陌生化"："艺术的技法是使事物陌生化，使形式变得困难，加大感知的难度和长度，因为感知

---

① 胡戈·弗里德里希：《现代诗歌的结构：19世纪中期至20世纪中期的抒情诗》，李双志译，译林出版社，2010，第40页。

过程就是审美目的，必须把它延长。"①因此，陌生化书写会自觉逸出自动化的惯性机制，有效刷新日常感受。借助陌生化的艺术手法，鲁迅让被惯习与概念所遮蔽的事物迸发出不同寻常的光芒，催生出新的美学效果。如《复仇》开篇对鲜血的细描，宛然将习焉不察的鲜血置于放大镜之下重新凝视，"人之皮肤之厚，大概不到半分，鲜红的热血，就循着那后面，在比密密层层地爬在墙壁上的槐蚕更其密的血管里奔流，散出温热。于是各以这温热互相蛊惑，煽动，牵引，拼命地希求偎依，接吻，拥抱，以得生命的沉酣的大欢喜"（《复仇》）。皮肤之下密密层层的鲜血意象更新了人的日常感受，鲜血从生物学或者固定的象征系统里挣脱，获得了诱惑、煽动、沉溺等被重新感知的美学内涵。

同样，《秋夜》里的枣树、《雪》中雪花，可谓读者耳熟能详的自然意象，然而经过鲁迅主体意志的改造，它们获得了强劲的文学力量。《秋夜》开篇"一株是枣树，还有一株也是枣树"的写法，以故意延宕的句式将"枣树"置于陌生眼光的审视之下，让人不适的语义重复使得枣树逃逸了固有的符号藩篱，仿佛第一次被观看，"枣树"成为意义被重新构建的鲜明意象。《雪》以对照的方式凸显了北方朔雪的特质，它置身于晴天之下、旋风之中，被作者的目光瞬间照亮，仿佛一幅笔触狂野、势能不断朝上的印象派绘画，传达了"雪"不竭的精神能量，"蓬勃地奋飞，在日光中灿灿地生光，如包藏火焰的大

---

① 什克洛夫斯基：《作为技法的艺术》，载朱刚编著《二十世纪西方文论》，北京大学出版社，2020，第20页。

雾，旋转而且升腾，弥漫太空，使太空旋转而且升腾地闪烁。在无边的旷野上，在凛冽的天宇下，闪闪地旋转升腾着的是雨的精魂……"鲁迅在此化具象为抽象，以超现实的观看方式为"雪"塑了崭新的形象。

如果说散文的结构主体是叙述，是目的分明的线性运动，那么诗歌作为文字的结晶，其主体便是高度凝练的意象。《野草》俨然是意象的结晶而非线性的叙述。鲁迅总是通过创造性的意象来暗示情感、形塑精神，《希望》里的青春，被定义为一连串意象："但因为身外的青春固在：星，月光，僵坠的蝴蝶，暗中的花，猫头鹰的不祥之言，杜鹃的啼血，笑的渺茫，爱的翔舞……"抽象的青春转化为跳跃的意象，意象的岛屿从动作的时间流之中脱离出来，强化了自身的指涉，同时对抽象的"青春"进行了放射式的意义扩张。可见，《野草》是意象的聚合体，是诗的生成方式，而作为现代诗，《野草》的意象趋向为幻想的产物，始终贯穿着鲁迅强烈的主体意志，它们臣服于诗人专制性的想象力之下，有能力再造一个世界，无论是失掉的地狱，还是织锦般美的故事、旷野上的复仇者，这是被施展了魔法的梦幻世界，它奇崛幽深，展现了心灵的纯粹曲线之美。

二、自觉的节奏

《野草》的字句绵延成文，声音表层也缺乏外在的韵律，自然容易让人从形式层面指认它是散文而非诗歌。面对上述指认，我们需要借助"节奏"这一诗学概念，去重新理解现代诗，并由此判断：《野草》正因为挣脱了僵化的韵律，在声音结构内部创造了自觉的节奏而隶属现代汉语诗。

"五四"以来的诗体变革，本质上就是一种挣脱格律枷锁走向内在节奏的努力。虽然鲁迅没有公开参与这类有关新诗形式革命的呼吁，但是，对他人诗歌的臧否以及译文的选择，隐然透露了其有所偏好的诗学观念。鲁迅曾在译文《小约翰》的引言中描述了自己对该书的迷恋，并引录原序作者保罗·贽赫的观点，指出自己偏爱的《小约翰》是无韵的诗，"这诚如序文所说，是一篇'象征写实底童话诗'。无韵的诗，成人的童话"[1]。这难免让我们揣想，《野草》的书写也不自觉包含了《小约翰》的美学影子，或者说，《野草》这一无韵而散文化文本实践亦是鲁迅有关新诗韵律观念的落实。《野草》那盘旋于文本内部的旋律与节奏的自觉性，显然指向"五四"以来新诗鼓吹者所强调的书写方向。下文将从虚词、重复等向度来探究《野草》的节奏营造，并分析鲁迅是如何巧妙操控各类修辞方式来苦心经营无韵之诗，缔造了具有范式意义的现代诗节奏的。

虚词是新诗得以创生的重要语法征候，葛兆光认为虚字的使用表征了诗歌之大变局："诗歌的真正大变局还是在'白话诗'彻底地瓦解了古诗的句法之后，而瓦解古诗句法的一个极重要方面就是句式的任意安排和虚字的任意使用，当白话诗以日常语言里常有的句式、常有的虚字大量用在诗歌里的时候，

---

① 鲁迅：《小约翰·引言》，载《鲁迅全集》第14卷，同心出版社，2014，第4页。

　　　　　趋光的书写：诗歌、地域与抒情

诗歌大变局的时代才会真正地来临。"[1]虚词的大量征用可谓《野草》的重要语法现象，对此，王彬彬从修辞手法层面盛赞鲁迅的虚词运用："如果要谈论鲁迅在遣词造句意义上的修辞艺术，我以为应当首先说到虚词的运用。"然而""但是""于是""甚""而""但"等等，这些普通的虚词，在鲁迅笔下往往具有神奇的功能。"[2] 虚词的神奇功能不仅造就了王彬彬所言的语意的曲折幽深，也仿佛乐曲内部的音顿，让《野草》通过虚词的发音、转折、链接而造就了独特的节奏。

《野草》文本内部，诸如"然而""而""但""也""可以"等具有转折、递进、承接意义的虚词多为鲁迅所偏爱，并密集使用，在语音层面形成了曲折反复、余音缭绕的韵律，从声音层面模拟了鲁迅的情感潜流与思想链条，并有力地配合了意象的生成，造就了帕斯所言的与形象、意义密不可分的现代诗节奏。如下文所摘录的句子：

然而他们俩对立着，在广漠的旷野之上，裸着全身，捏着利刃，然而也不拥抱，也不杀戮，而且也不见有拥抱或杀戮之意。（《复仇》）

我不过一个影，要别你而沉没在黑暗里了。然而黑暗又会吞并我，然而光明又会使我消失。

然而我不愿彷徨于明暗之间，我不如在黑暗里沉没。（《影的告别》）

---

[1]　葛兆光：《汉字的魔方——中国古典诗歌语言学札记》，复旦大学出版社，2008，第172页。

[2]　王彬彬：《〈野草〉修辞艺术细说》，《中国现代文学研究丛刊》2010年第1期。

然而现在没有星和月光，没有僵坠的蝴蝶以致笑的渺茫，爱的翔舞。然而青年们很平安。（《希望》）

《复仇》一节中的"然而""也""而且"等虚词的引入不仅提示了句意的变化，凸显了复仇者的反抗意图，也表征了声音的转折流动，标识了不同的节奏单元。《影的告别》中连续的"而""然而"具象地模仿了影子不断辩诘的思维链条，三个"然而"被置于句首，带来听觉上的协调，模拟了思维的转折性，营造了一唱三叹的音响效果。《希望》的第一个"然而"快速引出了有关"没有"的排比句，句式较长，密集射出的意象带来了语音层面一往无前的气势，随之，"然而"引出的却是一个精简的短句，它对前面奔腾的长句构成了突兀的拦截，形成了长短错落、音调跌宕的旋律，突变的节奏亦带来转折、讥讽的戏剧性效果。

就词的声音特质而言，虚词在汉语中向来为轻音与短音，如果被植入长句，会有效稀释句子的浓度，让句子的声音链条变得轻盈而灵动，如"要别你而沉没在黑暗里了"（《影的告别》），"而"衔接两个音节较重的动词结构，拉长了诗句的空隙，降低了词语的速度，造就了张弛有度的节奏。同理，《复仇》《希望》的句式也因虚词的进入而变得错落有致，予人以听觉的美感。鲁迅还常用"了""着"等虚词，将之置于句末，它们如有力的节拍，把句子归入统一的旋律之中，如《一觉》对"了"的运用："然而他们苦恼了，呻吟了，愤怒，而且终于粗暴了，我的可爱的青年们！"如果将"了"去掉，似乎不会损害文意的传达，但会严重削减句子的音韵感与

趋光的书写：诗歌、地域与抒情

由此带来的复杂意蕴。鲁迅对虚词的用法，其妙处有如萨特对诗歌连接词的分析："这个连接词不再标志有待进行的某一操作：它渗入整段诗，赋予这段诗以一套组曲的绝对性质。对于诗人来说，句子有一种调性，一种滋味。"①《野草》内部的虚词亦可作如是观，它们给篇章带来了调性与滋味，赋予了篇章以谣曲的美感。

虚词修辞之外，鲁迅还运用反复性、周期性的句式、语段来营造文本节奏，构建富于调式的声音结构，当然，这一结构的营造始终配合着形象的塑造、意义的传达。《影的告别》里，影子以决绝的语调，重复了三次"有我所不乐意……我不愿去"这一句式，不仅递进式渲染了影的决绝，也带来了循环的乐感。《淡淡的血痕中》，"暗暗地……却不敢……"的句式则反复出现4次，整饬的句式带来音乐的美感，并通过不断盘旋的重复获得了反讽的修辞效果。句式反复之外，语段的反复让篇章宛然音乐的华章，《求乞者》中，"微风起来，四面都是灰土"分别被置于文前、文中、文末，对场景加以反复渲染，整个文本被纳入三段式的音节中，形成了匀称的节奏。

《野草》不分行，不押韵，与传统诗歌体式有别，然而，从现代诗构成的要素看，其文本内部涌动着诗的节奏，这节奏俨然是现代诗所追求的内在的旋律，并与诗的意象、意义表达共存于一个不可分割的有机体之中。当然，《野草》的节奏性仍会遭遇散文归属的质疑，毕竟，散文也存在某种节奏。从声音层面而言，节奏广泛存在于一切表述之中，如韦勒克所言，

---

① 萨特：《什么是文学》，施康强译，人民文学出版社，2018，第14页。

"节奏是一个一般的语言现象"①，那么，指认《野草》的节奏隶属于现代诗而非散文，其关键点又在何处呢？

对这一问题，帕斯从节奏层面对诗歌与散文之别进行了精辟的辨析。他首先承认一切语言表达形式都是节奏，连散文中最抽象、最教条的形式也概莫能外。然而，节奏之于散文与诗，仍有不同的存在形态。对散文而言，散文是一种开放的、线性的结构，而且节奏往往让位于理性的逻辑与概念论述；但对于诗歌而言，"节奏，乃诗歌的存在条件""诗，则与其（散文）相反，它所表现出的几何图形是圆或球体：一种以自身为中心、自我满足的封闭性天地。在那里，首尾相接，周而复始，循环不息。而这种周而复始、循环不息的不是别的，恰是节奏，犹如起伏不息、涨落不止的海潮。"②由此可见，帕斯认为散文的节奏多是自发的，并屈从于逻辑和理性的线性论述；而诗歌的节奏是自觉的，并以自身为中心。《野草》之所以是诗而不是散文，便在于它的展开始终是远离线性逻辑的，是自觉节奏的营造，通过上述虚词、反复等修辞自觉构建诗的声音审美结构。其中，最为人所关注的《野草》的梦境结构，从节奏层面而言，梦的开始到结束，仿佛一个闭合的环，通过首尾相接，使得整首诗指涉一种回旋对称的环形结构，奚密曾指出现代汉诗在形式上多营造特有的环形结构，而这一结构是现代汉诗独有的，在古典诗里并不多见，"我们可以视环形结

① 勒内·韦勒克、奥斯汀·沃伦：《文学理论》，刘象愚等译，江苏教育出版社，2005，第182页。
② 勒内·韦勒克、奥斯汀·沃伦：《文学理论》，刘象愚等译，江苏教育出版社，2005，第182页。

构为一悖论：它在读者的意外（诗返回其自身）和熟悉（由于重复）两种感觉之间盘旋、玩味。由于这种独特的品质，其美学意义要超出一般直线性的结尾。"[①]《野草》的梦境结构便是这类不断回旋到开头的汉诗，在音响层面，它亦契合帕斯上述所言的现代诗歌的节奏特质，即呈现为圆或球体，是一种以自身为中心、自我满足的封闭性构成体。

的确，《野草》高浓缩、高密度的语言形态，象征主义的艺术手法，更容易让人想起格尔费特对诗的定义："诗歌就是语言文字的结晶。"[②]同理，《野草》难以解索的晦暗性，也会让人联想起萨特对散文与诗的辨析："可是诗歌使用文字的方式与散文不同；甚至诗歌根本不是使用文字；我想倒不如说它为文字服务。诗人是拒绝利用语言的。因为寻求真理是在被当作某种工具的语言内部并且通过这个工具完成的，所以不应该想象诗人们以发现并阐释真理为目的。"[③]《野草》显然并不旨在使用语言来阐释真理，它只在词语的生长中存在并表现，它遵循的始终是现代诗的生成方式。

① 奚密：《现代汉诗的环形结构》，《当代作家评论》2008年5月。
② 汉斯－狄特·格尔费特：《什么算是一首好诗》，徐迟译，人民日报出版社，2020，第6页。
③ 萨特：《什么是文学》，施康强译，人民文学出版社，2018，第9页。

"大海捞针"的力与美：东荡子诗歌阅读笔记[*]

我相信，对于东荡子诗歌的认识与阐释，只是刚刚开始，一如深渊的莫测与丰富，它不竭的诱惑将激励着我们对于未来的想象。东荡子的诗歌虽已受到些许瞩目，但它的价值还远未被呈现，《诗选刊》"2006·中国年度最佳诗歌奖"授奖辞曾强调，东荡子"是一位应该更多被诗歌界关注的诗人"。随着诗人的溘然而逝，我们更有必要理清这些沉默的诗篇，从沉沉遗音中打捞其光明与美。就我看来，在诗作芜杂、泛滥的当代诗坛，东荡子气韵盎然却又简洁直接的抒情诗可谓开辟了一类独特的抒情方式，它指示了一种缘于本体自发性又有着高度自觉的书写方向，东荡子曾在生前的一次访谈中，将自己的诗歌创作定义为"大海捞针"^①，这可谓对其书写的一个绝妙隐喻。如果说泥沙俱下、包罗万象的外在世界一如浩瀚大海，让人目迷五色，那么，幸运得到诗神眷顾又有着高度自觉性的东荡子则要以潜入的姿态挺入海洋深处，以铁棒磨针的固执与单纯打捞具有银针般质感的诗歌：精粹、澄澈、直接。经过了词语的淬炼、心灵的淘洗、精神的凝缩，东荡子的这根诗歌之针，得以从动荡万千的大海中显身，成为一个自足的发光体。

---

* 发表于《文艺争鸣》。

① 《大海捞针与有难度的写作——东荡子生前访谈录》，《粤海风》2015年第1期。

东荡子的诗歌之光在清晰地辐射精神能量的同时，首先将其孑立的美学形态凸显于光芒之中，强烈地吸引你的瞩目。俨然，诗歌独具一格的言语形态首先会激发读者阅读的欲望，动荡的字词及由这字词组合所散发的气息，宛如惊鸿一瞥的美人，在你理解之前就已被其气质所蛊惑。东荡子的诗歌便具有这种慑人的外部力量，它的存在形态具有针的清冷与坚硬，与观看者始终警惕地保持了相当的距离，但又以其美学力量吸引你追随它一路前行。显然，如针一样简洁、光滑而难以进入的诗歌形态，是东荡子诗歌的美学诱惑，也是东荡子自觉的美学追求，他的诗作多为精练的短诗形体，语句简练，修辞匮乏，情感隐伏，一如毫无枝蔓、绝对荒凉的针体，仅裸露了富于质感的真身。被众人所传诵的诗作《黑色》《伐木者》等均只有短短几行简单的句子和必要的词汇，似乎诗人一直以减损、退却的方式使用词语，一些不必要的修辞、带有情感色彩的附属语都被刻意摈除了。词语的节省在净化诗歌的同时也无意中制造了美学分析上的难题，因为，它的干净、简洁总吝啬于留下相应的阐释线索，如"伐木场的工人并不聪明，他们的斧头/闪着寒光，只砍倒/一棵年老的朽木/伐木场的工人并不知道伐木场/需要堆放什么/斧头为什么闪光/朽木为什么不朽"（《伐木者》）。这类以修辞退却的方式来接近诗歌的写作，是如此简单而自成一体，我们仿佛看见一根冷冷发光却晶莹璀璨的银针，它诱惑你，却拒绝惯常美学分析的挺进。面对《伐木者》这首刚开始不久就戛然而止的诗作，我们却不禁陷入阅读的迷途，诗中的伐木者为何不聪明？他们为什么只能砍倒一棵朽木？他们为何一边劳作一边处于无知之中？对于这一切，诗人都没有提供答案，句子与句子之间的意义连接出现了大段的逻辑空白。在意义断裂的空白处，东荡子这类节制、简洁的书写与他制造的巨大的想象空地之间形成了一种复杂的张力，它如淬炼一根针一样不断缩减自身所占有的空间，但在空间的削减中，其内部的压力却越来越让人喘不过气来，是的，它就在这里，却包含了刀光剑火的力量。

这种诗歌的高压力量如此强大，以致我们不能不去寻找东荡子淬炼诗歌之针的秘密。翻检其中具有钢铁般高密度的诗句，我们不难发现，对语言矫饰性的反动与高度隐喻化的书写是诗人要恢复诗歌直接性的重要组成部分。东荡子的诗歌在修辞上有着自觉的精简化的冲动，他要打破语言的修饰性，反对频繁使用修辞性意象来连缀诗歌，力求让诗歌以最直接的方式抵达万物和诸相的真，如"其实一首好的诗歌的信息量不需要太大。一句话里面最好就是一个意象或一个信息，多了不好，多了会影响诗歌的发展，会相互遮蔽，而且还会产生一种自我消解的作用"①。源于上述警惕，东荡子的诗歌不仅以退却的方式来使用词语，而且多以单纯的意象来缔造澄明、纯粹的诗境，《芦笛》中忧伤的笛音、《王冠》中一声不吭、马不停蹄的蚂蚁，它们作为诗作中单一的意象，有着自身内在的逻辑，并在诗歌的整体结构性运动中形成了强大的、整体的诗意。无疑，东荡子深谙意象的秘密。"意象"之起源，最早可溯源自《易传》的"言不尽意""立象以尽意"②一说，古人望见

---

① 《大海捞针与有难度的写作——东荡子生前访谈录》，《粤海风》2015年第1期。
② 王振复：《周易·系辞上》，载《周易精读》，复旦大学出版社，2016，第312页。

了言与意之间不可逾越的距离，试图以"象"来传达那含义无穷的"意"，然而，对于有能力的诗人来说，意象并非诗歌的核心，过多的意象只会遮蔽诗人内心的声音，毕竟，意象始终只是那传达"意"的中介物，它在传达的同时，也会带来迷途与损耗。正是清晰地意识到这一点，东荡子没有迷惑于意象的繁复精美，而是以最挑剔的方式择取诗人心中最精确的意象，使之一击即中，直指人心。如刘勰所言："玄解之宰，寻声律而定墨；独照之匠，窥意象而运斤。"①东荡子就是那个对"意"了然于胸，并有能力以最准确方式来确立意象的"独照之匠"。

当然，东荡子诗歌之所以如此洁净，且不依赖具有抒情效果的形容词、助词，还因为它本身就是一个高度浓缩的隐喻体，在它之上有着诗人赋予的广阔的空间，多余修辞已然成为一种负担。譬如东荡子《打铁》笔下的打铁匠，它与"诗人"这一本体合为一体，并与诗人的对象性等同，"他拉动风箱，仿佛一种瞬间的休息/遐想或沉思/他的双手在忙活。火焰呼呼尖叫，往上蹿/他眼睛被烧红，在尖叫"（《打铁》）。打铁已成为一种高度隐喻化的活动，打铁与诗歌创作之间的等同性、打铁匠与诗人之间的等同性，在诗中合二为一，滥情的赞美与多余的修饰在这里只会成为对诗歌的一种伤害。隐喻往往恢复了异质的、飘零的事物之间的联系，而高度隐喻化的书写则使得诗中之物不再是负载情绪与哲思的空洞符号，因为，它

---

① 刘勰：《文心雕龙·神思》，载《文心雕龙注订》，张立齐校，国家图书馆出版社，2010，第248页。

本身就是一个象征物，是可以自我运动的物自体，它是此又是彼。《树叶曾经在高处》中的城堡、落叶、钟声、尘土，它们已与时间、光荣、死亡合二为一，你无法将它们一一剥离，你最终只能在两者的汇合里领悟内在的真理。这类似弗里德里希所说的现代隐喻："现代诗歌隐喻不是用隐喻为一个现存者唤起一个相似者，而是借用隐喻强迫彼此分离者汇合为一。"①所以，当我们读到这样的诗句，"一匹好的木马需要一个好的匠人小心细细地雕呀/一匹好的木马不比奔跑的马在草原把它的雄姿展现/但一匹好的木马曾经是狂奔天空的树木/它的奔跑同时也不断地朝着地心远去/它是真正击痛天空和大地的马/它的蹄音与嘶鸣是神的耳朵/但是神害怕了，神因为抓不住木马的尾巴而彻底暴怒"（《木马》），我们俨然置身于一个亦真亦幻的象征世界，狂奔的树木、能够击痛天空和大地的木马，与诗人不竭的热情、张扬的自由高度统一，成为诗中一个奔跑的隐喻体。庞德要求隐喻的图像"是发射光芒的旋涡，理念呼啸着穿过它"②，可以说，东荡子的诗歌图像准确地达到了庞德的要求，其中沉浮的隐喻体不再是飘零的、需要联想来牵线的符号，而是本身就闪烁着理念之光芒的发光体。

俨然，东荡子诗歌之针的淬炼与上述节制、简洁的修辞、精简的意象，以及高度隐喻化的书写技艺有关。简洁节制的抒情剥离了大量可供分析的诗歌修辞，让诗作如坚硬、冰凉的银

---

① 胡戈·弗里德里希：《现代诗歌的结构：19世纪中期至20世纪中期的抒情诗》，李双志译，译林出版社，2010，第208页。

② 胡戈·弗里德里希：《现代诗歌的结构：19世纪中期至20世纪中期的抒情诗》，李双志译，译林出版社，2010，第195页。

针一样难以进入；而精简的意象则扫除了意义的歧路，让诗作元气充沛；隐喻化的书写则让诗作笼罩于晦暗，并尽可能地远离诗歌的单义性内涵，成为一种含义丰富的有机形体，这种简约的言说方式与丰盛内涵之间的不和谐使得东荡子的诗歌成为胡戈·弗里德里希所言的具有魔力的现代诗歌，"这种诗歌更情愿成为一种自我满足、含义富丽的形体，这形体是那些以暗示方式作用于前理性层面，同时又让概念的隐秘区域发生震颤的绝对力量所组成的一种张力织体。"①

固然，东荡子诗歌之美与力离不开银针般坚实、简洁的形态，但让诗歌能持久发光的，是作者直指人心、直取生命秘密的思想直觉。东荡子的诗句朴实无华，却如闪着强光的银针，能够在瞬间命中真理的穴位，尘世的迷惑与浮华在他穿透性的言说下乍然溃散，存在之上的本质犹如金刚显身，让我们不能不惊讶于他直抵本质的能力。"写在纸上的，必从心里流出/放在心上的，请在睡眠时取下/一个人的一生将在他人那里重现……失败者举起酒杯，和胜利的喜悦一样"（《宣读你内心那最后一页》），这种具有银针形态的诗歌在美学层面（它体现为对抽象思想进行格言化的造型能力），诱惑我们的同时，又以一种尖锐有力的重压直契我们内心。因为，东荡子的这类一针见血的箴言式的诗句有能力深入复杂的真理根部，并将之以一种近乎透明的姿态将它豁然呈现。

我相信东荡子就是苏珊·朗格所言的"思想的直觉人"，

①　胡戈·弗里德里希：《现代诗歌的结构：19世纪中期至20世纪中期的抒情诗》，李双志译，译林出版社，2010，第2页。

他有一双根基清澈的具有穿透性的精神之眼，能以最直接的方式抵达真理的核心。他观看世相万物，却并不胶着于现实的逻辑联系，更不耽溺于个人情感的呢喃，而是从动荡的表象窥见了阔大的永恒与真实。由此，东荡子让自己有效避免了陷入这充满利益得失与外在束缚的时代生活，更愿意在抽象的哲思与文明反思下展开诗性的翅膀，他的诸多诗篇草就于东奔西突的谋生途中，深圳的出租屋、广州的城中村、北京的胡同等，上述诗作末尾所标识的地理位置的漂移亦是他动荡生活连绵展开的证据。然而，让我惊讶的是，诗作中却闻不到一丝时代的喧嚣与个体不安的气息，如果有，那也是超越生活本身的精神性的痛苦与欢乐，如这首写于深圳旅馆的《英雄》，"欢呼的声浪远去/寂静啊，鲜花般放开的寂静/美酒一样迷醉的寂静/我的手/你为什么颤抖，我的英雄/你为何把喜悦深藏/什么东西打湿了你的泪水/又有什么高过了你的光荣"。此诗作于1992年，深圳作为市场经济甫起的都市新贵，正成为举国为之激动的淘金圣地，而游荡至深圳寻求工作机会的东荡子难免不被席卷其中，一并经受转折时代、摩登都市的挤压与洗刷。然而，可贵的是，诗人却并不朝向一般意义上的生存经验的揭示，他自觉将写作指向超越了时代悲喜的人的根本性的精神处境，歌颂一切人所可能拥有的高贵与美，《英雄》一诗仿佛是来自山巅的普罗米修斯所发出的咏叹调，它激起的是对普遍性情感与精神境遇的共鸣。俨然，东荡子就如展翅于尘世之上的羽鹤，他要挣脱这个时代的外在表象与内在纠葛，不再纠缠于经验性、个人化的生活事实，而是依仗思想的直觉来萃取生活的本质。《一片树叶的离去》寥寥几句，却参破生死，"仿佛晴空垂

趋光的书写：诗歌、地域与抒情

首，一片树叶离去/也会带走一个囚徒"。凋零之树叶是诸多抒情诗熟悉并乐于引入的意象，东荡子却摆脱了细节的描写、惯常情绪的抒发，单刀直入，将落叶直接引至生死的冥想之中。糅杂的外部经验在他诗歌中如树叶般一一落去，诗中的存在之物因接通了本质性的精神而熠熠闪光，诗人因此独踞于意义的山巅，吟咏从这些纯粹象征物之上所呈现的人类绵延不绝的爱欲生死。

这大约就是东荡子的大海捞针，诗作中诸事万象剥落了现实的蛛丝马迹，摧毁了生活的固有逻辑，作为通向真与美的中介物，它们共同构成了东荡子向生活之海萃取诗歌之针的经验质料，譬如一只蚂蚁、一片树叶、一只容器，这些被他注视的世相不过是负载了本质意义的躯壳，是通往广袤精神天宇的一条小径。《王冠》瞩目的蚂蚁是细小而沉默的，诗人却要赋予它们以王冠，并在金子、红糖及"会怎么样"的质问中，借此展开人性的反思、抽象之真理的询问；《容器》歌唱的是日常的器具，但诗中的它并不是一个具体的实存，而成为命运的化身，"容器噢，你也是容器/把他们笼罩，不放过一切/死去要留下尸体/腐烂要入地为泥/你没有底，没有边/没有具体地爱过，没有光荣/抚摸一张恍惚下坠的脸/但丁千变万化，也未能从你的掌心逃出"，在对容器的抽象性定义中，展现的是回旋其中的纯粹的本质性力量，吟唱的是普遍的命运悲剧。这类物象的敞开与意义深远的呈现让人想起海德格尔论述凡·高的名画《鞋》："这器具浸透着对面包的稳靠性的无怨无艾的焦虑，以及那战胜了贫困的无言的喜悦，隐含着分娩阵痛时的哆嗦、死亡逼近时的战栗。这器具属于大地，它在农妇的世界里得到保存。正是由于这种保存的归属关系，器具本身才得以出现而自持，保持着原样。""鞋"在海德格尔的哲思观照下成为"世界得以显现的一种方式，也是真理敞开的一种方式"①。同理，东荡子笔下的具体事物也是世界显现的一种方式，是真理敞开的入口，现实的个体之物不过是东荡子由此凭空跃入真理世界一个的支点，于是，他的诗歌在小与大、低微与神圣之间形成了巨大的张力。

然而，东荡子为何能如此准确地找到低微之上所隐匿的神？如何能准确地拨开大海的迷障找到精神的真针？现实世界中的东荡子，不仅生前的大部分时光行走于时代边缘，而且刻意地与书本保持距离，有意无意地远离人类文明累积的知识与传统，但是，他的诗歌却能呼啸如针尖，一针见血，其"思想直觉"的秘密是什么？"我坚信从自己身上出发，从他人身上回来，我将获得真正的光明。我要读的最重要的书是我一生一世都读不完的自己这本书，真正读懂了自己，一定就会读懂他人，世界也不过如此。"或许，上述自白揭示了诗人何以能够大海捞针的秘密。在东荡子的理解中，作为生命有机体的历史、社会，是由无数的生命实体所构成，这就意味着从生命个体出发，便能勘测全体意识内部的秘密。循此思路，东荡子趋向于不依仗他人经验、摈弃由经典堆积的话语理论，执着于针对自身生存的永不懈怠的思考，"我依靠思索/穿过荆棘和险恶而达到欢迎我的人们"（《诗歌是简单的》），当生命个体作为全体之集聚点成为思考的对象，诗人将无时无刻不在获

---

① 海德格尔：《诗·语言·思》，彭富春译，文化艺术出版社，1991，第212页。

趋光的书写：诗歌、地域与抒情

得。古希腊德尔斐庙的神柱上镌刻有"认识你自己"的大字，古老的格言仿佛在昭示，只有在无限沉静的自我注视下，才会于遮蔽中望见一切之根本的真身。

对东荡子而言，诗歌不再是外在尺度的蔓延，而成为内在尺度的本质性存现，从对自身的无限开掘中，他得以更清晰的方式拨开历史迷雾抵达真实的透明。在《世界上只有一个》一诗中，东荡子明晰地表达了他对历史、修辞的怀疑，强调从个体生命出发抵达世界之本质的坚持，"什么是新的思想，什么是旧的/当你把这些带到农民兄弟的餐桌上/他们会怎样说。如果是干旱/它应当是及时的雨水和甘露/如果是水灾，它应当是/一部更加迅速而有力的排水的机器/所有的历史，都游泳在修辞中/所有的人，都是他们自己的人/诗人呵，世界上只有一个"（《世界上只有一个》）。面对历史、修辞的先在性霸权，东荡子有勇气剥离迷障，直接质问"什么是新的思想，什么是旧的"，对于他而言，只有天地间以血肉之躯亲近大地的农民兄弟才更靠近生存的真相，而被建构的历史不过是修辞术所堆砌的文字游戏。要避免这类思想蛊惑与历史陷阱，东荡子指出只有所有的人都成为自己，才能救赎自身，一如诗人，就其独特的生命感受与日常经验而言，诗人永远只是这独特的一个，但这一独特性却能抵达普遍的真理与本质。在上述运思过程中，外在的概念，抑或历史，脱落了被人为赋予的意义，它们被恢复了原有的初始性，以尚未被命名的、从未展开过的陌生者的方式，被诗人的思想所穿透，存在的迷惑以一种透明的方式被揭示。这类充满自我力量，并能自我发光的诗歌只能来源于诗人依靠独立思索与自我体悟而发生的意义旋涡。

正是源于"从自己身上出发"的领悟与坚持，东荡子获得了思考的自由，更愿意"每一个创作都是书写自己、虚构自己，或许是更真实的自己。在人与神两道门槛之间，东荡子自由地出入"[①]。而东荡子这些有着银针之洁净与力量的诗作也毫不掩饰地映衬出当代诸多诗歌生命力苍白、力量匮乏的事实，究其原因，一言以蔽之，太多当代诗人不是求诸己，而是汲汲于求诸人。当迷惑于他者目光、外在诱惑，为他者而书写的诗作必然是一种修辞性的、自我遮蔽的诗歌。一旦面临面目全非、日趋破碎的现代语境，当代诗人们空无一傍，不得不依仗别处的生活、他人的经验、名人的精神言说来制作诗歌版图，大量的诗句在话语重复指涉、各路理念纠缠不清的芜杂中匍匐前行，经过重重指涉修饰而成的诗歌，更多成为一种语言的盛宴、智力的展览，诗与真、诗与心之间却是山重水复、暌隔渺茫了。当下诗歌在文学版图上的日益萎缩固然有着时代、社会诸类因素，而作为诗歌内部的这种生命力的自我遮蔽是否也值得我们深思？东荡子的诗歌言说恰好为我们的当下反思提供了一份有效的参照。

---

① 聂小雨：《东荡子：最可贵在于诗人合一》，《南方都市报》2014年6月8日，GB19版。

"新"与朝向未来的传统：
对新时代诗歌的一点思考*

前段时间，《诗刊》邀我写一个有关新时代诗歌的思考。在我看来，新时代之"新"不仅是时间进化链条上的动态指认，也是连接历史并作用于未来的构形方式。所谓"苟日新，日日新，又日新"（《礼记·大学》），动态的革新发展内部亦包含了自我省思，它表征了时代在持续自我进化的同时又在冷静地自我净化。对于朝现代性方向加速狂奔的社会总体物而言，翩然降临的新时代亦赋予了我们一个清醒的回顾视角，譬如，如何在快马加鞭的现代性进程内部有效承续传统文化？如何在世界性的合唱中加入中华民族清晰的声音？当下有关文化自信的召唤，再次回应了自五四新文化运动以来传统与现代的二元对峙问题，激活了沉潜于文化深层的传统血脉，对新时代文学的传统叙写提出了更为显豁的要求。艾略特曾如此思考传统与文学的关系："不仅最好的部分，就是最个人的部分，也是他的前辈诗人最有力地表明他们的不朽的地方。"①对于尚处于未完成形态的中国新诗而言，我们要创造时代的诗篇，不仅要凝目当下、远眺未来，也要将不朽之传统有力地化合入时代抒

---

* 发表于《诗刊》。
① 艾略特：《传统与个人才能》，卞之琳等译，上海译文出版社，2012，第2页。

情之中，缔造富于文化主体性与传承性的民族文本。

　　曾几何时，基于现实策略与弃旧图新的现代性狂热，"五四"以来的新文化运动干将多以决绝的姿态斩断传统之羁绊，"打倒孔家店""重估一切传统"的呼声不绝于耳，传统/现代、保守/进步成为两组可以相互置换的表述，鲁迅甚至抉心自噬，要求青年学子少读或者不读中国书，这类基于现实思考的偏执所引发的传统之断裂，不免引人唏嘘。对应诗歌现场，自胡适的《两只蝴蝶》振动了现代性的空气，中国新诗的形成便是一个总体从古典挣脱出来、不断朝向西方现代性奋力追逐的过程。西方的文学传统及其诗学理念成为不言自明的价值依据，迷恋于现代性复制的新诗一度沦为他者的一个拙劣的回音，以致老诗人郑敏在"世纪末的回顾"将新诗的病灶归罪于对传统的背弃。然而，抛开固化的历史概念，折回新诗本体，我们仍可窥见，新诗朝向传统的回眸从未停止，从新月派对古典意境的转化、卞之琳对于传统诗学的接通，到新时代以来一批诗人朝向古典的持续努力，这些沉静而执着的诗学实践都昭示了古典传统绵延不绝的生命力。

　　文明的传承首先离不开其重要载体——语言。语言不仅是表述交流的工具，更是民族文化积累的凝结体，沉淀了世代的记忆与文明。汉语作为中华民族独享的表意系统，它有着自身的面容与经脉，与强调逻辑追踪的西方语言不同，汉语多为单音节词，每个词都自足性地蕴含了自身的能量，词与词的关系不是冰冷逻辑链条下的话语指涉，而是水波般自由流动、富于弹性的翔舞，在指涉他者的同时也折射了自身的光芒。汉语暗喻的质地让字里行间发展出广阔的想象空间，郑敏就指出：

"此汉语的浓厚的暗喻色彩使得汉语本身就富于诗的本质。这也是汉语这充满人类直接想象、感性视觉美及思维组织能力的文字较拼音文字的冷漠无感性视觉美更优越的原因。"[①]然而现代性场域下，经过口语化改造、白话文引入、欧化熏陶等杂合而成的现代白话成为诗人面对的主要语言质料，语言的现代性追求似乎成为唯一可能的方向，在这种倾向性的场域下，新诗书写弥漫着一种普遍的欧化、晦涩的语言气氛，汉语的节制与优美难觅其踪，这对于仍在路上的新诗而言，不能不是一个巨大的损耗。

诗歌作为语言的最高结晶体，更需要从朝向西方的迷途中折身，从汉语，特别是孤悬已久的文言文中寻求浩渺之来处。重新拭亮汉语之美，也是当代诸多优秀诗人的自觉追求。张枣将"汉语性"视为破除新诗美学牢笼的关键；杨炼着意在古籍诗文与现代经验间化合一种"中文性"的诗作；当下的诗人如胡弦、陈先发、赵野等，他们的诗作剥离了现代语言的冗余，拭去了白话文的粗糙，不仅遣词造句间趋向文言文的端文、雅致，亦在诗句的编织中大量征引古典诗词的语码，如"这一夜明月低于屋檐/碧溪潮生两岸"（陈先发《前世》）。这类省略了连接、逃逸于线性叙述之外的话语羽毛，从唐诗宋风间漂浮而来，构筑了一个古典诗文传统与客观自然相呼应的丰富语域。当然，汉语并非自主性的生长物，它所包孕的传统之美仍需要新时代诗人对之进行持续的激活与转化，不仅要能表述我们外在的世界，还要能切入幽微曲折的深处，道出时代

---

① 　郑敏：《语言观念必须革新》，《汉字文化》1997年第4期。

内部的秘密。

古典传统对于新时代诗歌而言，不仅启动了我们朝向语言风景的航行，而且也为当代诗人应对现代性生存图景提供了反思的精神资源。一马绝尘的现代性创造了丰盛的物质生活，与此同时，现代化陷阱也联袂而来，激进的工业生产带来了山河污染、雾霾漫天的无情反噬，精密冷静的技术体系制造了人际关系的紧张与冷漠，人与自然日趋分离，乃至对峙，传统天人合一、淳朴清净的诗意空间一去不返。敏感于这一现代性困境，柏桦、杨键、李少君、胡弦等诗人，折返回传统的美学森林与哲思幽泉，借传统之盾来抵御现代性的粗暴阴影。他们瞩目于林泉飞鸟、田陌农夫，痛心于山水、寺庙、宗祠等坚固之物的倾颓，所以他们赞美、感慨，又反观批判，要从传统断裂处再续前缘，要从时代的飞白处目迎古典之飞鸿。

新世纪初，柏桦抛出长诗《水绘仙侣》，着意以炫目之文编织晚清江南人物的世俗生涯，精雕细琢于他们茶、食之间的优游生涯，于往事追慕间展示了现代化反思的古典维度。与柏桦的隐喻式反击不同，杨键悲痛于现代性暴力结构下被碾压的古典之美，渴望"失散的事物将由仁来恢复"，希冀借孔孟之道来缝合日益离散的文明，他持传统耕读之道，结庐于马鞍山乡野之间，以一名传统士人的方式独行于世，遭逢工业文明对于自然与传统的破坏，他以遗民的方式喟叹古典的消亡"什么都在来临啊，什么都在离去"，所以"必须爱上消亡，学会月亮照耀"（《古别离》）。较之杨键悲怆的感叹诗学，李少君平静而超然，他攀援东方自然哲学之枝以寻求救赎之道，"中国传统，自然至上。道法自然，自然是中国文明的基础，是中国之美的基础"①。在诗人看来，自然山水以其亘古不变之大美，无声地调节着现代人的心灵，以其携带的悠远文明默默教化着迷途的游子。如果将上述诗歌简单地纳入时下流行的生态诗范畴，无疑缩小了他们的精神能量。在我看来，他们频频回眸的抒情姿态、对永恒之物的体谅、对时代的完整性追求，再次化生了古典诗学的精神命脉，擦亮了东方哲学的微弱光芒，为现代性危机提供了一条遥迢的回应路径。

当然，承续传统不仅是对其过去性的领悟，更要理解传统的现存性，从当下的虚空处创造性地汲取传统的强劲动力，本雅明指出："历史是结构的主体，它不是同类的、空洞的时间，而是充满了现在的时间……"②借此，我们可以转而言之，当下不是同类的、空洞的时间，而是充满了历史传统的时间。更何况中华民族源远流长的文化传统以其持续性与独特性自成体系，为世界文明提供了独特的精神结构与审美方法，可谓人文之渊薮，它不仅闪烁着过去之光辉，更奔流着有关当下与未来的鲜活力量。我相信新诗一旦重续传统的经脉、驱除沉积的负累，势必能在传统与时代的相互激活间生成具有民族主体性的理想文本。

---

① 李少君：《自然对于当代诗歌的意义》，《大家》2014年第5期。
② 瓦尔特·本雅明：《历史哲学的论题》，载张京媛主编《新历史主义与文学批评》，北京大学出版社，1997，第36页。

黄礼孩诗歌论*

　　当代诗坛上，黄礼孩的身影总是若隐若现，他从未进入过辉煌的旋涡，但也从来不会被人忘却；在念起与文学有关的美好事物时，他一直沿着诗歌小径挺进的背影总让你牵挂；当朝外的心要往更广阔的地方退去时，你更不能忘记他那些温暖纯粹的抒情诗。诗评者呼他为"光明之子"，我想，黄礼孩的光明不仅在于他诗歌形态的明亮、字里行间散发着宗教般的精神光芒，也离不开诗人追求光明生活的生命实践。诗歌及其诗人本身所呈现的明亮品质，常常让彷徨于时代内部的我感到一种巨大的安慰，这份情愫的产生或许仍要指向时代语境这个绕不开的老话题。可以说，自20世纪90年代以来，甚嚣尘上的商品经济大潮已昭告了这个开始多元化的时代，发生过的和正在发生的告诉我们，这不再是一个总体性的时代，不再是一个理想主义的时代，更不再是一个诗歌的时代，诗人们已退入不断被边缘化的世纪阴影中，成为金色物欲中的那点空白。"一切都四散了，再也保不住中心，/世界上到处弥漫着一片混乱"（叶芝）。混乱年代的诗歌随着诗歌"口语化"的呐喊、"下半身"的卖力舞蹈，似乎也走向了一个溃散的混乱之中，理想与激情悄然远遁，诗歌书写与诗歌欣赏已日益成为边缘化的小

＊　发表于《创作与评论》。

　　　　　　　　　　　趋光的书写：诗歌、地域与抒情

众活动，以致只有"梨花体诗""羊羔体"等类似娱乐八卦的新闻才能激起人们对诗歌的重新关注，诗人何为的疑问与期待，再次在新的语境下敲响它的警钟。显然，要在这混乱中坚守诗歌的道义与美德是令人沮丧的，然而正因如此艰难，黄礼孩在诗歌道路上持续不断地努力才让人尊重并感到安慰。在被人视为立于商品大潮潮头的广东，黄礼孩就像一阵清风，一个具有启示性与挑战性的绝对存在，他的意义不仅在于他坚持数十年独自穿越黑暗与贫穷，承办了享有"中国第一民刊"声誉的《诗歌与人》，更在于他作为一名从不懈怠、从来警觉的诗人，持续地表白了诗人最充沛的理想与坚持的力量，持续地坚持着诗歌的高度与纯度。我想关注他，就仿佛在关注我被尘埃掩埋已久的内心高地。

一、诗歌的朝圣者

90年代之后社会的变化不仅外在于社会经济层面的转折，也内在于诗歌命运的转折。市场经济的崛起，一方面导致了大众文化的汹涌前来，另一方面则是理想主义精神的失落与诗歌的日益边缘化。80年代那种充溢着启蒙精神的理想纷纷成为90年代诗人诟病的对象，拒绝深度、解构崇高、回归平庸等诗歌理念成为新一代诗人不约而同的选择方向，诗歌跃身飞下神坛，仿佛成为这个日益平庸社会的一个注释。在这个背景上，黄礼孩对诗歌近乎信徒般的崇敬与狂热，不啻有着"虽千万人，吾独往矣"的气度。无论在有限的记者访谈中，还是在诗歌理论的阐发里，黄礼孩总反复强调诗歌的神圣性，在纲领性的诗歌宣言《完整性诗歌：光明的写作》中，他以信徒般执着的语气如是说："诗歌是一门伟大的艺术，它除了技术上达到浑然天成，精神上更应成为人类的明灯。这才是我们呼唤并景仰的美轮美奂的伟大诗歌，伟大的诗歌肯定又在知道并帮助人类建设自身，消除黑暗达到精神的完整，这无疑是人类的光明。"[1]在黄礼孩心中，诗歌高蹈于文学世俗功能之外，它所衍生的意义与宗教等同，是光明、神圣的代言词，有着指引人类走向光明、消除自身黑暗的指路明灯的功用。

这种对诗歌神圣性的诉求，首先表现在黄礼孩对诗歌的一种绝对精神的信仰上，怀着对于诗歌这种宗教般的信念，黄礼孩在不少诗作中以颂歌的方式抒发了一名诗歌信徒的决心与信念，在有关良知、承担、意义等终极性追问与思考中，呈现了一名与世俗名利隔绝的朝圣者的书写伦理。在《谁跑得比闪电还快》一诗中，黄礼孩表达了他圣徒般孤绝的姿态，"我要活出贫穷/时代的丛林就要绿了/是什么沾湿了我的衣襟"，诗句道出了一种平静又高傲的精神自况：远离时代的侵蚀，通过坚守理想的生命实践来对抗人类生活的顺流而下。我相信，一个在追求富裕与舒适的社会中坚持活出贫穷的人，必然是不被世俗规则所羁绊的人。在诗歌日益边缘化、诗人几乎成为"痴人"、无以谋生的弱势群体等代名词的时代，很多诗人在现实挤压下要么纷纷逃离诗歌堡垒，要么也自觉回避了诗歌中的重的层面，与消费社会、商品经济开始了暧昧的媾和。而黄礼孩

---

① 黄礼孩：《完整性诗歌：光明的写作》，《诗歌与人》2003年7月号，第1页。

却义无反顾地与这个时代背道而驰，将自身全身心投入诗歌事业这么一个巨大的旋涡里，他如一个在商品时代逆流而行的独行者，一个在歌颂金钱的时代里歌颂贫穷的边缘人。

《困顿》《火焰之书》等诗犹如诗人的精神宣言书，面对商品经济、消费理念顺流而下的时代大潮，他以“吾将上下而求索”的信念，向着诗歌的精神高地逆流而上。《困顿》一诗里跳跃着诗人一颗化为春泥更护花、九死而不悔的信徒的心灵：

秋天之后枯叶又深了一些/野兽惊骇的表情/很快消失在灌木丛中/我不属于别人/我有着信徒的生活/我依然暧昧/爱上时代的困顿/我从来不隐藏自己的恐惧/那些陌生的落叶/因为春天，它又称为地上的礼物（《困顿》）

读到这首诗，我不能不想起黄礼孩在现实中似乎困顿的生活。在喧嚣凌乱的广州沙河顶，黄礼孩数十年如一日地坚持着诗歌杂志的编纂与传播，为了应付各项开支，他不断给各类演艺活动写台词、为各种文化公司写策划稿、为出版社打工，忙碌如斯以致如他在诗中感叹“我还没来得及悲伤/生活又催促我去奔跑”（《谁跑得比闪电还快》），而他这样无暇悲伤地奔波劳苦，所赚的金钱只不过为了他的诗歌理想，为此，数十年来，他一直过着与他收入不相称的清贫生活。在这个以金钱、权力为标准来衡量人生成功与否的时代，黄礼孩这种为了供奉诗歌而甘愿清贫的生命实践，的确算很多人眼里的“困顿”，清苦而寂寞的状态远远遁离了人们所孜孜追求的时代生活。在这个诗歌日渐沉寂的年代，黄礼孩数十年的坚持也并未给他带来尘世幸福的报酬，这样辛苦，又这样甘愿。这种"信徒的生活"让我想起了那些终年奔波在朝圣途中的教徒们，忍饥挨饿、跋山涉水，却满怀希望和爱。在最新版的诗集《热情的马祖卡》中，诗人将《火焰之书》放在最末，这仿佛是一个总结，也是一个昭告：

暮色透着薄薄的光／愈来愈近／我承担着今天的一切／旋转的早晨／落日一样平静／像神的故乡／明天再柔弱的大海／也会升起太阳／海底的火焰之书／纵容了我的心／动身去朝圣（《火焰之书》）

面对即将降临的暮色，黄礼孩静静承担这一切，没有大声抗议或者自怨自艾，不管此时如何，诗人心中仍然有着对明天"升起太阳"的信念，有着对"神的故乡"不灭的信仰，他如一个坚韧而又痴迷的圣徒要"动身去朝圣"。朝圣对于朝圣者而言，往往必须践行两重意义：一重是信，还有一重则是以尘世的生活予以实践。信，源于对神性的信任，它是朝圣者的精神源泉；与此同时，朝圣者跟一般信徒的不同之处在于，他们不仅信，而且用自己的生命实践来实施这份虔诚。当遭遇荒郊野岭那些衣衫褴褛却精神矍铄的朝圣者，我们能深刻感觉到他们身上焕发出的快乐与满足，并深刻震慑于宗教的精神力量。因此，当我遇到黄礼孩的生命个体及他的诗歌书写，一个诗歌朝圣者的形象在我脑海中经久不息地闪烁，他对诗歌那宗教般狂热的信仰与执着的生命实践，是一个时代精神坚守者的折射与映像，是诗人理想主义精神的重新彰显。黄礼孩的有关圣徒的自许及其朝圣的强调，由此衍生了一系列闪光的精神谱系：即以一种逆流而上的姿态抵制时代与历史的双重侵袭，通过诗歌的力量来反抗人类生活中江河日下的世俗化洪流。可以说，作为诗人与作为生活的人，黄礼孩是雅斯贝斯所说的那种人格与诗合一的人，执着、明亮、偏离世俗形态而不断向精神高地朝圣的生命实践，使得他的诗歌优如生命中自然散发出的一道光，充溢着纯粹的精神质地。

二、靠近圣诗的吟唱

在缺乏宗教意识的语境下，提及作家的宗教精神总让人觉得可疑，然而，不可否认的是，宗教所含括的精神维度与价值取向对作家精神的照亮已经不是秘密。一个作家可能不是教徒，但生命经验中相关宗教行为的耳濡目染，有关宗教教义的思想触摸，会成为他日后面对世界时不自觉的精神攀援。黄礼孩从未承认过自己是基督徒，只是在《祖母》一篇短文中提及祖母的基督信仰和儿时有关宗教的感性经验，但毫无疑问，幼时随祖母去教堂做礼拜、聆听圣歌的经验已经深深内化为诗人生命的一部分。"而祖母带我去做礼拜却所走的是一条神秘的道路，让我幼小的心灵早早学会去敬畏大自然。童年的爱，是神预备的一份礼物，让我享用一生"。这种宗教经验在黄礼孩日后的诗歌生涯中，仿佛成为始终激动他的神秘之音。在黄礼孩诸多明亮纯粹的诗作中，我们不难看见基督精神与诗人之间的隐秘联系，这种联系不仅凸显在诗句中有关"天国""教堂""赎罪""感恩""福音"等反复出现的圣诗式的语汇里，也呈现为他诗歌世界所弥漫的神性诉求，那些轻灵干净的诗歌永远弥漫着一种超越当下，与天国、诸神有关的心灵光线，成为回荡着爱与赞美的圣歌。

黄礼孩的诗总是给人一种无法在尘世长久停驻的超越感，追随他的诗句，必然步入一个镌刻着永恒价值与神性之美的境地。就算诗人在尘世万物上有着或深或浅的逗留，但这种亲近，不是为了与万物合为一体，而是为了从中发现某种超越性本质。"相看两不厌，只有敬亭山"，这类人与山水自然相交相融的古老体验在诗人这里难觅踪迹，黄礼孩所亲近的万物俨然是神所缔造的万物，平常事物在诗人眼中焕发出宗教般形而上的光芒。"白杨树是世界的面目/阳光潜伏在它的身上/披上天国的衣裳"（《天国的衣裳》），白杨树在这里不再作为自然的一部分而存在，在它的绝对存在里包含了世界的全部，并通过自身指向神。显然，诗人对它的观看，是一种贯注了虔诚的宗教式的仰望，诗人与白杨树在诗歌中并非物我混淆的结合体，而成为分裂的对峙物，诗人必须以仰望的方式通过白杨来看清"世界的面目"。同样，在《种树》这首仿佛圣诗般的吟咏中，"树"宛然成为神谕化身，成为尘世中人得以救赎的神圣通道：

旷野的花在大地消失了/果实腐败枯干/它比石头的指纹还要坚硬/神说，在此地种上树木/让困苦贫乏的人寻到水源/我种下树，一道道祈祷文/到达那已被无数次想象的天堂/绿叶上的光芒，追逐着风暴/风暴啊，你雨水的心肠/要在这荒芜的旷野走遍/遗落在旷野上的绿宝石/远远地被路过的人看见/他们在这里停下来，掘出来泉眼/他们中那人说："神啊，我的心切慕你，如鹿切慕溪水。"那死里逃生的人/脱离了恶和恨成为义人/还有我的心和所有的心/它们迟钝，但终被泉水穿过/那银河上来的隐秘声音/仿佛又来自人间新筑的鸟巢（《种树》）

万物凋零，困顿的人类死里求生，要想获得救赎，必须按照神的指令种下神谕般的树木，于是，自然中的绿树在诗中成为人类的祈祷文，成为人与神对话的重要通道。"我种下树，一道道祈祷文/到达那已被无数次想象的天堂"，诗人笔下的万物，不再是未经精神笼罩过的原始之物，更不是可被任意操控的无生命之物，它们不但生命充盈，而且沐浴在神的光辉之下，是引领人类向上的神性之物，从中涌动着救赎人类的力量。在这里，人与物的关系成为一种具有上下之分的层级关系，被神所亲吻过的物成为人亲近神的中介物，是高于人之上的"物"。这就不难理解，诗人为何在大量诗作中总是以虔诚与谦卑的姿态去靠近那些细小平常之物，"我一直在生活的低处/偶尔碰到小小的昆虫/当它把梦编织在我的头顶上/我知道再小的昆虫/也有高高在上的快乐/犹如飞翔的翅膀要停栖在树枝上"（《飞鸟和昆虫》）；"低处的小昆虫/在细叶间做梦/嘘，不要让它们醒来/我们不比它们更懂得去生活"（《我们不比它们更懂得去生活》）。这种因对神的信仰而放弃了人类自大意识的基督徒式理念，使得诗人笔下的"物"成为充满启示与绝对意义的事物，诗人在遭逢它们时，总是于谦卑的自省中获取神启的重要力量。

黄礼孩说他的诗歌口袋"一袋装着甲壳虫、村庄、河流、野花、飞鸟；一袋装着善良、感恩、怜悯、爱恋、激情、勇气、坚毅"①。无疑，这些美好的事物与品质都衍生于黄礼孩诗歌中的核心词源"爱"。它不仅源于"爱情""亲情"，更源于对一切生活的"爱"。"生活给我的荣光/我将永不妥协地去爱"（《晚安》），"爱"是基督教的核心教义，据《圣经》所言，爱是上帝闪耀于十字架上的真理，它启示人们，只有爱才是生活的法则。因此，当诸多诗人在以苦难为音符编织诗歌，并沉溺于苦难所带来的光环时，当质疑爱与善成为一种普遍书写方式时，黄礼孩不仅要永不妥协地肯定爱，更要将爱提升到人类生活形式的最高处，以爱的光明来消除黑暗，"黑暗也有通道/你爱过/因为爱，是死亡唯一害怕的眼睛"（《爱是死亡唯一害怕的眼睛》），仿佛圣徒的死亡被圣光所照亮，从诗人心灵的眼睛看来，"爱"必将照耀死亡。从哲学层面而言，爱，是人类在活着的时候能够超越肉身而达到形而上境界的重要通道，同理，死亡，是人类离开肉身而进入永恒的必然形式。从这一点而言，爱与死之间有着息息相通的本质。黄礼孩以诗人的敏感直接进入到有关爱与死的本质性思考中，在他明亮的内心，爱所达到的形而上超越了死亡所带来的必然黑暗，爱的光明照亮了混沌的死亡，这种对"爱"的信任在于心有大爱。面对黑暗和伤害，黄礼孩而不是抱怨、发泄和诅咒，也没有讥讽和嘲谑，他采取的态度是"信"，并用温暖的爱来昭示这一切。"在那贫穷的村庄，请相信稻草上的笑脸/请献出紫檀的芳香/请与那些初次向往远方的孩子攀谈/跟他们描述

---

① 黄礼孩：《我对命运所知甚少·前言》，海风出版社，2004，第1页。

　　　　　　　　　　趋光的书写：诗歌、地域与抒情

理想国/还有大地上的爱"（《攀谈》），黄礼孩从尘世的种种困扰与苦痛中抽身而出，以信徒的方式，相信并向往着爱的"理想国"。

值得注意的是，在洋溢着基督精神的诸多吟咏美与爱的篇章中，"孩子"娇小纯洁的身影总随时出没，他们成为圣诗般诗歌旋律中的一个精灵式意象，有时，孩子在黄礼孩的诗中化身为飞扬的天使，从金色的天国向诗人遥遥招手，启示着神界的光明与美，成为诗人心中接近于神的象征：

天国在孩子们中间/在四季明净的底部飞扬/他们小小的手飞出光线/声音跳跃 竖琴美满/人间的歌唱坐在门槛上/孩子们/围着古老的星斗跳舞/他们献出新乐园的谦卑/这些无限小的神灵/一直在那里（《天国在孩子们中间》）

它宛然教堂里的一首圣歌，在光明、美丽的词汇舞蹈中洋溢着祈祷的回音，孩子们幻化为诗中的天使和发光的音乐、星斗的舞蹈，一起勾勒了一幅有关天国的黄金图画。显然，孩子在诗中洋溢着神性的美感，他们天然地与超拔于尘世的天国融为一体，这让我想起了《圣经·马可福音》中耶稣对小孩的赞美："让小孩到我这里来，不要禁止他们，因为在神国的，正是这样的人。""凡要承受神国的，若不像小孩，断不能进去。"小孩在《圣经》里是清洁与正直的化身。[①]在黄礼孩诗歌书写中，小孩作为其中的核心意象，也有着同等的隐喻功

---

① 《圣经·箴言》中说："孩童的动作，是清洁，是正直，都显明他的本性。"

能，诗人所缔造的这些谦卑、无限小的孩子，他们作为神的宠儿，以神灵的姿态飘扬于天国，成为人类纯粹之精神的象征，有时他们纤巧的身影化身为红尘中的精灵，为疲惫挣扎的人们点燃靠近神的信仰之火。"一个女人木然拾起作业本/她叫出的名字没有应答/她看见一个个嘴含薄薄花瓣的孩子/沿着梯子爬到云朵之上/主啊，让他们走吧/他们爬上来了/他们要奔走在群星之外"（《群星之外》）。诗人抒写孩子，不仅因为在耶稣那里是最清洁、最正直，是离神最近的人，还在于孩子是人之初，是最本质意义上的"人"，他生存于神界与俗界的交界处，在保有神性的同时仍负有人最初的原罪，在孩子身上，他的自然性最能体现人先天所背负的罪孽与阴影：

夜从海的斜面飞过/光线被流放/陪伴着赎罪的人用不着伤心/阳光磨过的伤口/对自己露出的痛/藏在肌肤里一个永不过去的旧时代/它比海水更幽暗/背负阴影的小孩/在静默里露出自己的美丽和哀愁（《小孩走在静默里》）

基督教中的原罪意识成为控制这首诗歌的主导理念，在"原罪说"中，人先天地被烙上了"罪行"，如《旧约·诗篇》所言："我是在罪孽里生的，在我母胎的时候，就有了罪。"先天背负的罪孽成为人被放逐于天堂之外的根本缘由。这种浓郁的宗教意识笼罩着黄礼孩，诗歌中的小孩由此成为背负阴影的行走者，背负着作为人的不可避免的宿命。然而，承担罪孽时，诗人没有让小孩挣扎于无奈与反抗中，而是于静默中露出美丽和哀愁，呈现出基督徒式的温顺与平和。孩子的这种"人"性有时使得诗中的他们会无望地被席卷于命运的旋涡，覆盖于孩子之上的爱，抑或黑暗，皆因神的旨意，悲欣交集成为人之初无可抗拒的宿命。面对宿命，诗人采取的仍是基督徒式的承受方式，他化身为吟唱福音的孩子，在命运跟前低下了感恩的头颅：

> 小孩的牙齿轻轻咬着／时间的手指／这薄薄的花瓣有些痛／七个小矮人离我们很远／无人知道，命运躲在暗处／小孩的手指被施入福音／开出感恩的花朵／远方的眼睛像水一样蓝起来（《手指》）

如童话一样灵透空旷的抒写中，黄礼孩以感恩的方式朝命运致敬，面对躲在暗处的命运，他没有召唤强大的主体意志去奋力"扼住命运的喉咙"来彰显人的力量，也没有低到尘埃里去哀叹无法掌控命运的无力，诗人始终虔诚而充满信念，面对黑暗仍俯身感恩。这让我想起《旧约》中受难的约伯，他虽然遭受命运的重重考验，仍然虔信主的光明，并以平和之心承受一切厄运。而清白无辜的孩子就如清白无辜的约伯，即使身陷泥淖，仍于信仰之光中绽放感恩之花，这种源于爱与信的感恩之光足以照亮暗处的命运。诸神退隐的时代，黄礼孩却在说神道圣；在相信人定胜天的时代，黄礼孩却在向命运感恩。这种洋溢着神性之美的诗作，就如暗夜里的一道光，面对无边的时光诉说诗人内心的神圣，它恍然应和着海德格尔的喟叹："在贫困时代里作为诗人意味着：吟唱着去摸索远逝诸神之踪迹，因此诗人能在世界黑夜的时代里说神道圣。"①

三、以轻的方式存在

圣诗的形态多是轻盈而飘逸的，它们漂泊于教堂的穹顶之下，以轻逸的方式带领聆听者通往天国。黄礼孩这些有着圣诗气味的诗作，不仅在精神线条上与之有着相似性，而且在诗歌的存在方式上，也有着与之类似的轻盈性。这种轻的诗歌质地，自然不是精神稀薄的空虚，不是语言戏谑的轻松，更不是情感失重的轻薄。在我看来，这种"轻"的内在美学意义更符合卡尔维诺在《未来千年文学备忘录》中所言的"轻"，"轻是与精确和坚定为伍，而不是与含糊和随意为伍"②。卡尔维诺从语言审美的角度把文学分为无重量的和有重量的，"数百年来额外你学中有两种对立的倾向在互相竞争：一种是试图把语言变成无重量的元素，它像一朵云那样漂浮在事物的上空，或者不如说，像微尘，或者更不如说，像磁脉冲场。另一种是试图赋予语言重量、密度，以及事物、形体和感觉的具体性"③。面对西方文学"重"的传统阴影，卡尔维诺坚定地肯定了"轻"文学的美学意义，并从文字肌理、微妙元素作用、

---

① 海德格尔：《林中路》，孙周兴译，上海译文出版社，1997，第276页。
② 伊塔洛·卡尔维诺：《新千年文学备忘录》，黄灿然译，译林出版社，2009，第16页。
③ 伊塔洛·卡尔维诺：《新千年文学备忘录》，黄灿然译，译林出版社，2009，第14—15页。

趋光的书写：诗歌、地域与抒情

轻的视觉形象三个层面阐释了轻的文学价值。毫无疑问，卡尔维诺的这种提法为我们重新审视黄礼孩那些篇幅小巧、语言精微、情感内敛的作品，提供了一个重要的理解通道。毕竟，试图赋予语言以重量的宏大型写作曾是中国现当代文学的主流传统，几乎成为当代作家创作中无法回避的阴影，因此，黄礼孩的这种"轻"的书写，不仅成为他自身书写的重要铭刻，也成为当代诗歌文本中一种特别的书写方式。

固然，黄礼孩诗歌的"轻"，多因为大量的短章式的书写被不少评论者惯以"纤巧""精致"来称呼，成为显而易见的"轻"的形式。然而，简洁的短章形式无疑只是诗歌最表层的外壳，根本不能彰显诗歌轻逸诗性的独特之处。为此，本章要考虑的是，如何结合卡尔维诺所谈的"轻"的美学含义来把握黄礼孩诗歌的"轻"的特质，我想，以下三个层面的精微阐析或许会在某种程度上揭示其诗歌"轻"的存在方式：一是语言的轻；第二是意象的轻；第三则是思虑与情绪传达得轻妙。

诗是诗人对语言与存在的双重发现。王光明说："20世纪中国诗歌最大的问题仍是语言和形式的问题，汉语诗歌的发展必须回到这一问题中建构，才能使诗歌变革加富增华，而不是因变而益衰。"[1]作为一名有良知与悟性的诗人，语言往往成为其一生执着的追求，对于这一点，黄礼孩有着清醒的自觉。在十几年的诗艺探索中，他努力消除语言的重量，在语言策略上始终坚持轻逸的语言美学，在他的语言择取中，我们会发现

---

① 王光明：《现代汉诗："新诗"的再体认》，载《现代汉诗：反思与求索》，作家出版社，1998，第30页。

其中漂浮着大量富于"轻"之回响的形容词和副词，诗人毫不掩饰对"小""细小""微""轻"等轻细词汇的偏好，通过形容词与副词的修饰与限定，诗中的语言仿佛被抽空了重量，变得轻灵而纤细。如"一只小兽从草丛穿过/我与它隔着一米月光的距离"（《小兽》），在"兽"这一有着野性与力量含义的名词上冠以"小"的修饰，兽便在诗中变得精致，产生了变形的效果，经过打磨的兽与阴柔的月光形成了美的契合；又如"夜的翅膀/在黎明时分摇动迷人的尾巴/比小天鹅更灵气十足"（《露》），在"天鹅"等表征了高贵的词汇前面予以"小"的限制，"天鹅"这一词所包含的"高贵"重量被削减弱化了，它身上所负有的惯常的精神重量被人为减轻了，变成诗中灵气十足的夜晚精灵。"轻"的修饰方式俨然是诗人惯用的手法，诸如此类的诗句层出不穷。如"它要通过黑暗的门/取下一棵小树的耳朵"（《安静》）、"低处的小昆虫/在细叶间做梦"（《我们不比他们更懂得去生活》）、"想你的时候/轻轻地合上了眼睛"（《礼物》）、"有低低的喘息/像叶子就要飞起"等诗句，也因为"小""轻""低低"等轻细词语的修饰，诗句失去了现实中的重量，成为可以随着气流漂浮的词语羽毛，以一种轻柔的方式展开了诗人那颗漂浮于滞重之上的敏感、温柔的诗心。

黄礼孩消除语言重量的方法还体现在将内在体悟与外在世界、个体想象与客观事物有效地编织于自由漂泊的语言之中，在能指与所指、本体与喻体之间轻巧滑动，来营造诗人专制性幻想下被变轻的巨大事物。诗人写粗犷的胡杨林是"风吹胡杨林/金色阳光的睫毛"（《胡杨林》），将风中的胡杨林比喻为极其纤细的睫毛。这种在本体与喻体之间自由漂浮的想象力，构成了将外在世界纤敏化的语言链条，戈壁滩上粗粝的树木幻化为纤美的意象，诗句因此变得精致而清澈。这种着意从重的意象中抽空重量的语言魔术也体现在描写大海这一雄浑、壮丽的客观事物身上。如"两个大海拉着手歌唱"，大海在诗中被祛除了惯常的有关宏伟、博大的重感，变成了两个单纯的孩子。显然，黄礼孩这种语言上的"轻"度修辞，还多通过充满悖论的语言形态来凸显其诗意，"借助气流，天空和大地像两片叶子在飞/松开夜晚不安的睡眠"（《热情的妈祖卡》），在这里，诗句通过"轻"的修饰手法产生了结构性的悖论，叶子与天空、大地等重物之间的结合，让诗句在轻重倒置下布满不合常规之感，浩瀚的天宇土地在诗中变成了飞翔的叶子，这让人联想起浪漫主义手法所专注的惊异，在充满专制性的幻想下，天空、大地变轻、变小，最后成为诗中可以漂浮的意象，诗人通过对事物进行"飞""轻"等脱离了地球滞重引力的描绘，通过肆意的幻想控制，将滞重之物引向飞翔、漂浮的状态，这种灵动化的个体体悟对外在庞大事物的悖论式的"轻化"，使得黄礼孩的语言仿佛闪耀着魔幻光芒的羽毛，灵动地飘扬于诗歌的天空。

　　黄礼孩不仅精灵般地滑行于轻盈而灵动的语言链条上，而且在择取诗歌意象时，也普遍倾向于细小之物抑或具有轻盈质地的事物。意象是现代诗歌的基本构成之物，它指涉的是"诗人感情、智性和客观物体在瞬间的融合，它暗示诗人内心的图景"[①]。与语言一样，意象绝不是对他人创作的惯性复制，而

---

① 　陈超：《生命诗学论稿》，河北教育出版社，1994，第55页。

091

是彰显诗人个体独特性的创造物，优美而充满个性的意象会如透明的宝石折射诗人幽微的心志。黄礼孩的诗歌意象轻灵、优美并富含包孕性，他酷爱以苔藓、蛛丝、小昆虫、树叶等微小之物入诗，这与诸多诗人习惯选择的高山、大河、太阳等宏大意象背道而驰。在黄礼孩看来，这些细小事物因被遗忘而显得更加纯粹，因形式微小，更能凸显"一花一世界"的丰富含义：

　　我珍藏细小的事物／它们温暖，待在日常的生活里／从不引人注目，像星星悄无声息／当我的触摸，变得如此琐碎／仿佛聆听一首首古老的歌谣／并不完整，但它们已让我无所适从／就像一粒盐侵入了大海／一块石头攻占了山丘／还有那些叫不出名字的小动物／是我尚未认识的朋友／它们生活在一个被遗忘的小世界／我想赞美它们，我准备着／在这里向它们靠近／删去了一些高大的词（《细小的事物》）

　　细小事物成为诗人扑捉诗思的重要载体，在它们渺小的形式之上，诗人以谦卑的灵魂俯身入内，窥见了平常事物形式下所包孕的巨大的情感能量与精神秘密，在他看来，世界上那些被人所忽略的细小之物，它们跟高山大海一样，"就像一粒盐侵入了大海／一块石头攻占了山丘"，一旦敞开它自身的意义，便敞开了一个幽深而魅惑的意义世界。卢克莱修在《物性论》中着意引导人们认识所有无穷小、轻和游移的事物，因为在它们的无穷小后面展示了组合、结构所有事物的秘密。在黄礼孩看来，细小意象也包含了这个世界的无穷机密，它们以无声的方式召唤着诗人的自由入驻。

黄礼孩诗歌的"轻"不仅表征于语言与意象的"轻"，更在于他对思虑与情感的微妙传达，为了以更精细、更富于诗性的方式传达内心情愫，黄礼孩的策略是以唯美的方式将粗粝、尖锐的情绪意象化，以隐喻、象征等修辞手法来间接传达情感的内在纹理，这种方式就如卡尔维诺在论述希腊神话美杜莎所指出的"为了砍下美杜莎的头颅而又不被她变成石头，珀尔修斯求助于最轻的事物，也即风与云，然后把目光停留在只能以通过间接方式去看的东西，也就是镜中的影像"①。在黄礼孩微云般清淡的诗歌天空，你极少看到汹涌澎湃的情感波动，再蚀骨、激烈的情绪在意象的绵延里，都变为镜中轻盈、美好之物，成为精致的诗歌之瓮，仿佛暴风雨来临前充满隐喻与暗示的玫瑰色天空，激烈的暴动最后转变为一片丰富的静美。诗人曾反复在诗作中悼念他早逝的母亲，但与一般凄厉的悼亡诗不同，诗人心灵所镌刻的铭心痛楚，不仅摒弃了死亡阴郁的黑色，反而升华为涂满明丽色彩的诗的火焰，如《掉下》：

　　海棠花像火烬/呼吸在我漆黑的内心/天堂的一朵朵火焰/划破我记忆的皮肤/伤痛仍在原处/母亲受伤的银器/像海棠花一样掉下/碎了/海棠花，海棠花/它与天使一起飞/我总是从反面看/它纯净得快要掉下/抱着白色的海洋（《掉下》）

　　这些美丽的诗句，能让你触摸到诗人无边际的忧伤，却听

---

① 伊塔洛·卡尔维诺：《新千年文学备忘录》，黄灿然译，译林出版社，2009，第3页。

不到呼天抢地的悲怆，诗人内心的伤痛与遗憾经过诗思的过滤与净化，幻化为美丽而哀婉的海棠花，花的坠落与飞翔委婉传达了诗人痛失母爱后的内心痛楚与无尽思念。通过火焰般的海棠花、白色的海洋等鲜明、美丽的意象，诗人有效避免了悼亡诗中直白的痛感宣泄，而将浓郁的情感与激烈的情绪着意控制，使之变轻，将之具体化为优美的形象来隐示诗人的心绪，让诗歌避免了一览无余的贫乏与长歌当哭式的宣泄，避免了胶着于现实的"石化"，而走向宛如飞翔的珀尔修斯一般想象的灵动与自由。这种避免"重"的抒情的方式，也极好地呈现在他那首《我不能再做比喻了》：

我不能再做比喻了/时间来不及了/我不能再做比喻了/想到圣经上的话/我来不及，去做一个伪善的比喻/与阳光一起闪耀的/不一定就是温暖的事物/苦楝花开在高处/开在你够不着的地方/它在空中奔涌，含着紫色的毒/时间呀/你再给一些日子/在苦楝花落下之前/我要赶着那些幼稚的小鹅/从苦楝花下走开/远离它奔涌的美丽（《我不能再做比喻了》）

诗人洞悉这伪善与丑陋，但是他的内心风暴并不通过单义、凌厉的语言对之进行痛快淋漓的批判，也不愿通过辛辣的讽刺达到投匕首的目的，甚至，诗中连丑恶，抑或让人不快的意象都没有。紫色的苦楝花与幼稚的小鹅，它们的并置构成了一幅不乏美感的画面，诗人将锐利的愤怒凝结于有毒的紫色花这一意象之中，将内心波动的质疑、悲愤、反抗等诸类情绪化为一种"有意味的形式"，从奔涌的美丽诗意中传达其内在涌动的情绪，正如瑞恰慈所强调的，所有细腻的情绪都需要隐喻的传达。黄礼孩没有通过概念，抑或直接抒情，而是将幽微情绪与激烈情愫浇注于美的意象之中，让滞重的思虑在隐喻中变轻、变神秘，从而抵达了诗歌丰富的隐秘地带。显然，阅读黄礼孩这样避"重"就"轻"的诗歌不需要动用过多的经验与智力，但这并不意味着进入他的诗歌世界是可以随意而粗疏的，相反，你必须动用你的心灵，乃至全身感官投向他的诗歌天空，追踪诗人隐秘的情绪节奏与心灵波动。这种需要身心投入的阅读方式不再是一次经验的旅行、智力的挑战，而是一次心灵的邂逅、灵魂的呢喃，轻在这里是一种价值，而非缺陷。我愿意相信，在当代纷乱而滞重的诗歌丛林里，黄礼孩的诗歌以明亮的精神与轻盈的风致走上了一条溢满芬芳的"蒙塔莱式"的柠檬小道。

南方有嘉木：20世纪90年代以来广东新诗观察*

一、20世纪90年代以来广东地方诗歌的生态场

地域空间与文学生产的关系向来相互缠绕，并引发了中外诸多探讨。远至南北朝，刘勰作《文心雕龙·物色篇》，即有江山之助的慨叹："若乃山林皋壤，实文思之奥府，略语则阙，详说则繁。然屈平所以洞监风骚之情者，抑亦江山之助乎？"近人刘师培的《南北文学不同论》专以地理为据来辨别文学之南北；西方人丹纳的《艺术哲学》亦将地理环境视为决定艺术特质的三大要素之一；斯达尔夫人则指认欧洲南北的地理差异乃是19世纪欧洲文学的变化动因。由此可见，古今中外文艺批评者均认为文学拥有与植物类似的特性，基于地缘而形成的文化空间会生长出具有地域特性的文学艺术，而独特的文学艺术会相应促发、引领地域文化自我主体性的生成。更何况，在全球经济文化趋于一体化的后工业时代，地域文学的自我确证有着纠正全球化之弊端的功用，文学的地理辨析能够有力地打破线性的叙述霸权，离析出当代史上更为丰富多元

---

* 发表于《粤港澳大湾区文学评论》。

趋光的书写：诗歌、地域与抒情

的文学景观。

广东位于南方之南，负五岭而面大海，游移于中原文化之边缘，而多与外来文明相激相融，加之历来为贬谪之所，各类逐臣迁客流寓于此，自古便形成了包容、开阔的地理文化品格，这一地域性的历史文化生态如同适宜的气候催生了富于变革意识与创新精神的文学书写，丹纳有言，"自然界有它的气候，气候的变化决定这种那种植物的出现；精神方面也有它的气候，它的变化决定这种那种艺术的出现"[①]。作为改革的热土，自20世纪80年代末至90年代初，广东已发育成中国当下数一数二的诗歌大省，不仅诗人数量庞大、诗歌活动频繁，而且产生了一批富于影响力的诗人与诗歌事件，广东诗歌的身影由此勃然而大。

值得注意的是，广东当代新诗的生长脉络与新时期的诗歌发展线路并不同步，它有着自身的运动轨迹。较20世纪80年代即已旌旗招展、风生水起的北京、四川等地的诗歌生态，那时的广东诗坛相对沉寂，本土诗评家向卫国指出，"整个20世纪80年代，发生在广东的诗歌事件唯一可记取的似乎只有1986年的诗歌大展，因为它起于深圳（主要组织者是来自东北的诗人、诗歌评论家徐敬亚），但是它的主要参与者都是'北方'诗人……然而，20世纪90年代后期，情况发生了根本变化，真正的多元时代开始了。因为广东诗歌的迅速崛起，诗歌的南北格局发生了显著的偏移"[②]，的确，80年代的广东

---

① 丹纳：《艺术哲学》，傅雷译，北京大学出版社，2017，第5页。
② 向卫国：《世纪之交：广东诗歌崛起的文化生态考察》，《学术研究》2005年第1期。

作为诸多弄潮儿与淘金者蜂拥而至的改革热土，人们似乎还处于市场经济的眩晕与震动之中，来不及关注高蹈的诗歌美学。而自90年代伊始，作为改革开放前沿地的广东，特别是珠三角地区则是中国最先启动的经济地域群，消费经济与工业文化的发展以加速度的方式拉开了与内陆城市的距离，构成了中国具有范式意义的社会场域。当代诗歌史上重要的诗歌现象出现了，以郑小琼为代表的打工诗歌、以杨克为代表的都市抒情诗、以黄礼孩为代表的纯诗创作等，这些诗作成为时代敏感的指针，生成了消费社会最具时代创造性与现实意义的诗歌形态。总之，90年代以来的广东仿佛一块厚积薄发的文化沃土，吸引了无数南下的诗人，也催发了本土诗人的批量成长，一系列震动诗坛的重要诗歌事件在此发生。目前，广东当为诗人数量最为庞大的区域，并拥有一批重要诗人，如王小妮、杨克、郑小琼、黄礼孩、东荡子、世宾、黄金明、杨子、凌越、马莉、杜绿绿、冯娜、舒丹丹、老刀、卢卫平、梦亦非、宋晓贤、吴作歆、浪子、陈陟云、陈会玲、郭金牛、游子衿、唐德亮、林馥娜、谭畅、阮雪芳、嘉励、丫丫、方舟、汪治华等（限于篇幅与目力，还有众多优秀诗人难以顾及），这些诗人有南下的异乡人，也有生于斯长于斯的本土者，他们交相融会，共同构成了广东诗歌天空的瑰丽风景线。

充满活力的诗歌场下，各种诗歌民刊、诗歌选本及诗歌奖等作为重要的文化标志，也充实着广东诗歌史的自我生成，并让曾为中心的北方诗坛错愕而震动。1986年，《面影》作为广东诗歌民刊的先行者创刊于广州，随着诗人江城的加入，《面影》发育为广东诗歌的一个强大的孵化器，从中成长了大批重要的青年诗人；随后，梅州诗人游子衿怀揣对现代诗的热情，于1998年创办了民刊《故乡》；1999年，诗人黄礼孩凭一己之力创办了有"中国第一民刊"之誉的《诗歌与人》，以持续的激情关注并介入当代诗坛，先后推出"70后""中间代""完整性写作"等诗歌概念，被诸多学者视为活的当代诗歌史与精神史。另外，1988年即创刊的《女子诗报》随着主编晓音迁居广东，亦成为广东一份重要的诗歌刊物；2000年，"诗生活"作为国内首家拥有独立服务器的诗歌网站在深圳创办；2001年符马活主编的《诗江湖》以其先锋性让诗坛眼前一亮；除此之外，《行吟诗人》《赶路诗刊》《中西诗歌》《打工诗人》等刊物也以弥散的方式活跃于广东诗坛。

民刊之外，广东还有如下重要的诗歌事件值得铭记：1999年，杨克主编的《中国新诗年鉴》在广州出版，它秉持"真正的永恒的民间立场"，每期对中国新诗进行年度总结，并推陈出新，发掘了一批诗歌新人，被公认为中国诗歌的权威年度选本。2006年，黄礼孩编选的《出生地》和《异乡人》可谓广东诗歌史上标志性事件。《出生地》以本土诗人为大宗，重在表现广东本土文化内部恒久不变的部分；《异乡人》则聚集了众多外来者诗作，展示了广东变动不居的诗歌形态。除了诗集的编选，各类诗歌奖项与诗歌节也若繁花满枝绽放于岭南一隅，黄礼孩创办的"诗歌与人·国际诗人奖"自2005年以来，延续数十年，饮誉中外；2002年，由《南方都市报》与广州珠江地产联合主办的"珠江国际诗歌节"已成为辐射全球、颇具活力的国际诗歌大节；2014年，由世宾、黄礼孩创立的"东荡子诗歌奖"，以其民间立场与纯诗理想，正成长为颇有分量的民间诗歌奖项。2019年，何光顺主编的《南方诗选》具有作史的雄心，清理了1990年以来广东新诗的精神结构和发展线索，具有一定的诗歌史料价值。更值一提的是2013年伊始的广州新诗年会，它以温煦的诗歌之光镀亮了岭南的文化空间，成为广州市民的年度文化盛会。稍作上述粗疏的扫描，我们便可窥广东诗坛盛况之一斑，广东不仅是经济大省，也不愧为诗歌大省、文化大省，广东诗人并未被商品经济、消费文化的浮云所困扰，他们坚定地追逐着缪斯的足音，担当起诗歌书写的时代道义。

二、时代经验的凸显与加深

广东作为改革开放的前沿地，生成了迥异于内陆都市的文化场域与生存空间，它最先经受了资本与消费的全面洗礼，从炫目喧哗的现代性都市到机器轰鸣的世界工厂，一种基于工业、资本的物质新时代最先降临于这片热土，商业经济与消费文化在消解惯性诗意的同时也呈现出它无与伦比的庞杂性与创造性，并呼唤一种新的抒情方式来应对这份泥沙俱下的时代经验。杨克、卢卫平、黄金明、郑小琼、郭金牛等诗人的创作从不同面向切入90年代以来的都市社会，对其进行深描与反思，呈现了立体多维的时代面影。他们或如本雅明笔下的都市漫游人，穿行往来于广州、深圳的繁华空间，或以钉子的形态埋首于东莞、中山等工厂的钢铁机器之间，以见证与批判的方式凸显并加深了当代诗歌的时代经验。

杨克自90年代初南下广州后，便开始了都市诗歌的规模化书写，如《在商品中散步》《天河城广场》《经过》等一系列篇章，勇敢地刺入了都市消费的生存经验之圈，以精敏之词捕捉当代消费社会具有震颤性的符码与碎片，生成了一种具活力与穿透性的抒情方式。《在商品中散步》可谓作者如何形塑时代的一个总体隐喻，消费时代的诗意形态被重新发明，在最后一节，杨克挪用了基督教的宗教语汇进行了高强度的抒情：

现代伊甸园　拜物的/神殿　我愿望的安慰之所/聆听福音感谢生活的赐予/我的道路是必由的道路/我由此返回物质　回到人类的根/从另一个意义上重新进入人生/怀着虔诚和敬畏祈祷 / 为新世纪加冕 / 黄金的雨水中　灵魂再度受洗（《在商品中散步》）

上述具有圣歌气息的诗句作为全诗的收束从"物感"的微醺中乍然起身，发出高亢的祈祷诗般的抒情音调，商品与技术构筑了新的神殿，它所带来的福音让诗人陷入宗教性迷醉之中，势能升腾的诗歌表层俨然是一曲商品的礼赞。然而，作为修饰语的"现代"的强调，以及"拜物"一词的引入，则制造了反对这高势能抒情的障碍，指向了悖论式的空洞内部，如弗里德里希所言："自波德莱尔以来，抒情诗就转向了技术文明的现代性。这一转向始终具有的独特之处在于，它既可以是肯定性的，也可以是否定性的。"[1]正是在否定性的障碍之词的

---

①　胡戈·弗里德里希：《现代诗歌的结构：19世纪中期至20世纪中期的抒情诗》，李双志译，译林出版社，2010，第152页。

指引下，诗中"虔诚""敬畏""受洗"等神圣的大词虽然构建了肯定性的强度抒情模型，但并没有带动诗歌朝向圣诗的飞腾，光辉绚烂的词语能指反而暴露了其所指的空虚，作为实体的商品物质成为被蚀空的黑洞，其势能是反向下坠的，因而，诗歌肯定性抒情躯壳与否定性的内部之间发生了悖论式错位，针对商品拜物教的讥讽音色从过度抒情的声调背后响起，形成了既加冕又脱冕、既拥护又去魅、既肯定又否定的反讽性的抒情形态，精准地呈现了诗人对消费时代的辩证思考。可见，消费、都市等现代事物在对传统抒情美学加以压制的同时，也可能解放了惯有的抒情方式。

　　如果说杨克以既投入又疏离的方式抒写新时期汹涌而至的商品社会与都市生活，那么卢卫平、老刀、黄金明等诗人则从对抗的角度对都市生活展开了深度批判，在他们看来，现代都市是压制性的庞然大物，是人类主体趋于空洞的表征。卢卫平的诗歌沉着、朴实，他游移于乡村伦理与都市生存场域之间，始终秉持乡村的精神尺度对都市文明加以审视，《在水果街碰见一群苹果》《我拿着一把镰刀走进工地》等诗以并置、对比的方式创造了慑人的诗歌意象，"苹果"与"镰刀"作为富于象征意味的乡村符号，被放置于粗糙、坚硬的现代都市空间，其形成的反差与错位使得都市文明的病灶得以骤然现形。黄金明的诗集《时间与河流》则可视为对现代都市的另一向度的反思，他以调头的姿态将缅怀的目光投向了芬芳的大地、静谧的村庄、风中奔跑的少年，它们都在时光流转间一一消逝。诗人对于自然风物、村舍篱落的频频回顾，对于现代工业机器溢于言表的反感，让我们读到了诗人对于工业污染、都市文明的诗意反抗。更重要的是，其复杂而立体的书写背面有着对于现代性霸权更为深刻的心灵体察，他指认进化光谱下层出不穷的"创新"因"无力控制"而化为雅思贝斯笔下的"刺激"，只瞬间呈现意义而不拥有终极价值，"你像一个深渊，一个无底洞，一个有入口/而没有出口的迷宫"，从古典总体性崩散下暴露出来的现代时间，由此成为一个没有出口的巨大迷宫，成为被技术理性与物质欲望所败坏的客体。

90年代的广东因全球资本、技术的涌入而一度成为世界制造业的重要基地，由此崛起的打工诗歌亦凝聚为当代文学史上一种重要的诗歌类型。"打工"作为一个进行时态的历史语码，潜隐了时代的情感波澜与精神秘密，作为改革开放以来重要的社会现象，有关论述可谓连篇累牍，只是对于它的外在表述多为自上而下的扫描、概括，诸种定义与呈现难逃各类权力话语的粗暴塑形，抑或叠化为智识阶层自以为是的社会想象物，而以郑小琼、郭金牛为代表的打工者诗歌是生成于打工群体内部的精神结晶，脱胎于个体的血肉经验，见证性的在场书写为我们建构了宏大叙述之外被隐匿的社会精神史。

郑小琼从江水浩荡的四川南充来到工厂麇集的东莞，她漂浮于各类机器轰鸣的车间内部，"在机台，图纸，订单"的负重下无待地书写，于"铁""水泥"等冰冷之物上提炼诗意，从时代边缘的幽暗处生成了一个混沌而蓬勃的诗意空间。《打工，一个沧桑的词》《生活》等代表作以粗粝的、挟带了速度与力量的语言呈现了打工者挣扎的生活图景与精神折磨。

你们不知道，我的姓名隐进了一张工卡里/我的双手成为流水线的一部分，身体签给了/合同，头发正由黑变白，剩下喧哗，奔波/加班、薪水……我不知道该如何保护一种无声的生活/这丧失姓名与性别的生活，这合同包养的生活（《生活》）

　　"我"是一个辗转于肉身漂泊与精神痛楚间的抒情主体，挣扎于幽远理想与卑微现实的裂缝间，向着虚空中的倾听者诉说无尽的怅惘。密集的情景转换、连绵的情感起伏展现了郑小琼精敏的感受力，当然，这种生存之痛的感慨与抒发，在其他诗人身上也能找类似的强度，但郑小琼的力量在于她的诗歌从个人处境出发，又超越了狭隘的个体悲欢，于私人经验之外还展现了普遍性意义，隐喻了现代语境下个人肉身与资本控制之间的异化关系，成为现代性暴力的一个有力指证。其2012年出版的诗集《女工记》让我们看到，郑小琼拥有了更为开阔的视野、更具包容度的温情，在个体与社会之间建立了更为广泛的伦理维度。

　　至中年方为人知的郭金牛，一直漂泊于广东深圳，长期默默无闻，却从未懈怠过诗歌技艺的自我训练，他的诗作声音清冽，具有强烈的个人风格：词语陡峭，意象清奇，精妙的语言外壳包裹着凛冽的精神火光，《十枝朱红》《花苞开得很慢》等诗以克制的抒情、简洁的言说，敞开了一个充满张力的经验世界，以轻灵的语言承载了一种沉重的现实，其诗作宛如古典白描，寥寥几笔，举重若轻，却直抵一代打工人生命的痛处。

　　马歇尔·伯曼曾说波德莱尔体现了现代英雄主义，因为他在反田园诗的现代渊薮内部发明了现代诗歌，而在我看来，广东的打工诗歌也呈现了我们当代社会的英雄主义，它们呈现了时代幽暗处的伤口，释放了阶层底部的能量，对压迫性的现代符码进行了有力的反击，其书写不是来自悬浮其上的外部，而是来自时代压力的最深处，张力之下更能绽放出炫目的生命能量与美学经验。

三、高蹈的精神突围

曾几何时，源于四溢的商业精神与强大的市场辐射力，广东的经济光芒有力地屏蔽了它的文化生长，广东一度被人视为"文化沙漠"，这类符号化的称呼很长一段时间让人们对广东文学艺术的精神能量视而不见。与此同时，并不擅长自我言说、自我宣传的广东文人，特别是诗人们似乎也并不在乎名与实的分离，只问耕耘，少问收获，由此，当代广东诗歌（除了已然标签化的打工诗歌）难以引起评论者的关注，更难以被纳入主流文学的叙述框架之中。然而，当我们认真审视90年代以来的广东诗歌，我们看到一批诗艺精湛的书写群体仍以罕见的纯粹坚持诗歌的精神性，强调诗歌的伦理承担意识。从王小妮的内倾性思考，到"完整性写作"诗人群的观念叙述与诗歌实践，广东诗歌不仅面朝现实，呈现了时代的见证，而且展示了其高蹈的、逆潮流而上的理想主义的精神色泽。

自20世纪80年代即迁徙至深圳的王小妮，宛然孑然而立的孤鹤，奇异地包裹了自身，她不仅远离深圳热火朝天的经济旋涡，而且远离喧闹跌宕的诗歌现场，她遁身于深圳高楼大厦之间，自觉坚持边缘化书写，保持对纯净精神世界的固执追求，她认为"只有边缘，才是稀有的、独立的，没有被另外的东西干扰影响"①。王小妮仿佛独自在时代的隧道内部挖掘精神石脉的矿工，其写于深圳的一系列诗歌构建了独特的个人经验体系，轻盈的文字羽翼上承载了沉重的历史寓言，平实的日常表层总豁现陡峭的奇思。

2003年，东荡子、黄礼孩、世宾在彼此的诗歌碰撞中提出一个新的诗歌主张："完整性写作"。东荡子将"完整性"视为人性臻于完善的内在追求，"我愿望在诗歌之中消除自身的黑暗，从而获得完整性"②；在纲领性的诗歌宣言《完整性诗歌：光明的写作》中，黄礼孩以信徒般执着的语气如是说："诗歌是一门伟大的艺术，它除了技术上达到浑然天成，精神上更应成为人类的明灯。"③完整性诗学群渴望在逐利的、分崩离析的技术社会重新恢复诗歌与人的尊严，其代表作有东荡子的《杜若之歌》、黄礼孩的《谁跑得比闪电还快》、世宾的《伐木者》、浪子的《无知之书》等。

黄礼孩视诗歌为一种绝对性的精神信仰，在有关良知、承担、意义等终极性追问与思考中，呈现了一名诗歌朝圣者的书写伦理。《谁跑得比闪电还快》道出了一种平静又高傲的精神自况：远离时代的侵蚀，通过决绝的生命实践来对抗人类生活的顺流而下。《窗下》一诗则勾勒了一种明亮而轻盈的精神

---

① 王小妮：《今天的诗意——在渤海大学"诗人讲坛"上的讲演》，《当代作家评论》2008年第5期。

② 东荡子：《消除人类精神中的黑暗——完整性诗歌写作思考》，载《王冠》，天津社会科学院出版社，2005，第142页。

③ 黄礼孩：《完整性诗歌：光明的写作》，《诗歌与人》2003年7月号，第1页。

　　　　　　　　　　　　趋光的书写：诗歌、地域与抒情

维度，"这里刚下过一场雪/仿佛人间的爱都落到低处……你像一个孩子/一无所知地被人深深爱着"，落到低处的雪化为一种"有意味的形式"，让滞重的精神诉说在隐喻中变轻、变神秘，从而抵达诗歌丰富的隐秘地带，并从澄静的诗意内部传达了战栗于细腻情绪之上的有关爱与奉献的抽象思考，瑞恰慈强调所有细腻的情绪都需要隐喻的传达，在我看来，本质性的精神勾勒更需要这类精微的隐喻传达。黄礼孩这些有着圣诗气味的诗作，不仅在精神线条上与之有着相似性，而且在诗歌的存在方式上，也有着与之类似的轻盈性，他善于消除语言重量，将内在体悟与外在世界、个体想象与客观事物有效地编织于自由漂泊的语言之中，在能指与所指、本体与喻象之间轻巧滑动。不过，一个有抱负的诗人总不畏惧打破光滑而鲜明的过去，从《条纹衬衫》开始，黄礼孩的诗歌变得更具重量与力度，他提纯了富于现实穿透力的意象，在不断的追问、辩诘间意图沉重地撞击世界的真相。显然，黄礼孩正在自觉地进行诗歌变法，他要从轻盈的精神漫步走向复杂、滞重的现实荆棘路。

英年早逝的东荡子早年四处漂泊，但动荡生涯与边缘生活不仅没有让其陷入碎片化的生存状态，反而在始终如一的精神坚守下生成了一个更为确定的抒情自我。相对于遭损毁的外在现实，诗人更关注的是形而上的精神生活，更愿意展示精神平原的广袤与美，为此，诗人展开了想象的羽翼，将这一漂浮于现实之上的光明世界不遗余力地展现出来。"那里有参天的树木和纯洁的鸟群，那里金色的屋宇/闪耀着黑暗的光明，那里王与臣民平等而友好/那里的道路向上，平坦而惊奇，犹如下坡一样轻松"（《卑微》）。这是由诗人精神之光所缔造的乌托邦世界，糅杂的外部经验在他诗歌中如树叶般一一落去，梦想中的存在物闪烁着诗人赋予它们的意义而自在自为，诗人因此独踞于自我世界的山巅，吟咏从这些纯粹象征物之上所呈现的人类绵延不绝的爱欲生死。

与黄礼孩的"诗歌信仰"类似，在世宾诸多诗篇中，"诗"化身为"光"的肉身，成为世俗世界高悬天穹的发光体，彰显了诗的神性维度。《在我和诗之间》诗与光合二为一，诗拥有光的基本质地，成为光的一种，"我知道你的存在：明亮而宽阔/在我和诗之间，隔着千山万水 我听见你在召唤，隔着千山万水/你如此清澈、深沉，像高处的光"。清澈、深沉如光的诗歌从世俗化、技术化的泥淖中卓然上升，被赋予了终极性的意义线条，成为诗人眼中的俨然神祇的"召唤者"。诗歌不仅如光一样在高处闪耀，而且俯身人世，从庸常生活中伸出了它的拯救之手。可见，"光"是世宾"完整性"诗学理想的核心意象，它是一个召唤，也是一种救赎，它让诗人避免陷入动荡的分裂，成为超越了时代碎片的获救者。

四、斑斓的诗学景观

纵览当代诗歌地图，不难发现，北京、四川及其他诗歌大省擅长祭出诗歌大旗，热衷于实行眼花缭乱的诗歌实验，他们渴望登高一呼，应者云集，要在当代诗坛霍霍确立自我身份。比较而言，广东的诗人们无疑如散兵游勇，大多踽踽独行，碎片般漂游于诗歌之海，他们可能会因为诗歌的某个原因而乍然漂聚一起，饮酒谈诗，然后相忘于江湖。总之，他们各据自身的天赋与爱好写作，极少开宗立派的欲望；他们率真、自由，拥有没有被诗歌小团体所规训的个体美学特质，如漫天繁星、遍地嘉木，倔强地闪烁着自身的光华。

首先值得注意的是一批专注于口语书写的广东诗人，其代表者有老刀、宋晓贤等，他们有强烈的平民意识，坚持本真的口语写作，强调呈现新鲜的生活经验，这类书写意识与20世纪80年代南京的"他们"、四川的莽汉主义有所不同。20世纪80年代中后期崛起的口语写作更类似一种针对意识形态笼罩与话语规约的诗学反叛，一种策略性的诗歌运动，而广东的口语诗人更多缘于个体诗歌美学的自我选择，多以沉默而分散的方式进行口语诗的书写实践。老刀的诗有本能的平民意识，语言平实、不事雕琢，却能机敏地于日常事物间探查内在的悖论性纠缠与意义裂缝，《北部湾》《疑》《树》等诗以家常话语展开诗歌形态，却指向形而上的思考，为日常生活赋予了哲学维度。宋晓贤的诗有着刻意的朴素，它平常如话，甚至有清澈见底的浅白之嫌，然而，浅白的诗歌表象下包裹了作者沉重的思考与尖锐的批判锋芒，《一生》《如果》等诗，如闪着寒光的匕首，让读者在平白如话的诗语叙述间难免悚然。

与口语诗苦心经营的随便相对照，陈陟云、梦亦非等则对诗歌技艺与形式有着高度自觉。陈陟云的诗风可用顾随的"氤氲"来形容，深婉华丽，既精心锤炼词语，又让诗词避免了千锤百炼的硬态，而于情感的柔性流溢间焕发出夷犹之态。当然，如果能抛弃某些惯性的滑词，在抒情层面更克制些，诗歌会爆发出更强烈的势能。如果说陈陟云是古典的筑梦人，那么，梦亦非则近于后现代嬉皮士，他一次次变换诗歌面具，展开冒险的书写之旅，既创造了长篇幅的《儿女英雄传》，嬉游于文字符码的纠缠之间，着意考验读者的智力和耐力，挑战当下诗歌消费的传统胃口，也写下不少如《素颜歌》《咏怀诗》一类凝练、充满了内在爆破力的短诗。但毋庸讳言，梦亦非的某些诗作过于专注词语炼金术的炫技，难免走火入魔，但我相信诗人总有一天会在眼花缭乱的技巧训练中寻找到那条能让他终于安静下来的林中路。

近年来女性诗歌的命名与概念一直众说纷纭，引发学界不少争论与辩诘，但这辩论在呈现问题复杂化的同时也表征了当代女性诗歌的蓬勃生长。丰硕的诗歌文本与诗意、诗艺层面的倔强突进已经让女性诗歌无疑成为当代诗歌批评的焦点之一。与之相应，广东自20世纪90年代以来也出现了一批有着强劲创作能量的女性诗人，如王小妮、马莉、郑小琼、冯娜、舒丹丹、阮雪芳、林馥娜、杜绿绿、陈会玲、谭畅、谢小灵、月芽儿、布非步、昱昱、嘉励等，她们的诗或敏感细腻，或善于缔造奇异的想象空间，或勇于面对沉重的现实世界，女性诗人的标签已不足以覆盖她们的书写，更难得的是，她们大多从闭抑的个体转向，直面历史与现实，有效勾连了自我与世界的现实关系。可以说，她们在创造自身的同时，也超越了被固化的女性诗歌的藩篱。介于几位女性诗人前面已有论述，所以下文就几位有代表性的女性诗人做简单论述。

马莉是广东的资深诗人，也是一位颇有创造力的画家，不同艺术方式之间的切换、交融，让她的诗作更能挣脱诗歌体制的惯性羁绊，拥有了随心所欲不逾矩的气质，她的不少诗作如

趋光的书写：诗歌、地域与抒情

《裂开的缝隙》《神引领了窗前的月亮》等，可谓诗中有画，与后现代派的印象画一样饱含张力，富于视觉冲击性。诗人以专制的幻想力对客观对应物进行变形，使之成为诗人情感的承载体，并以物我相激相荡的方式营造了情绪与理性相交错的诗意空间。

林馥娜亦在广东诗坛默默耕耘多年，她的诗磊落、自然，毫无"女性"的性别包袱，面对经验世界，她坚持追踪其精神脉象，始终保持了对形而上世界与生活本质的深刻渴望。林馥娜的诗歌是有光的，她不惧于朝向深渊的俯就，承认并接纳人世间的黑暗与不堪，也绝不沉沦于这暗地，她要"不衰老不昏聩不易辙/矢志奔向清明之境，旷远之乡"，以个体的德性来温暖这个四处透风的人世间，因而，她的诗歌在坚硬的河床上流淌着辽阔的悲喜。

舒丹丹的诗沉静、内敛，富于书卷气，诗人神游于他者与自我之间，于恍然间闪现隐匿的精神亮光，《路遇收割后的稻田》《深秋的橘子》中的稻子、橘子是诗人凝视下的精神投影，它们在展示自身秘密的同时也给予诗人以启示。更难得的是，舒丹丹在凝视并触碰事物秘密的同时不断返回内心，与抒情自我展开了理性的盘诘，丰沛的诗意内部自动生长出哲思的骨骼。

冯娜是当代诗坛的新锐诗人，她的影响力已溢出广东地域，引起不少评论者的瞩目，目前，她又荣获第十二届"骏马奖"诗歌奖，更显示了她强劲的诗歌能量。在我看来，冯娜诗作的诱惑性并不依赖于对边疆等特殊题材的占有，而是其感同身受的领悟力、创造性的个人化书写构成了其诗歌文本的内在魅力，她总能展开灵敏的情感触角接通现实存在，善于恰到好处地控制词语与接触物之间的限度，在她富于曲线与转折的诗作间游走着与生俱来的灵性。

陈会玲宛然一株静默却生命力充沛的植物，无待地写作，适当地分泌诗歌的汁液，她的诗作数量不多，却均具有相当的水准。她的诗中总浮现一个敏感、不安的抒情个体，时时折返于回忆与当下之间，追溯、寻觅，却又保持了清醒的节制。陈会玲的诗还常常闪烁着奇警的语句，善于诗句间的转折勾连，展现了纯熟的诗歌技艺。

当然，广东值得论述的女诗人还有很多，譬如谭畅诗歌的坚硬与浓烈、阮雪芳诗歌的空灵与柔软、杜绿绿诗歌的梦幻与奇诡等，除此之外，诸多优秀的男性诗人限于篇幅都无法在此一一阐述，他们风格鲜明的诗歌书写共同构筑了广东炫目的诗歌版图，也呼唤着更多评论者的关注与研究。

对广东新诗的回顾与管窥，不仅为了部分地促进保存当代广东地方文化图志，展示广东的文学实绩，也为了从地方路径出发勘探中国当代新诗的变化轨迹，从而打破一体化的线性的诗歌史叙述模式。因此，本文对广东新诗的概述并非为了拘泥一隅，独标高格，对其深描始终置放于当代诗歌的整体发展态势之中，期冀能在广东诗歌形态的描述中寻求到其内部所包含的当代新诗如何自我嬗变、扩充的重要经验，从而更为深入、细致地理解中国当代新诗的复杂面向。

消费时代的抒情：
论杨克20世纪90年代以来的都市抒情诗[*]

20世纪90年代注定被铭记于中国社会史与精神史脉络的转折点上，消费时代不约而至，商品经济惊涛拍岸，时代面目猝然变色，"一切坚固的东西都烟消云散了"（马歇尔·鲍曼）。这种易逝的动荡让诗歌书写变得愈发艰难，抵抗性的书写似乎成为诗歌大规模迁徙的方向，坚定地回眸田园诗意，抑或高蹈地缔造一个恒远的精神世界成为不少诗人对抗时代现实的重要法则。这类背向时代逆流而上的抵抗固然悲壮而纯粹，却难免遁身于时代之外成为现实的失语者。如陈超所批评的："历史的错位似乎在一夜间造成巨大的缺口，尖锐紧张地锲入当代生存的诗已不多见，代之以成批生产的颂体调性的农耕式庆典……诗歌据此成为美文意义上的消费品，或精致的仿写工艺。"^① 而一个喧嚣、物质之时代的降临，在消解惯性诗意的同时也呈现出它无与伦比的庞杂性与创造性，时代巨力不容置疑地将我们席卷其中，并毫不迟疑地向我们提出了它的要求，因为祛除了历史诗意惯性的这个时代有着隶属于它本身的精神细节与内在诗意，并呼唤一种新的抒情方式来应对这个泥沙俱

---

* 发表于《青年文学》。

① 陈超：《先锋诗的困境和可能前景·打开诗的漂流瓶》，河北教育出版社，2014，第3页。

下的消费世界。基于类似理解，20世纪90年代后期不少诗人开始回到时代现场，诗歌书写也开始以弥散的方式建立起个人与现实语境的关联。诗人的集体转身中，杨克可谓先觉者，他自20世纪90年代初便规模化书写的都市诗歌率先开始了对时代的命名与拆解，勇敢地刺入了都市消费的生存经验之圈，以精敏之词捕捉当代消费社会具有震颤性的符码与碎片，并在对抗与包容之间生成了一种更具活力与穿透性的抒情方式，成为消费时代的一份诚实的证词、一个如何进行时代抒情的有效样本。

一、作为生存现实的都市生活

消费时代的空间表征之一便是现代都市大规模地绽放，汹涌的人流与充塞其间的各类消费符码，无不聚集于资本逻辑之下，成为新语境下一个庞大的人类文本，以具象的方式表征了商品经济以及从这种经济中生长出来的消费文化的内在活力，并持续不断地更新着现实与观念世界。20世纪80年代以来，广州这座南国大城便作为试验的据点一直活跃于经济晴雨表的前端，成为消费时代最为耀眼的标本，并以加速度的方式与内陆城市在经济、文化等形态方面拉开了距离。因此，20世纪90年代初，杨克从山清水秀的广西来到消费经济最具范式意义的都市——广州，既是生存方式的转变，也是其诗歌创生的一个重要契机。

自广西至广州，地理空间的转换转喻了社会空间的更迭，杨克脱离了传统的社会网络，进入一个新的意义生存空间，过去坚固的一切被推至空幻的远处，光怪陆离的消费社会成为诗人亟待处理的现实处境：

> 竹、温泉、家园，原有的人文背景变换了，原有的诗的语汇链条也随之断裂。我面对的是杂乱无章的城市符码：玻璃、警察、电话、指数，它们直接，准确，赤裸裸而没有丝毫隐喻。就像今天的月亮，只是一颗荒寂的星球。表达的焦虑让我受到挑战，我朦朦胧胧地意识到，我的诗将触及一些新的精神话题。从此我还将尽可能地运用当代鲜活的语汇写作，赋予那些伴随现代文明而诞生的事物以新的意蕴。[①]

这段独白不但触及了杨克心理机制的转折，也预告了他书写方式的嬗变。来广州前，杨克已在诗坛崭露头角，其诗歌书写惯于牧歌式抒情，并于彼时文化寻根的浩大合唱中标识了自身独特的音调。可以说，杨克在固有的抒情方向上已走得颇为顺畅，拥有了不少诗人梦寐以求的可供依赖的惯性路径，而20世纪90年代广州生活的猝然降临，却斩断了他固有的抒情链条，展现了一个传统诗意荒芜如月球般的生活场域，他不仅遭遇了心理的顿挫，也要面对"表达的焦虑"。然而，有意思的是，这一心灵与写作的断裂与重启并没有引发杨克长久的不适，反而成为他不言而喻、势在必行的选择，由此有了

---

① 杨克：《对城市符码的解读与命名——关于〈电话及其他〉》，载《杨克卷》，漓江出版社，2004，第98页。

上述那一自觉而理性的宣示。杨克意识到如果不愿意虚伪地面对现实，那么，他必须进入这一"杂乱无章"的城市场域，将历史变动的经验纳入到自己写作中，"赋予那些伴随现代文明而诞生的事物以新的意蕴"。新的生活形式自然赋予新的诗歌能量，秉持这一理念，杨克于20世纪90年代初迅速更新了固有的书写方式，写下了一批具有范式意义的当代都市诗作，如《在商品中散步》《天河城广场》《经过》等，它们从商品经济的泥淖间徐徐展开诗意之瓣，成为一道现象级的诗歌景观。

就历史书写谱系而言，杨克的都市诗歌可谓是20世纪30年代"现代派"诗歌观念的一个悠远的呼应。逾半个世纪前，围绕《现代》杂志而聚集的一批上海文人发现了上海——摩登都市——这一新的诗意渊薮，突兀而起的摩登上海标识了现代性都市的物质构成和灵魂元素，带来了新的诗歌经验，催生了最早一批中国现代都市抒情诗，如施蛰存《桃色的云》、陈江帆《都会的版图》、徐迟的诗集《二十岁人》等。然而，他们的诗歌实践来不及深入，很快就被转道的历史有力中断，由此弦散。20世纪90年代初，面临现代技术与商品消费所构筑的都市空间，杨克再度接通了现代派诗歌的观念电流，赓续了都市诗歌的历史书写。俨然，重新被商品消费所激活的都市空间在呼唤新的抒情方式的到来，摩天大楼、商场、霓虹灯与广告、明星与咖啡厅、庞大的商品流与人流，诸如此类构成了现代都市野蛮生长的空间形态。都市的庞杂、无序、茂盛被本雅明诗意地比喻为"枝蔓缠绕的热带雨林"，这是新的抒情空间的创生，都市氤氲的人群迷雾与商品洪流如恣肆的荒野丛林，诱惑着诗人的进驻与歌唱。

只是，面临相同的诱惑，由于时代的分化、语境的变迁、个体能力的区隔等，相隔半个世纪的诗人在都市他者与主体自我之间构建了不同的交互模式。就"现代派"诗人群体而言，他们多出身于乡绅，抑或地主家庭，与传统的乡土社会有着难以割舍的羁绊，其都市抒情多在乡土田园的映照下被动性展开，既有对上海这一新兴现代都市的惊羡，也保留了内心深刻的拒绝。如吴晓东所言："现代派诗人大多是这种都市中的陌生人，他们从眼花缭乱的都市的表象中最初获得的是'震惊'的体验。强烈地刺激他们的诸种感官的，是爵士乐的战栗的旋律、霓虹灯的扑朔迷离、舞厅中女人的肉味的檀色以及绅士们的烟斗和黑色的晚服。诗人们应接不暇的，正是这视与听的感官印象，借助这些感官印象，诗人得以合成都市的外在表征，而内心深处，则是无法投入的疏离感。"[1]在乡土与都市的相互参照与彼此渗透的张力关系下，"现代派"诗人作为都市陌生人始终徘徊于疏离的边缘。

而"现代派"的震惊感与疏离意识，在杨克诗中却难觅踪迹，虽然其夫子自道曾提及过"焦虑"，但很快，杨克自觉发展出了这么一种思考能力，即在商业化与技术化的都市文明中，诗歌如何成为可能？诗人如何直面？比较而言，"现代派"刚挣脱于乡土社会，他们面对都市这么一个巨大的异质的他者，止步于震惊、不适于陌生、沉迷于刺激性的感官印象；相形之下，杨克与都市的关系是内嵌式的，都市不再是陌生的

---

[1]　吴晓东：《中国现代派诗歌中的"乡土与都市"主题意象》，《北京大学学报》2015年第7期。

他者，而是当代人无法逃逸的存在之所，嵌入其中的诗人需要的是"无愧"与"不逃避"，要以投入的方式来揭示时代的噬心主题。

今天的诗人要无愧于后代，必须通过一代人的共同努力，让当下诸多缺乏情感色彩的词汇——商品、交易、石油、钢铁、警察、政治、税单、指令、软件等，最终体现出新时代里的文化内涵来……纯正的诗歌是真诚关注生存现实的诗歌，它不逃避社会和商品的双重暴力，戳穿让诗回到诗本身的虚构和幻觉，因为生存之外无诗。①

杨克的思考有着从原有的诗意范畴与文化系统全面挣脱的果敢，他呼唤从非田园诗的消费时代创造诗意、从惯性诗意的荒芜处开垦诗歌、从经验表象打捞文化意蕴。这份坚强的书写意志自然让人想起"波德莱尔式"的现代英雄主义，诗人纵身跃入都市的存在之渊，全面敞开诗歌的感觉结构，从时代的泥泞深处展开歌喉。杨克的"生存之外无诗"的体认及其诗歌实践让他淘尽了"现代派"诗人现代性受难的历史冗余，得以以更自觉、自在的姿态步入作为存在语境的消费时代。

二、在商品中散步：热爱，而不迷惑

20世纪90年代初的杨克凭借其敏感与洞见重新赓续了中断半个世纪的都市书写谱系，重续的同时，亦有力改造了前人

---

① 杨克、温远辉：《在一千种鸣声中梳理诗的羽毛》，《山花》1996年第9期。

"无法投入"的窘迫，并为自己找到了一种切入时代的适当姿态——"散步"。《在商品中散步》可谓作者如何形塑时代文本的一个总体隐喻，也是在这首诗里，"散步"作为当代的一个重要的抒情姿态被加以确立。

"散步"这个词始终萦绕了一股闲适而松弛的气息，作为一种行动姿态，它自然淘洗了外来者的陌生感与疏离情绪，得以以亲切的方式介入商品世界，"在商品中散步 嘈嘈盈耳/生命本身也是一种消费"。诗人作为观看主体，没有自外于作为对象的商品之外，反而将生命与商品以同构的方式置于"消费"这一视域之内，自我与他者曲径通幽，达成了和谐的一致，主体由此发生了微醺的快感体验，"我心境光明 浑身散发吉祥／感官在享受中舒张／以纯银的触觉抚摸城市的高度"（《在商品中散步》）。诗人恍然沉浸于商品所触发的诗情画意间，物我相融的欢愉不经意接通了传统诗论的"物感"说。《诗品序》云："气之动物，物之感人，故摇荡性情，形诸舞咏。"林泉草木、风花雪月因摇荡人心而引发审美主体的情感涟漪，由此感物吟志，触物起情，传统抒情诗得以定形显身。有意味的是，杨克这首诗表达了与传统感物诗类似的感觉结构与情感模式，但所感之物却从自然的林泉置换为消费时代的商品，物感的内部意涵被予以现代性的重新改造，在承续与置换间，消费时代的诗意形态被重新发明。

"散步"的抒情方式释放了诗人的现代感受力，也造就了杨克诗歌庞大的异己包容性，他于散步间左顾右盼，随物赋形，以扫描的方式将都市内部的各类符码一一纳入诗歌文本。《经过》宛如都市驳杂的世相图：时髦少女与不修边幅的打工仔、古老的骑楼与升起的玻璃幕墙、服装小贩与惑人的广告，它们以穿插拼贴的方式并置了一个多重语境的杂乱空间，然而这种庞杂性的纳入也恰如其分地表述了当代都市的复杂性，并有力地进行自我消化。"像中山大学与毗邻的康乐布料市场／其乐融融，从未构成过敌意"（《经过》）。都市镜像的展开成为自然生物类的铺展，它们以必然的方式——接受散步者的注视，拼凑为这个时代确定的存在实体。这一都市空间的自然纳入不同于现代派诗人笔下让人战栗的感官印象之集合，也有别于波德莱尔所凝视的颓败都市之残骸，杨克诗歌内部浮现的都市符码亲切、日常，是平常的生活风景，它的复调性对应的是我们所面临的客观生存现实。

　　散步者以泛化的感官知觉与情感体验放射式吞纳都市的同时，作为行动的主体，亦具有内在的包裹性，这一存在形态如费瑟斯通笔下的漫游者："漫游于陈列的商品之间，只是观看但并不抢劫，只是偶尔挪动一下步子却又不阻碍川流不息的人群，控制着激情和疲倦地凝视、观察他人而不被发现，容忍身体的相互接近或接触而并不感到恐惧。此外，它还需要具有在激情参与和距离审美之间保持平衡的能力。"[1]与之类似，商品间的散步作为一种自足性的行走在面向现实敞开的同时，仍保留了主体强大的自控力，与外在世界始终保持适当的距离，它俨然表征了杨克对于这个消费时代的基本态度：加入其中而又维护精神独立性。

---

①　迈克·费瑟斯通：《消费文化与后现代主义》，刘精明译，译林出版社，2000，第36页。

杨克固然以先锋的敏感率先见证了乍来的商品经济与都市文化，但并没有陷入"乱花渐欲迷人眼"的激情泥淖。有限度的切入与自足性的保持使得杨克于消费的迷狂氛围中保有了难得的警觉与清醒，"工业玫瑰　我深深热爱，却不迷惑"。"不迷惑"的理智意味着诗人清明理性的始终在场。在大幅度地容纳、清点都市符码的同时，杨克的理性触须伸向了消费时代淤积的底部，他以下定义的方式对各类消费符号进行解码，意图暴露其历史"本质"。譬如"传奇故事的女主角　她备受名声伤害／现代文明的一件超级大摆设"（《戴安娜》）、"今天石油的运动就是人的运动／石油写下的历史比墨更黑"（《石油》）、"再大的城市　都不是灵魂的／庇护所，飞翔的金属，不是鹰"（《真实的风景》）。诸如此类定义型的语句有着对消费符码的虚幻性加以揭示的努力，它们试图在失序的现实内部寻求可追溯的历史线索，格言化诗句的缔造不经意泄露了杨克意图为一个时代进行定义的野心。

　　"不迷惑"也意味着散步者在愉悦地观看的同时，对观看对象与存在之所有着频频加以反观的警醒。杨克的不少抒情诗由此生成了一种二元并置的结构模型，诗体的前半部温情脉脉地抒写商品物质之魅力，回旋着田园诗式的抒情语调；诗作的后半部则不加过渡地予以突然的转折，并与前面的田园情调构成了对峙性的反抗，形成了物质抒情与精神对抗的二元结构，如《时装模特和流行主题》起句为"与广告对视　迷花乱眼／野性。高贵。幻象中是豹子的光泽"，诗人仿佛迷醉于消费幻象中的狄奥尼索斯，物我交融，目迷五色，但诗作结尾却兀然升起阿波罗的理性，"工业的玫瑰，我深深热爱／又不为所感"。与之类同,《1992年的广州交响乐之夜》《在物质的洪水中努力接近诗歌》等诗都相互交替着狄奥尼索斯与阿波罗的对立身影。

杨克的"不迷惑"也常以反讽的形态出现,抒情与反讽的并置,变形了传统抒情诗的单音节形态,化合出一种更为混杂、内部相互辩驳的抒情声音。《在商品中散步》的最后一节,杨克挪用了基督教的宗教语汇进行了高强度的抒情。

现代伊甸园　拜物的/神殿　我愿望的安慰之所/聆听福音感谢生活的赐予/我的道路是必由的道路/我由此返回物质　回到人类的根/从另一个意义上重新进入人生/怀着虔诚和敬畏祈祷/为新世纪加冕/黄金的雨水中　灵魂再度受洗(《在商品中散步》)

上述具有圣歌气息的诗句作为全诗的收束从"物感"的微醺中乍然起身,发出高亢的祈祷诗般的抒情音调,商品与技术构筑了新的神殿,它所带来的福音让诗人陷入宗教性迷醉之中,势能升腾的诗歌表层俨然是一曲商品的礼赞。然而,作为修饰语的"现代"的强调,以及"拜物"一词的引入,则制造了反对这高势能抒情的障碍,指向了悖论式的空洞内部,如弗里德里希所言:"自波德莱尔以来,抒情诗就转向了技术文明的现代性。这一转向始终具有的独特之处在于,它既可以是肯定性的,也可以是否定性的。"[1]正是在否定性的障碍之词的

---

[1]　胡戈·弗里德里希:《现代诗歌的结构:19世纪中期至20世纪中期的抒情诗》,李双志译,译林出版社,2010,第152页。

指引下，诗中"虔诚""敬畏""受洗"等神圣的大词虽然构建了肯定性的强度抒情模型，但并没有带动诗歌朝向圣诗的飞腾，它们的光辉绚烂的词语能指反而暴露了其所指的空虚，作为实体的商品物质成为被蚀空的黑洞，其势能是反向下坠的，因而，诗歌肯定性抒情躯壳与它们的否定性的内部之间发生了悖论式的倒置与错位，针对商品拜物教的讥讽音色从过度抒情的声调背后响起，形成了既加冕又脱冕、既拥护又去魅、既肯定又否定的反讽性的抒情形态。

杨克丰富而庞杂的诗作在试图吸收我们这个时代可能性的同时又适时对之予以反省与自嘲，我们可以毫不犹豫地肯定，他的"散步"姿态在激情加入与审美距离之间优雅地保持住了费瑟斯通所言的"平衡能力"。

三、都市散步的时间诗学：速度与瞬间

杨克的"散步"在有分寸地融入都市空间的同时，也指认了主体的行动节奏，它并非疲于奔命的跑步，也非凝滞的伫望，它有着隶属于个体的时间逻辑，并于主体掌控下自由制造行走的速度，可以说，"散步"也是杨克诗歌时间诗学的有力表征。面临一马绝尘、加速度朝向消费经济狂奔的现实，杨克坚持散步的缓慢，流连于诗意的邂逅，坚决从集体跑步的迷狂中逃逸而出，发展了自身有关都市时间的批判性思考：如何在现代性暴力结构下保留符合现代人性的诗意时间。

1989年，经济提速的声音尚未全面启动，杨克已灵敏地

倾听到时间暴力的呼啸声，"车提前开走/少女提前成熟/插在生日蛋糕上的蜡烛/提前吹灭/精心策划的谋杀案/白刀子提前进去/红刀子提前出来……一个个目瞪口呆/时间是公正的么？"（《夏时制》）"提前"是技术理性对自然时间的粗暴干涉，是对过程的有计划地扼杀，急功近利的超速前进在高速接近目标的同时，也蚀空，乃至消解了行动的意义，诗人的尖锐质疑让"提前"淡出了进步的光晕，暴露了时间深处的阴影。这不禁让人想起波德莱尔对于现代时间的恐惧："哦！是的，时间又出现了；时间现在以至尊的身份进行统治；随着这位丑陋的老爷，他那些恶魔般的跟班：回忆、悔恨、痉挛、恐惧、惊慌、噩梦、愤怒和神经症也全都回来了。"理性专制下的现代时间在不断规划人的自然生活的同时，也加固了对于人的贬损与奴役，这或许是敏感的现代诗人面临现代时间装置的共同感受。

现代性时间力量的集约性呈现非速度莫属，较之静穆、恒定的乡村时间模式，无限追逐资本繁殖的都市文明对速度有着本能的迷恋，消费时代的全面降临更进一步加持了速度神话，"时间就是金钱，效率就是生命"的速度崇拜成为时代的亢奋剂，快消品的畅销、高速公路的蔓延、高楼大厦的速成、你追我赶的竞赛，加速度的时间逻辑不断更新着当代的都市生活，制造了一切高速向前、无限进化的幻觉。置身于速度风暴之中，杨克却要用"缓慢"之矛挑战高速旋转的时代风车，他要从席卷一切的速度魔怔内脱离出来，以一己之力挽留那被无情遗弃的"缓慢的感觉"。

汽车蝗虫般漫过大街/我的身体像只大跳蚤在城市的皮肤蹦跶/忙这条疯狗/一再追咬我的脚跟/这个年头有谁不像一只野兔/其实我想让内心的钟摆慢下来/慢下来/我真想握住什么……我奔跑只因为所有人在奔跑/骤然停下的片刻/红满天的太阳砰然坠落/掉进酒沫四溢的夜生活/"我喜欢缓慢的感觉"/退缩后最松弛的时分/我听见有个声音在说/我多么欢愉/像一只被丢弃在路边的跑鞋（《缓慢的感觉》）

"缓慢"是诗人针对速度的祛魅方法，也是面对时代快车的一次主动脱轨。作为抒情主体，杨克对速度席卷性的暴力统治有着本能的反感，当速度与进化、乌托邦等幻象相连接，它便生成为时代合法的观念机器，拥有了生产与规训的权力，并以未来允诺的方式挟持着人类生活。"忙这条疯狗/一再追咬我的脚跟/这个年头有谁不像一只野兔"，速度携带着不容置疑的公共力量规训着当代人的生活形态，人被速度所挟持、所异化。法国理论家保罗·维希留指出，速度暴力不只是对两点之间时间与空间的清除，也是对经验世界的清除。加速度的"忙"清除了个人的时空向度，也是对有质感、有细节的个人经验世界的蛮横掠夺，所以杨克感慨"其实我想让内心的钟摆慢下来/慢下来/我真想握住什么"。这与其说是诗人对于内心时间的渴望，不如说是对于人性化生活的吁求。他敏感到速度观念一旦启动，惯性的力量便足以消灭个人的行动意志。"我奔跑因为所有的人在奔跑"，匿名化的集体奔跑销蚀了个人行为，个体被卷入速度的洪流而丧失其主体性，成为被工具理性所规定的他者之物；而缓慢，则意味着不合作，意味将个体从速度的幻觉与暴力下解放出来，回到个人的时间之流。"我多么欢愉/像一只被丢弃在路边的跑鞋"，放弃了集体性的奔跑，诗人从缓慢的自我散步中获得了内心的节奏，以心灵为向度的内心时间构成了抒情诗的圣地，让其对压迫性的时间符码进行了有力的反击。

杨克从速度的眩晕下脱离出来，绝对地自我依循主体节奏漫步于都市空间，他左顾右盼，瞥见各类碎片化的影像纷至沓来，幽灵般浮现，瞬息之美此起彼伏地绽放。这些即逝之物锻炼了诗人的快速捕捉能力，亦发展了他有关现代都市时间的瞬间诗学。

> 迎面走来戴大口罩的姑娘/她的呼吸被空气呛住喉咙/被咳嗽堵住/我窥见那美的前额/白皙如弯月/把昏黄的白昼照彻（《灰霾》）

> 这一刻太阳正照在高楼顶端/如日晷的指针切开光亮和阴影/投射到她头上把她分成两半/她的笑在灿烂和羞涩之间的黄金分割点上/马路上大河滔滔汽车卷起小小的浪尖/她的长发随波浪起伏/笑声在她脚下翻滚/有风声从斑马线穿过/她手舞足蹈的姿势/她开怀大笑的样子/使马路这边的我成了欢乐相随的影子/情不自禁地笑了起来/生命刹那的相通一生中只是瞬间/转身她就隐匿于人海/我惆怅着逆流而去/太阳依旧停留在原来的位置（《马路对面的女孩》）

《灰霾》中的"我"自迎面的瞬间窥见了"白皙如弯月"的前额，这洁净如月光的美恰从一片灰霾处乍然凸显，不由让人忆起庞德的《在地铁站》："人群中这些面孔幽灵一般显现；湿漉漉的黑色枝条上的许多花瓣。"意象的叠加与快速闪现交织为一个辐射的诗意旋涡，对观看者造成了即时的震惊效果。而《马路对面的女孩》则着意对瞬间之美进行深描，"这一刻"被精确的细节所雕刻、所膨胀，大笑的女孩宛然停驻于时间原点之上，显然，诗人渴望努力留住这昙花一现的刹那，想为过眼烟云之物立一块时间纪念碑，如哈贝马斯所说"对动态主义的欢庆中，同时也表现出一种对纯洁而驻留的现在的渴望"①。但杨克并未停留于渴望的乌托邦幻境，他随即展示了这瞬间之美的幻灭，"生命刹那的相通一生中只是瞬间/转身她就隐匿于人海/我惆怅着逆流而去/太阳依旧停留在原来的位置"，迷宫般盘旋、海洋般丰富的都市时空内，邂逅之美瞬息易逝，而一旦被捕捉入文字，便成为艺术化的永恒之瞬间，昭示了现代境遇下不变的人性之基部，"现代性就是过渡、短暂、偶然，就是艺术的一半，另一半是永恒和不变。"②杨克对瞬间美的陶醉与幻灭、对获得与失去的领悟，也让我们恍然望见了波德莱尔《给一位交臂而过的妇女》一诗的魅影，他们都有能力从动荡的都市内部打捞诗意的微火，都渴望从现代都市的碎片化漂浮中握住永恒，但是，杨克在发展波德莱尔诗学的同时也注入了创作主体的灵韵，波德莱尔是从死亡、忧愁等消极之物制造迷人的瞬间诗意，而杨克的诗意支点纯净而透

---

① 哈贝马斯：《现代性——未完成的工程》，丁君君译，载汪民安等主编《现代性基本读本》，河南大学出版社，2005，第107页。

② 波德莱尔《波德莱尔美学论文选》，郭宏安译，人民文学出版社，1987，第484页。

明，是有关人性积极之美的舒展，大笑的街头少女与高悬的阳光构成了明快的抒情色调，少女的消失在制造幻灭的同时也留下了绵长的人性暖意。显然，与波德莱尔将都市视为恶之渊薮不同，杨克接纳了都市全部的异己性，在拆解与发难间仍保留了都市文明的明亮底色，呈现了他作为当代诗人的巨大综合能力。

扎加耶夫斯基评论米沃什的时候论道："才能较小的人，蜗牛，他一般倾向于在一间棚屋或空壳中寻求避难所，以此逃避逆面而来的风，逃避相反的观点，创造小小的缩影。然而，作为诗人和思想家，米沃什选择勇敢地投入战场，测试自己应对敌人的能力，似乎他要告诉自己，我要吸收这个年代的一切以图活下去。"①在我看来，杨克也有着米沃什式"勇敢地投入"的才能，他从智识阶层与消费时代的激情对峙下挣脱，跃出了有关精英启蒙、士大夫情致的话语装置，改造了单向度的、闭抑的抒情主体，以敞开的方式广泛地占有时代内部鲜活的生存现实，深入发掘当代话语的全部复杂性，并勇猛地吸收这个时代的一切而发明诗意。

---

① 扎加耶夫斯基：《捍卫热情》，李以亮译，花城出版社，2015，第101页。

新世纪中国女性诗歌嬗变的几种向度[*]

　　近年来女性诗歌的命名与概念一直众说纷纭，引发学界不少争论与辩诘，但这辩论在呈现问题复杂化的同时也表征了当代女性诗歌蓬勃生长的态势，丰硕的诗歌文本与诗艺层面的倔强突进已然让女性诗歌成为当代诗歌批评的焦点之一。关心女性诗歌现状的人不难发现，自21世纪以来，女性诗歌从运思向度、书写形态、美学诉求方面都发生了一系列的嬗变，表征了一种新的女性诗歌的形成，包含了新时期女性诗人特有的精神立场，即在市场经济、消费文化甚嚣尘上的散文化的现实语境下，曾经沉溺于独白、执着于自我的女性诗人正与外在世界形成一种开放的、论辩式关系，逐渐形成一种更能获得具体历史现实感的书写质地，并由此构建了一种新的美学范式。

一、历史想象力的重铸

　　"独白式"书写是颇有洞见的批评者对二十世纪八九十年代女性诗歌特征的一个重要指认，无疑，从当代女性诗歌创作实绩看，最出色的女性诗歌几乎都是独白诗。80年代中后期，

---

* 刊发于《湘潭大学学报》。

敏感的女性诗人从历史的沉积里起身，开始在启蒙话语的巨型身影下寻找作为女性的自足体，她们愤怒于被男权所遮蔽的现状，坚持以背对的姿态对峙男性他者，集体走向女性内心的开掘与自我主体的塑造，纤敏而倔强地塑造了女性独有的书写场（如曾流行一时的黑夜意识、女性独语等）。显然，在历史、传统的漫长遮蔽下，女性固然敏感到作为第二性的命运，却很少有机会公开表达，风靡一时的独白诗无疑具有去蔽的功用与确证的意义。然而，对于独白的迷恋，无疑窄化了女性诗歌的书写向度，构成了另一种遮蔽。臧棣尖锐地指出，对一种自白话语的强烈意识而不是对诗歌的意识正成为当代女性诗歌最基本的写作内驱力，这无疑会对艺术经验的表达造成限制与伤害。[①]

大约自20世纪90年代后期开始，女性诗歌写作开始了新的嬗变，独白式语调式微，新的书写意识隐然成形。进入21世纪之后，女性诗歌在挥别自我抚摸式的独白话语之后，并未滑入新世纪以来所激荡的官能化、平面化的流行诗潮之中，反而于新的时代语境下获得了更具穿透性与现实性的历史想象力，如翟永明、王小妮、蓝蓝等写成于新世纪的诗篇，青年诗人郑小琼、杜涯的大量诗作等，均昭示了这一充满活力的变化的到来。历史想象力是诗歌批评家陈超所提出的一种概念，"指诗人从个体主体性出发，以独立的精神姿态和话语方式，去处理我们的生存、历史和个体生命中的问题"[②]。其概念的提出不

---

① 臧棣：《凝望世纪之交的前夜——"当代女性诗歌态势与展望"研讨会述要》，《诗探索》1995年第3期。
② 陈超：《先锋诗歌20年：想象力方式的转换》，《燕山大学学报》2009年第4期。

仅是陈超对当代诗歌新变的一种敏锐的发现，也蕴含了他的一种殷切的价值期待。在我看来，历史想象力的拥有不仅是历史意识的形成，也意味着一种接通现实、转向他者的担当意识的生成。进入新世纪的女性诗歌在时代的压力下不断自我调整、修正，她们冲破狭隘的自我之茧，在女性命运与宏大的人文关怀、激烈的批判意识之间建立了一种彼此激活的能动关系，在女性个人生活和历史语境之间进行了有效勾连，就女性与现实、现代与传统诸类问题展开了不乏激烈的对话，对时代进行了真诚的揭示与批判性参与，生成了陈超所言的具有丰沛历史想象力的当代女性诗歌。

以颇具代表性的翟永明为例，其成名作《女人》中的"我"面对男性世界是自足而封闭的，他者的缺席，让抒情主体习惯以自我包裹式的激烈方式表达女性被压抑的秘密情感，翟永明的书写可谓影响了一代女性诗歌的生成。20世纪90年代以来，翟永明开始了自我质疑，她对"独白"这种沉溺性的书写语调产生了警惕，至随后书写的《咖啡馆之歌》，翟永明不但进行了自我突破，而且对所发生的变化给予清晰的清理，"我完成了久已期待的语言的转换，它带走了我过去写作中受普拉斯影响而强调的自白语调，而带来了一种新的细微而平淡的叙说风格"。行至21世纪，翟永明不但抛弃了"普拉斯式"的自白语调，也逾越了平淡的叙说风格，勇敢走向与现实、历史的多重对话之途。她于新世纪所出版的诗文集《最委婉的词》收录了诗人自2002年至2008年之间的诗作，如《老家》《登录》《战争》《我坐在天边的一张桌旁》《在春天想念传统》《在古代》《忆故人》等，有着对现实与历史的大胆切入，更展示了作者对时代进行批判性审视的勇气。经由对历史想象力的引入，翟永明新世纪诗歌的语境得以有效拓展，既感应了时代的征候，亦烛照了传统的幽深之处，如《老家》一诗直指某地艾滋病事件这一荒谬而残酷的时代现实，以克制又充溢着爆发力的语言镌刻了历史的耻辱与诗人的愤怒。

"80后"作家的代表人物郑小琼作为沉默的大多数打工者的见证人，始终将诗歌书写指向时代的背面，记录了一代底层打工人的沉默与挫败。其2012年出版的诗集《女工记》以真诚而勇敢的笔墨呈现了底层女工群体的真实命运，女工们具体而微小的命运无不与广大而开阔的时代进程扭结一起，形成一幅幅触目惊心的底层女性世相图，如下面这首《女工记·田建英》：

如果从海洋吹来的风更大一些　生活的咸味更浓一些
那个在风中追赶铝罐的老妇人　她奔跑的脚步
像风　从四川的内陆到广东的海洋　蹒跚　忧郁　坚定
生活的咸味在风中越来越浓

这个叫田建英的拾荒者　她咳嗽　胸闷　花白的头发
与低沉的咳嗽声在风中纠缠　一口痰
吐在生活的面包上　带血的肺无法承受风的
吹打　尖锐的鸣叫　她吐出的生活
晾在路上　让一辆开往四川的车载着

1991年她来这里　背着五个孩子和一个病重的丈夫

　　　　　　　　趋光的书写：诗歌、地域与抒情

那天她34岁　跟村子里的小姑娘　她在出村的风中张望

泪水　打湿露珠和麦子上的光芒　1996年　她回乡

带来了辍学的老大与老二　1999年再回去

将全家搬到这个叫黄麻岭的村庄　她说　那时她见到了

新世纪团圆的月亮　2001年老大在深圳吸毒贩毒进了监狱

老二去了苏州　老三　老四各自有了家　在云南湖北

丈夫嫖娼　染上性病　老五在酒店出卖肉体

这些年　她一直没有变　早上六点起床　晚上十一点睡觉

四天去一次废品站　在风中追赶铝罐

有时低下头　想念一下还留在川东的亲人（郑小琼《女工记·田建英》）

在经历过对自身打工生涯的悲剧性见证与焦虑性书写之后，身份发生转换，已成为《作品》编辑的郑小琼并没有因此停止观察与拷问，她将目光投向对普通女性打工群体的命运关注。这些女工形形色色，却有着类似的苦难际遇，她们麻木、忍耐，在命运的重轭下负重前行。田建英作为其中一个，她的逆来顺受与家庭代际传递的贫穷与无望，足以震撼旁观者。郑小琼以真诚之笔还原了女性个体辗转的苦难，貌似客观平静的白描式诗语闪烁着利刃的锋芒，无情地暴露了底层女性命运的悲剧性质地，在为田建英这一女性个体赋形的同时，将反思与诘问指向了这背后更为广阔的人心冷漠与体制缺陷，为中国当代社会留下了一份特殊的精神报告。

可以说，以翟永明、郑小琼为代表的新世纪的女性诗人不再将目光胶着于自身的悲欣哀乐，一个曾以自我为中心的、个体化的女性抒情体正在敞开，她们拥有了更为开阔的视野、更具包容度的温情，在对外部世界的审视中，她们敏感于时代语境内部所隐藏的普遍性伤害，更愿意以与现实、历史对话的姿态发声。她们的书写让我们看到，女性诗歌在告别自恋、自伤性的独白话语后，获得了可贵的历史想象力，重新在个体与社会之间建立了伦理关怀的维度，有效改变了当代女性诗歌的质地。

二、女性经验书写的拓展

如果说二十世纪八九十年代女性诗歌书写对具体生活缺乏敏感，以致造成一种观念化、抽象化、概念性的书写方式，女性经验的展示成为僵化的符号演示，大量通行的女性诗作陷入了概念化的书写泥淖之中，譬如舒婷构型的橡树原型、翟永明构型的黑暗（女性自我意识）原型、陆忆敏构型的死亡意识等被众多女性诗人集体分享，成为流行一时的笼罩性诗歌书写，正如西渡所批评的，"女性诗歌写作就日益脱离了具体的生存语境和身体力行的经验，把诗歌变成了几个有限的词语——黑夜、黑暗、欲望、死亡——的同义反复，这是另一种凌空蹈虚。"[①]这种赶集式的书写迟早要被更具创造性与领悟力的诗人所抛弃，也是在新世纪初，女性诗歌的经验书写出现了集中嬗变与更新，抵达了生存经验的深度，展现了真切的个人生活与具体的生存语境之间的有效关联。这种恢复了具体生活面相

---

① 　西渡：《黑暗诗学的嬗变，或化蝶的美丽》，《江汉大学学报》2010年第4期。

　　　　　　　　　趋光的书写：诗歌、地域与抒情

的深度书写对概念化、本质化的女性书写模式进行了有效突破，它因个体际遇的不同而五光十色，其间蒸腾着鲜活的生命力量与生活气息，其中，安琪、余秀华的诗作可谓拓宽女性经验书写边界的代表诗人。

2003年左右，从福建来到北京漂泊的安琪，承受了现实与情感生活的双重打击，她不得不从高蹈的激情与想象里出走，落至生活的地平线，与生存短兵相接，用心、用情与生活肉搏。正是在"兵刃交加"的苦搏下，安琪用切肤的经验表达创造了强劲、凌乱、元气丰沛的诗作。她的《像杜拉斯一样生活》《打扫狂风》《风是固体的》等诗，倔强地将生存的动荡与现实磨难升华为诗意，对生活创伤表现出了高度敏感，这些诗作从生活的风沙中走出，粗粝而狂暴，但辐射着强烈的精神能量。其代表作《像杜拉斯一样生活》以不安而极快的语速勾勒了一幅时代缝隙下疲于奔命的北漂女性的精神侧影，正如安琪自言"诗中那种加速度的思维和分秒必争的行动感，那种高频率快节奏的语速语调几乎是北京许多公司待过的人的共同感受，念读该诗你将有几近崩溃的体验，而这正是北漂中人生存状态的写照"[①]。而《打扫狂风》一诗则是女性个体于痛楚、无助的生活中迸发的不屈呐喊，安琪在诗中真诚地袒露了她精神的分裂、心灵的痛楚，这是辗转于生活低处的锥心之痛，这种痛来源于具体的生活境遇，带有生命的血与热。

这一年的风来得狂，出乎她的意料，我看见

---

① 安琪：《女性主义者笔记〈自序〉》，载《极地之境·北京短诗选》，长江文艺出版社，2013，第5页。

她在风中挣扎
忍住胸口的痛，忍不住，眼里的泪

精神几欲分裂，已经控制不住喊出了声又
生生咽了下去
这一年的风狂得莫名其妙完全出乎
神明的意料
生命遭遇强降雨，邪恶有着邪恶的
嘴脸，和健康的胃

这一年邪恶几乎击倒了她
这一年她继续相信善的力量正的力量
相信，时候一到，全部都报

天降大任于她了，顺便把狂风
暴雨、雷霆，降了下来
无可抱怨
这一年是公平的，她吞下了生铁
以便使自己站得更稳

狂风需要打扫，此刻，她鼓励自己。

（安琪《打扫狂风》）

焦灼的诗语、闪电般的语速再次凸显了新世纪北漂女性的
精神印痕，对于生活的强雨、雷霆，安琪选择直面现实，并以
戏谑的语调对荒诞生活予以消解。安琪的这类诗歌始终将其女

性经验贯穿于境遇性的生活书写之中，形成了结实而开阔的诗歌文本。

安琪写于北京的一系列文字从生命的痛处鲜活呈现了北漂女性的生活经验，而余秀华那"烟熏火燎、泥沙俱下，字与字之间，还有明显的血污"[①]的诗歌则将一名居于乡野的残疾女性的生命痛感血淋淋地袒露出来。爆红网络的《穿过大半个中国去睡你》固然粗鲁，乃至充满情色意味，但诗人将对社会的批判、人性的反思浇筑于女性欲望的率直书写之中，直击沉沦乡土的知识女性的生存困境，扩充了女性诗歌的经验书写边界。其短诗《我养的狗，叫小巫》，既可视为余秀华个人的生存记录与命运控诉，同时也是普遍被侮辱与被损害的乡村女性生存真相的一次勇敢暴露。

我趔出院子的时候，它跟着

我们走过菜园，走过田埂，向北，去外婆家

我跌倒在田沟里，它摇着尾巴

我伸手过去，它把我手上的血舔干净

他喝醉了酒，他说在北京有一个女人

比我好看。没有活路的时候，他们就去跳舞

他喜欢跳舞的女人

喜欢看她们的屁股摇来摇去

他说，她们会叫床，声音好听。不像我一声不吭

还总是蒙着脸

---

① 刘年：《多谢了，多谢余秀华》，载《摇摇晃晃的人间》，湖南文艺出版社，2015，第178页。

我一声不吭地吃饭

喊"小巫，小巫"把一些肉块丢给它

它摇着尾巴，快乐地叫着

他揪着我的头发，把我往墙上磕的时候

小巫不停地摇着尾巴

对于一个不怕疼的人，他无能为力

我们走到了外婆屋后

才想起，她已经死去多年

（余秀华《我养的狗，叫小巫》）

　　诗中的"我"残疾、无力，在闭塞的乡下无依无靠，饱受丈夫的蹂躏，只有一只叫小巫的狗成为心灵的唯一慰藉。余秀华平静克制的叙述呈现了一名无助的乡下女子惊心动魄的生存痛楚与艰难企望，这是从生活泥淖中挣扎的诗意，是源于个体经验的噬心的无助，更是紧贴大地的痛苦呼吸。余秀华曾在诗集《月光落在左手上》的跋中写道："一直深信，一个人在天地间，与一些事情产生密切的联系，再产生深沉的爱，以致无法割舍，这就是一种宿命。比如我，在诗歌里爱着，痛着，追逐着，喜悦着，也有许多许多失落，诗歌把我生命所有的情绪都联系起来了……呈现我，也隐匿我。"[1]对余秀华而言，她将自己的生命经验一点点摁到文本中去，诗歌与个体命运如影相随，她的个人命运通过诗歌得到了展示与升华，而当代女性诗歌的书写经验也在她不断朝内的镌写中加深加宽。

---

[1]　余秀华：《月光落在左手上》，广西师范大学出版社，2015，第221页。

　　　　　　　　　　　　　趋光的书写：诗歌、地域与抒情

如安琪、余秀华等女性诗人面临权利话语与拜金浪潮愈演愈烈的暴力施加，没有对此漠视，抑或逃逸，而是将这异己性包容于女性生命经验之中，对之加以暴露、审视，她们以独特的女性经验丰富了当代生存景观的面相，凸显了时代侧影下曾被遮蔽的具体而微的个体经验。

三、日常美学范式的扩张

21世纪以来的中国正步入一个与世界经济、文化相接轨、有着恒定运转模式的所谓常态化时代，思想负累的解除，女性诗人面临的对抗语境似乎趋于溃散，而她们遭遇的最大现实就是这近乎不再激烈变动的日常生活，而"日常生活总是在个人的直接环境中发生并与之关联"①。应时而生，关注与个人发生直接关联之生活的日常书写美学成为新世纪女性诗歌的一种重要范式。具体而言，女性诗人不再猛烈呐喊、对抗寻求某种终极关怀，亦不再高蹈于出尘的女性自我空间，而是接受这平庸、琐屑的日常生活，有意识地回避宏大概念，抛弃本质主义式的抽象思考，远离诗学传统构建的美学标准，习惯从日常的褶皱、生活的细节处发现诗意，表达即时即地的感悟、哲思、情绪。在书写上，她们也趋于非诗化的写作，大量引入日常口语，将抒情性的语言加以淘洗，追求口语的直接、自然与透明，剥离其修辞效果与隐喻性，极力追求语言与事件的直接对

① 赫勒：《日常生活》，衣俊卿译，重庆出版社，2010，第7页。

接，这类书写"带来了现代诗准确、恳切的意蕴和语调"①，更能应和日常生活的现实展开。

事实上，早在20世纪90年代，当诸多女性诗人还徜徉于躲进高楼成一统的自我晕眩式的光环之中时，王小妮已经穿越了自我的迷思抵达日常生活的内部，她的《白纸的内部》《一块布的背叛》《等巴士的人们》等诗作表达了对日常生活的关怀与诗思，用一柄利刃划开生活的表层，以获取更具普遍性的象征意味。这类诗歌的取径之法至21世纪已然成为众多女性诗人共同分享的范式。首先，在诗歌关注的对象上，庸常生活成为诗歌关注的主题，她们以审美化的姿态抚摸日常生活形成的细微旋涡，如李小洛的《想起一个人》、蓝蓝的《有一瞬间》、路也的《抱着白菜回家》《江心洲组诗》、娜夜的《生活》、舒丹丹的《秩序与悬念》等诗作，无不一粒沙中见世界，重视诗歌的细微与具体，乐于分享从生活细节处感受到的心境、领悟的哲思。以蓝蓝的《有一瞬间》为例，生活的一瞬间成为点燃诗意的引子，照亮了广阔无垠的内面世界。

> 有一瞬间，我停住手
> 没叠好的衣服像是跪着的人
> 脑后受了致命一击，慢慢倒下……
> 我愣神
> 望着不知道什么地方：
> 墙角，幽暗的往事一圈圈织着

---

① 陈超：《〈我读着〉：我写出，我看到》，《名作欣赏》2010年第1期。

迷失于自身的蛛网。

（蓝蓝《有一瞬间》）

在叠衣服的日常化场景中，一位敏感多思的女性恍然于幽暗往事，停住手愣神，乍然感受到隐而不现的生活的某种本质，这是从世俗的琐屑中涌现的情绪与诗意，是牢固驻扎于日常行动里的诗歌。

路也是一个对日常书写有着鲜明自觉性的诗人，她自言："在一个诗人眼里没有什么东西真的是抽象的，就是那些貌似抽象的概念都可以被想成有体积有形态有颜色有重量有情态的，日常生活本身就够丰富的了，就是写也写不完的，一个人诗人不应该把自己架空，跟看不见摸不着的未来呀岁月呀流浪呀马呀月光呀荒原呀梦呀心中的疼呀黑影呀永恒呀搅和在一起，我害怕那种诗，在那种诗里生命大而无当……我赞成在诗里描述细微的场景和具体的事物，往往这些细微和具体才蕴含着生命的感动。"[1]路也的理论自觉也彻底地贯穿于她的诗歌实践之中，如《江心洲组诗·农家菜馆》于活色生香的农家菜间品尝那飘荡暧昧的男女之情：

菊叶蛋汤、清炒芦蒿、马齿苋烧肉
江虾炒韭菜、凉拌马兰头
读一张菜单像是在读田野的家谱
宽大的餐桌像沙场，摆在篱笆围起的露天小院

---

[1]　路也：《诗歌的细微和具体》，《诗刊》2003年8月。

我们要把江心洲的四季

品尝、咀嚼，吞嚼，并且消化

月亮升起来了

给每个菜里加了一点甜味

…………

坐在我面前的男人在喝啤酒

我对他的爱最好是先别说出来

我的目光越过他的肩头，越过篱笆

到了对面的果园

而我的心走得更远

它早就到了两公里外的江面，乘上了一艘远洋货轮

月亮升起来了

又大又圆

就当免费上来的一盘果酱吧

（路也《江心洲组诗·农家菜馆》）

以农家菜馆这类诗意匮乏的日常场景入诗，需要诗人高度的综合提炼能力将之激活，诗句的开头是"菊叶蛋汤"等一系列农家菜单的排列，将之与田野家谱相联系，巧妙地化俗为雅，被联想的诗境徐徐在餐桌展开，咀嚼食物被描写为品尝江心洲的四季，更将庸常的口腹之欲加以点化升华，于是，诗末所言的对面前男人"先别说出来"的爱在具象的农家菜馆里缓缓流淌，农家菜馆也由此成为爱的一个诗意证据，路也的诗作完美地勾勒了日常诗意如何构造的运思过程。

值得注意的是，21世纪女性诗人所热衷的日常生活书写

与20世纪80年代中晚期第三代诗人的书写有着内在的区别。以韩东、于坚为代表的第三代诗人主动挑战朦胧诗派的启蒙意识、理想主义精神，刻意将日常生活作为革新的旗帜，于坚以颠覆的姿态倡扬日常，拆解高雅："把日常生活视为庸俗的、小市民的、非诗的，把诗视为与之相对立的某种鹤立鸡群的高雅部分，这在诗歌真理中正是属于庸俗的和非诗的。"[1]对于高雅的拒斥，使得第三代诗人力图挤干日常生活的诗意，祛除个体的形而上的思考与崇高性状的情感与意识形态，趋向以一种罗兰·巴特所言的零度写作方式来展示原汁原味的日常生活，裸露"存在"的本质。而新世纪女性诗歌的日常书写则多承续了传统诗歌的审美经验与精神维度，如路也、蓝蓝、舒丹丹的日常吟咏呈现的是朱光潜所言的"人生的艺术化"，她们将日常生活熔铸于个人体验，并由此升华为诗情哲思，其中升腾着知识分子的精神追求与审美趣味，她们目光所及，庸常事物被点燃了精神的亮度，平常生活拥有了高雅的韵致，因而，这是一种抒情的、审美的写作。

当然，新世纪女性诗歌日常美学范式的书写在制造美学边界的无限扩张的同时，也产生了一些粗鄙化、平面化的劣质诗作，乃至被讥讽为"口水诗""廉价鸡汤"等。譬如赵丽华的《一个人的田纳西》《我爱你的寂寞如同你爱我的孤独》等诗，其题目与诗歌内容之间的巨大分裂、语言形态的粗率、抒情的流失等，不仅让这些诗难以索解，而且匮乏诗歌的抒情

---

① 于坚：《棕皮手记1997—1998》，载《于坚集卷》，云南人民出版社，2004，第154页。

性。日常审美的无限泛化使得某些女性诗歌滑向了消解价值、沉溺世俗、放弃诗意的迷途。这一书写乱象亦如埃伦·迪萨纳亚克对后现代主义艺术的批判："背弃了高雅艺术的昂贵而丰盛的大餐，转而提供了乱七八糟、无味也没有营养的小汤。"①显然，过于直白的语言形式、过于粗率无文的言辞、对诗歌终极关怀的放弃，最终会让诗歌背离艺术的准则，退化为生活的粗糙标本，这一歧途式书写无疑值得引起当代女性诗人的警惕。

在女性诗歌发展的时间链条上，21世纪女性诗歌是从20世纪90年代女性诗歌的发展脉络上蜿蜒而至的，其中既有对上个年代诗歌书写的承续，亦有坚定的悖逆与拆解，历史想象力的重铸是90年代"独白"姿态的一种转向，女性诗人从闭抑的个体转向直面历史与现实，有效勾连了自我与世界的现实关系；女性经验的拓展则承续了90年代女性诗歌的经验书写，但在连续中有着鲜明的变异，即女性诗人挣脱了闭抑的、概念化的性别经验的呈现，而将女性经验融入个人具体的生存境遇之中，并借以抵达更为阔大的生存本相；日常美学的扩张，更是常态化社会语境下当代女性诗人对于诗歌书写范式的一种自觉选择，她们不仅告别了20世纪80年代的道义承担、宏大抒情，也挥别了90年代本质主义式的女性话语，而将诗意下沉至日常生活，并从中形构出一套寻求诗意的诗学方式。上述三种书写向度分别表征了诗歌与现实、诗歌与主体、诗歌与美学之间的

---

① 转引自孙媛：《尴尬的话语移植——谈"日常生活审美化"及其中国之旅》，《海南大学学报》2008年第2期。

立体而相互影响的复杂关系，也隐约提示着，新世纪的女性诗歌进入的方向更多是"诗"的方向，而不再胶着于"女性"方向。这或许可堪成为我们把握新世纪女性诗歌书写的有效节点。

抒情的秘术及其风度：冯娜诗歌论[*]

　　由于冯娜的民族身份及其边域生活经验，不少评论者对其诗歌的指认总绕不过诗歌地理学的阐释以及诗人民族身份的追索，它在有效梳理冯娜诗歌的某些特质的同时，也带来了符号化的遮蔽。或许只有逸出上述论说的束缚，具体而微地从对冯娜抒情声音的辨析出发，我们更能深入她的诗歌世界，体味其诗作内部明媚幽微的电光石火，并意识到，冯娜诗作的诱惑性并不依赖于对边疆等特殊题材的占有，而是其感同身受的领悟力、创造性的个人化抒情方式构成了其诗歌文本的内在魅力。

　　在一切坚固的总体性趋于消散的当代语域下，抒情诗的写作似乎萦绕着危险与不合时宜的气息，高蹈、空洞、滥情等指责曾一时蜂起，诸多诗人也纷纷逃避抒情，将目光移向现实的经验世界，热衷于艾略特的"非个人化理论"、叶芝的面具书写，反抒情写作成为流行一时的操作手法。这固然给当代诗歌带来新的向度，但是对于抒情的刻意压制也缩小了诗歌的情感能量，对于这一潮流，耿占春有着诗评者的警觉，他指出，一些20世纪90年代重要的诗人作品"明显地增加了日常的情境与情节，增加了戏剧化与对话性。这样的诗人是注意力的给予者。它显示了诗人的好胃口，要及时地消化掉从现实世界中冒

---

* 刊发于《粤港澳大湾区文学评论》。

出来的一切非诗意之物，但也许它会成为新的狭隘性的一种表现"。他转而期待"也许在种种文体的实验与洗礼之中，抒情传统会显示出新的活力"。在我看来，冯娜纯正的抒情诗书写便显示了一种值得瞩目的新活力，迢迢诗歌之途上，她从未偏离抒情的方向，"只要杏树还在风中发芽，我/一个被岁月恩宠的诗人就不会放弃抒情"（《杏树》）。

冯娜虽然年轻，诗歌创作生涯却开始颇早，《云上的夜晚》等诗集保留了她早期诗作轻灵、唯美的青春抒情之音。显然，冯娜从未懈怠于诗艺的磨炼，从《寻鹤》开始，她进行了自觉的诗歌变法，一种节制、澄澈、充满张力的抒情诗初露雏形，行至《无数灯火选中的夜》《树为什么需要眼睛》等诗集，我们欣喜地看到，冯娜已然触及了俄耳甫斯神秘的琴弦，寻到了属于她的独特嗓音，在纷纭变幻的当代诗坛上拥有了可被清晰辨识的抒情面孔。

一、想象与悖论：寻找抒情的秘术

必须承认，冯娜的抒情诗有着强烈的蛊惑性，它总以其别具一格的形态刺激倦怠的眼睛，但这"特别"又有着镜花水月般不可捉摸感，因此相当长一段时间，我只能笼统地袭用"灵性"来加以概括，不过随着冯娜诗作的坚实生长与个人阅读的深入，这些灵动闪烁的诗句似乎向我展示了些许秘密，"想象"与"悖论"或许能让我窥见冯娜诗歌秘术的某些构件。

冯娜的诗歌有着天马行空的想象力，这一力量呈现为诗人对意象的专制性驯服与来去自如的操纵，其笔下总快速切换着纷至沓来的意象，众多独异的意象踏空而来，在主体强悍的力量下被过滤、提纯、排列，化为奇异的意义峰峦，如她的代表作《诗歌献给谁人》：

> 凌晨起身为路人扫去积雪的人
> 病榻前别过身去的母亲
> 登山者，在蝴蝶的振翅中获得非凡的智慧
> 倚靠着一棵栾树，流浪汉突然记起家乡的琴声
> 冬天伐木，需要另一人拉紧绳索
> 精妙绝伦的手艺
> 将一些树木制成船只，另一些要盛满饭食、井水、骨灰
> 多余的金币买通一个冷酷的杀手
> 他却突然有了恋爱般的迟疑……
>
> 一个读诗的人，误会着写作者的心意
> 他们在各自的黑暗中，摸索着世界的开关

这首诗流转着快速变幻的意象，奔腾着飞扬的想象力，扫雪的人、病榻前的母亲、登山者、流浪汉、伐木人、迟疑的杀手，这些被提纯的意象之间充满了突然的断裂与惊奇，诗人从一座意象悬崖奔向另一座悬崖，句子的奔跑拥有决绝的速度，洋溢着让人目眩神迷的快感。冯娜这种快闪式的意象操纵法显然是冒险的，我们经常看到，平庸的诗人习惯求助多种意象的滑动来牵扯诗句的前行，并借此炫耀其臃肿的想象力和华丽的

　　　　　　　趋光的书写：诗歌、地域与抒情

辞藻，却往往丽辞满篇，不知所云，堆砌的诗句沦为空洞的能指。与此相反，冯娜从中恰到好处地展现了她灵巧的诗艺，诗作内部意象的变幻并不给人以堆积、破碎之感，单个诗句作为意义的岛屿有其自足的重量，但这不是孑然独立的个体，而是细胞式的自足体，在自我意义分泌的同时，它们作用于整个诗歌肌体，应和着意义指针的共振，诗的最后两句亮出了诗人手中的魔法棒，"一个读诗的人，误会着写作者的心意/他们在各自的黑暗中，摸索着世界的开关"，由此，读者必须返回诗歌，又一次在惊奇与速度中体会贯穿其中的隐秘意图。

在我看来，冯娜这首诗是以诗的方式来探究接受美学的内在秘密，即诗与读者之间的关系并非赋予与接受的明晰关系，它是一系列的变形与误会，艺术接受主体的差异性与多样化必然导致意义传达的差异性，诗歌的言说不是终极真理的给予，它是暗示、启发、召唤，其间交织着无尽的迷途，因而，冷酷的杀手（我视为冷漠客观的批评家）面对意义编织体会发生恋爱般的迟疑，阅读主体注定要独自在意义传递的暗夜里摸索，诗歌就其本质而言，永远不会提供精确的答案。冯娜以具象而精微的诗句触及了诗歌接受美学的关键处。

冯娜诗中的意象与其说是被发现，不如说是被生产出来的，它们臣服于诗人独有的想象力之下，有能力再造一个世界，"在云南人人都会三种以上的语言/一种能将天上的云呼喊成你想要的模样/一种在迷路时引出松林中的菌子/一种能让大象停在芭蕉叶下 顺从于井水"（《云南的声响》）。这俨然是被施展了魔法的梦幻世界，它奇异美丽，是绝对幻想的纯粹曲线，如一幅让人震惊的现代画，总经久不息地闪烁于读者的脑海。

　　冯娜诗作的惊奇性不仅与绚丽的想象力有关，也部分来自她所擅长的悖论的语言。悖论给晦暗的事物带来光亮，否定词的大量使用，如"不""没有"等在制造断裂的同时，也创造了诗歌曲折幽深的景深，否定之肯定让诗句获得了悖论的力量，《出生地》一诗便构建了一个悖论的情境：

　　　　我们不过问死神家里的事
　　　　也不过问星子落进深坳的事
　　　　他们教会我一些技艺
　　　　是为了让我终生不去使用它们
　　　　我离开他们
　　　　是为了不让他们先离开我
　　　　他们还说，人应像火焰一样去爱
　　　　是为了灰烬不必复燃

　　诗人信誓旦旦"我们不过问"，然而，死神家里事、星子落进深坳的事，它们作为被否定的他者却借此获得了更顽强鲜明的主体性，诗句由此成为一种悖论的意义传递，它灵巧地于闪避中呈现自身；诗作的尾部更是从自身产生的悖论性张力中汲取力量：教会与不去使用，离开与被离开，火焰一样去爱是为了灰烬不必复燃，它们构成了一个布鲁斯特所言的"倒置的真理"，恰如一个物体被颠倒过来，我们却能在颠倒中更为准确地发现物体的本质，从冯娜的否定、倒置的言说中，一种更为强劲的真理性力量涌现出来，并拥有了箴言的质感，这让我

　　　　　　　　　　　趋光的书写：诗歌、地域与抒情

想起了布鲁斯特对"悖论"的推崇，"在某种意义上，悖论适合于诗歌，并且是其无法规避的语言。科学家的真理需要一种肃清任何悖论痕迹的语言，显然，诗人表明真理只能依靠悖论"。

冯娜诗歌的悖论性力量与诗作中匮乏的倾听者也息息相关，抒情主体朝向空虚中的"你"诉说，但这个倾听的"你"匮乏而无知，一如《秘密生活》的中的"你"，"你知道我幼年时曾去打猎/——你不知道我猎获过一颗星宿……你知道我曾去过无数诗人出生的城市/——你不知道我认得一双亚麻色的眼睛"，这是否定之肯定的嶙峋句式，不断自我转折、倾斜的诗句在曲线的深入中构成了强大的张力，如莎士比亚的比喻，"斜线尝试以迂回的方式明了方向"，读者必须从惯性滑行的理解轨道中逃逸出来，以惊讶的方式审视因"匮乏"而丢失的经验与感受力，并由此重新获得认知。冯娜诗作所运用的悖论的语言由此获得了戏剧化的力量，避免了平铺直叙的空洞，生成了灵动而准确的抒情诗体。

二、通灵者的信函

万物静默如谜，拙劣的诗者只能在光滑的表面摩擦，他们描述的现实场景总让人沮丧，只有为数不多的诗人可以打开事物内部的惊奇，仿佛通灵者，他们感受到万物运动的节奏，并捕捉到它的准确性。冯娜似乎也拥有这样一种通灵的能力，她的诗作中灯火流转，鸟兽出没，植物丰茂，诗人与万物之间息息相通，天然融为一体，因而，冯娜笔下的风景脱离了被观看的客体性，而生成为具有强大感召力的主体。

　　冯娜的诗歌多涉风景，自然之景，抑或人世之景交相出没，相互呼应，构成一幅与诗人心象交相辉映的美学图景；对风景的大量书写对于当代诗人而言，未免不是一种冒险，因为就中国诗歌传统而言，有着成熟的制作方式与运思路径的风景诗历来为古典诗歌之大宗，它们如此让人耳熟能详，以致成为当代诗歌需要避免的陈腔滥调，更何况山水风物的书写在层层叠叠的传统泥淖下已经难以有新的突围，从这个层面而言，冯娜大量的风景书写更需要勇气与创造力。

　　与传统风景诗崇尚借景抒情的运思路径不同，冯娜拒绝将风景作为诗歌客观描述物，并不遵从事物的自然秩序，也有意逃离将风景作为情感触发点的工具性操作，从一开始，她就不满足于在风景表象的滑行，而是直接进入风景的内部，始终与风景相纠缠、相对话。《对岸的灯火》一诗是冯娜与风景之关系的一个典型隐喻，灯火牵引"我"，并通过明亮与黑暗碰撞的声响告诉我，"一定是无数种命运交错/让我来到了此处/让我站在岸边"，灯火与我之间的相遇成为彼此命运的浸入、交集，灯火此刻内化于我的命运之中，成为我的一部分，与此同时，我引导并嵌入了灯火的命运之中，"我只要站在这里/每一盏灯火都会在我身上闪闪烁烁/仿佛不需要借助水或者路途/它们就可以靠岸"，由此，灯火成为发光的生命体，我与灯火之间不再是主体与客体之间的观照与铭记，而成为彼此命运的融入与领悟。人与景的内在纠葛，使得冯娜的风景诗成为诗人的生命密码，镌刻了抒情个体的体悟与悲欣。

　　冯娜破除了主体、客体的对立关系，风景与诗人心象相纠缠，并具有同构性，对于这一书写，她如是解释："在西南高原生活，我们对动植物有天然的亲近，我们与它们并不隔膜，就是它们的一部分。就像杨丽萍的舞蹈，她不是去表现雨水或者月光，她就是雨水和月光本身。这是万物皆是我，我即是万物的心性。也许这种心性的获得必须通过那样与自然共生、共情的生活，这是不可复制也不能模仿的。"冯娜强调，当诗人天然化万物的一部分，诗歌抒写不再是对他者的外在表现，而呈现为一种共生、共情的生活。这让人自然联想起里尔克所言的"分担"，"你就试行与物接近，它们不会遗弃你；还有夜，还有风——那吹过树林、掠过田野的风；在物中间和动物那里，一切都充满了你可以分担的事"。当人与物成为命运共同的承担者，人的深邃命运自然以物的形态直观呈现。或许从《春天的树》一诗中，我们能将人、物之间的诗意关系看得更清晰，诗中树的迷恋、叛逆与怀疑一如少女"我"的精神历险，人的主体性与树的主体性已然合二为一，即此即彼。

气温升高时，它们就从笼子里逃出来

鸟鸣穿梭不定

让它们更加确信自己也有翼翅

又或者，它们着迷于一个少女在河边的歌唱

开始模仿人类　直立着

摘掉围巾、手套，捧出一件久远的珍藏

——如果树木不只在春天丧失记忆

它将如期获得每一年的初恋

当它们拥有了以忘却作为代价的恋情

才会思想雨水的去向

也才会听见骨骼中有些并不属于兽类的响动

它们计划奔逃

却感到大地的牢狱掌管着高处的阀门

还有跃跃欲飞的零件、匙扣

风将它们一再拆卸

它们相信那不是叶子，是一台新世纪的武器正在组装

春天让树承受流亡者一样的忍耐

它们不再追溯脚下的含混之物

远景也如明月倒悬

它们突然看见水流，一棵棵成形

它们怀疑自己真的交出了全部

结果变成了"树"

（《春天的树》）

  诗人书写的树，是春天挣扎成长的树，也隐喻了少女的精神链条与欲望迷途，但这不是单向度的隐喻，而是人、树共生，两者有着共同的运动轨迹，树的欲望、奔逃与忍耐也是少女挣扎、彷徨的青春，亦此亦彼间，人与树的现实差异被取消了，共振式的生命情绪让两者互相交融，超越了表层的隐喻性，甚至成为寓言化的书写。

  在《流水向东》《藏地的风》等诗作中，冯娜与万物进行了更深的置换，万物化为抒情主体，诗人摈弃了自身的先验

观，栖息于物之内，从物的角度展开了内置式抒情。这种手法接近胡塞尔提出的"主体间性"。胡塞尔指出，当主体将客体作为独立的可以认知世界的主体，就进入主体间性，主体是和其他主体不断商谈和互动过程的一部分。冯娜从被置换的主体中，以飞禽的方式感受造化的变迁，"我的翅膀越来越轻/漫天的水　满坡的绿林都为一种色泽沉沦/七月初七　我们把山峦还给大地/把豹子还给深山"（《流水向东》）；诗人又化身为风，再现藏地风情，"一匹马跑过来　请它制服我/让我听到铃铛乱响　不再毫无头绪钻进蜂巢……酥油被我舔冷/再过上三十天　我会从山坳最深的地方/把高原的心窝子都吹绿"（《藏地的风》），诗中的客体产生了只有主体才有的自觉，打开了以物观看的视角，一个充满灵韵、未被人的视野污染过的世界突然苏醒，而诗人也借此获得了想象的自由与语言的解放，诗作化为通灵者的信函向读者传递着万物的节奏与美。

三、智性与抒情的风度

如果说冯娜早期抒情诗还带有青春期写作唯美感伤的风格，那么，随着诗歌技艺的不断淬炼，她勇猛地打破了惯性的抒情手法，进一步开掘经验，并借助智性来平衡倾斜的情感书写。"我重建着被自己损毁的宫殿，浇灌/用手缝漏下的合流，我的诗曾把水装在罐中/为了把它们捧在手上/我接受了损毁"（《秩序》），我愿意把这节诗作为冯娜诗歌变法的自我隐喻，即诗人通过自我损毁来重建抒情的秩序，事实上，她以节制而富于风度的抒情诗最终获得了其独特性。在我看来，冯娜自觉变法后的抒情诗内敛、沉静又摇曳动人，破除了常见的分泌式的泛滥抒情，在诗与思、意象与情感的勾连中保持了克制的平衡，并在诗人的智性控制下凝定为坚实的抒情体。

冯娜的诗作里总隐匿着一个沉思的主体，抒情的节奏内部始终回旋着诗人对意义的探询、命运的追问，形而上之思的注入拓深了诗歌的景深，因而，抒情成为思想的一种方式，诗、思的结合使得诗作达到了海德格尔所言的思与诗一体的形态："存在之思是原诗，一切诗歌由它生发，……广义和狭义上的所有诗，从其根基来看就是思。"如《极光》一诗为主观的精神垂询寻到了包含情感的客观对应物：

如果睡眠是一种祈祷，我一定不够虔诚
如果白昼是一门手艺，人们都还是学徒
我印象中，人是可以被黑夜驯养的
未被讲述的响动，才会拥有更加具体的形象：
噩梦、火警、错拨的电话
从远洋造访的台风
隔壁邻居家的争吵……

每次惊醒，我都会感到黑夜越来越挤
人们总在忙着命名和修补时间的漏洞
我隔着黑暗，感到懊恼
这也使我经常想到极光
——在那些拥有漫长极昼和极夜的地方

人们也许会有一种更好的方法

或者更痛苦的明了

尽管，醒着的时候总是短暂

（《极光》）

　　诗中涌现的具体形象如黑夜、白天、台风、极光等都不是被观看的客观他者，而是经过智性过滤的对象，是被注入了诗人期待与想象的思想对应物，它们是思想火花的瞬间凝结。"极光"的形象与心灵的真实、思想的理性高度契合，它既是一种绝对的自然现象，也是痛苦而清醒的灵魂呈现，更是一种朝向生存的理性之光，实现了感性与理性的统一的"极光"，因此散发出富于象征与暗示的光晕。

　　思想的刺入让冯娜有能力点亮沉默坚硬的庸常事物，让它们起电、发光，并袒露隐匿的命运图式与情感底色。《乡村公路》是一首指向日常的诗，所描述的风景是每个辗转于途的行走者熟悉并觉得无趣的，冯娜对此避免了泛滥的田园式抒情，也远离了有关城乡分裂的社会学诘问，而是以陌生化的方式恢复了乡村公路的重复与无聊，"司机的口哨绕着村寨曲折往复/多少个下午，就像这样的阳光和陌生/要把所有熟知的事物一一经过"，然而，正是这无聊风景却具象阐释了人类生活的无常与悲凉，"多少人，和我这样/短暂地寄放自己于与他人的相逢/——纵使我们牢牢捍卫着灌满风沙的口音/纵使我们预测了傍晚的天气/（是的，那也不一定准确）/纵使，我们都感到自己是最后一个下车的人"。诗人在瞬间与永恒、庸常与宿命之间寻求到诗歌的火石电光，一种澄明的了悟乍然照亮枯燥荒芜的无边生活。我一直认为，正是源于对日常生活的高度洞察力，冯娜才成为那一个获取了诗歌秘密的幸运者。

当然，如何避免空洞的情绪摩擦，如何寻求诗歌内部的智性平衡，冯娜对此有着清醒的自觉，她曾自言，"这个跟我本人性格和所受的教育有关，也跟我对诗歌智性的追求有关。我比较警惕感情和情绪泛滥的书写，我认为写作的尊严有一部分来自节制。情感的饱满也会来源于克制中的张力。技艺的平衡、心智的平衡确实是需要终身努力的命题"。或许，正是源于这份朝向节制的努力，冯娜的诗作闪烁着智性的启示，通过留白与意象构筑等方式形成了颇具风度的诗意言说。《纪念我的伯伯和道清》不过才简洁的四句诗，茶花、跛脚的人，它们共同构成的隐喻化图景，留白了余韵悠长的阐释空间，诗人的激情得到高度控制，从而在情感表达上获得了更强劲的艺术张力，这让人想起沈从文所主张的情绪的体操，"一种使情感凝聚成为渊潭，平铺成为湖泊的体操"，冯娜显然熟稔地掌握了这一方式，她的情感总是从诗句的调度、控驭间迸发，激烈的情感之上始终笼罩了诗人强大的意志。这一诗人的意志也呈现为意象的凝聚，庞德有言，意象是"理性和感性的复合体"，而这类有质感的意象必须经由炼金术式的高度提纯，是诗人主观情思的结晶，方如此，才能使得诗歌避免毫无节制的宣泄而获得雕塑般的质感。冯娜的不少诗作中，物象的更迭非常频繁，譬如《云南的声响》等诗，物象迭出，但高度隐喻化的意象始终被置于高度的意义关联之中，化为诗人的心象符号，是与主体生命相勾连的命运共同体，也成为冯娜诗歌节制之风度的核心构成元素。

　　　　　　　　趋光的书写：诗歌、地域与抒情

在消费时代的压力下坚持抒情，在非诗的语境中坚持做一个诗人，这是一种艰难的抉择，也愈发凸显了抒情与诗人对于当下的意义。阿多诺即认为，"抒情诗所表达的，并不一定就是大家所经历过的，它的普遍性并不等于大家的意志，它也不是把其他人未能组合起来的东西加以单纯地组合。抒情诗深陷于个性之中，但正是由此而获得普遍性，也就是说，它揭示了虽未被扭曲但却不为一般人所理解和接受的东西，并极为精辟地、预见性地指出，人类社会不是恶的，生活在其中的人们不是极端自私、相互排斥的"。从这个角度而言，抒情诗虽然并未直接与现实搏斗，但它作为具有创造性与高度敏感性的词语事实，并非与社会对立的艺术品，它对情感与美的不懈恢复恰恰是对物化现实的一种感性抗议，是人类生存境遇的一份真诚的样本，因此，冯娜优雅的抒情诗当被置于这一视域下来确立其诗学价值与现实意义。

南方诗歌的另类符号：世兵诗歌论[*]

在当代诗歌评论版图上，北方诗人及其属地诗群一直处于评论的聚光灯之下，他们的诗论、诗作成为诸多评论者青睐并追踪的对象。相形之下，粤地诗人群要么隐伏于评论的边缘地带，要么遮蔽于"打工诗人"这样巨型的话语羽翼下，而成为沉默的大多数，尤其是身为知识阶层的粤地诗人，他们热烈的付出、寂寞的书写，总让人想起王维笔下纷纷开且落的木芙蓉，如此绚烂、美好，却少为山涧外人知之。正是基于上述遗憾，我认为评论界应该祛除惯习的、潮流的各类遮蔽，多关注这群洋溢着梦想与力量的粤地诗人们，他们持续不竭的创作需要相配的尊重，他们的诗学思想需要被重新审读，他们安静的面孔需要从暗处闪现。在我看来，围绕"完整性写作"展开诗学建构并数十年躬耕于诗歌创作的世宾，便是其中一名代表性的诗人，闪耀着理想之光的诗论与洋溢着精神之光的诗歌是他起飞的双翼，虽然现实生活在幽暗中下坠，而被光芒所牵引的诗人却始终在梦想的天宇翱翔，仿佛不倦的趋光的飞蛾，世宾倔强地朝着光明之处飞翔，那是让他为之目眩神迷的神之所在，也是他愿意为之耗尽生命的一生事业，"为了写下一首真正的诗歌/流尽最后一滴血"（《倾诉》），在这个破碎而功

---

* 刊发于《南方文坛》。

　　　　　　　　　　　趋光的书写：诗歌、地域与抒情

利的时代内部，我想，我们有足够的理由向世宾这样的诗歌践行者与梦想家致敬，他明亮、坚定的精神结构与不断自我调整的书写风格，有力地呈现了粤地诗坛倔强的生长力。

一、"完整性"与"批判"：世宾的梦想与现实

毫无疑问，我们仍处在海德格尔所言的"上帝之缺席"的黑夜时代，世俗洪水全面泛滥，资本逻辑、消费主义正在蔓延，昔日光环炫目的诗人正快速被边缘化。边缘化固然会带来一种回到诗歌本身的朝内的书写，同时也会让诸多诗人自觉收缩自身的精神能量，主动放弃了诗歌的价值追寻，一种技术化的、以狂欢方式滑行于一切之上的书写姿态成为不少诗人不约而同的选择。炫技性书写、泥沙俱下的经验见证与美学享乐一起构成了诗歌内部的自我喧哗。在这么一个以轻逸为美、以解构为乐的时代内部，世宾不惜冒着意识形态化的指责，展开了关于诗歌的沉重思考，他渴望重新恢复诗歌的伦理责任，扩张诗歌的精神能量，呼唤他一再期待的"完整性写作"，"在当下，它（写作）的首要任务就是对创伤性生活的修复，使具有普遍性的良知、尊严、爱和存在感长驻于个体心灵之中，并以此抵抗物化、符号化和无节制的欲望化对人的侵蚀，无畏地面对当前我们生存其中的世界，以人的完整照亮现实的生存，直至重建一个人性世界"。在一切坚固的东西都烟消云散的当代社会，重建不那么现代，甚至颇具形而上学意味的"完整性诗学"，类似手持长矛的堂吉诃德，在一个蔑视骑士精神的世俗

时代向往成为一名高贵的骑士。这份逆流而上的执着离不开世宾对诗歌的虔诚与重整世界的梦想，更有着知其不可为而为之的悲壮，"由于现实的有限性，它已永远不与梦想重合，但作为诗人，他一生的努力，就是要毫不妥协地从事着"堂吉诃德式"的工作，自作多情地企图把这两者糅合在一起"。的确，谁规定与时俱进、顺势而为才是正确的方向，对于有担当、有责任感的诗人，诗歌的价值正在于与时代对抗的悲剧性关系之中，在于"不在"中恢复尊严与可能性的不倦追求。

　　世宾不合时宜的特立独行，与其说来自"堂吉诃德式"对古典时代的沉溺性缅怀，不如说来自对当下生活机制的先觉式的敏感体验，无论在他滔滔数万言的诗学叙述中，还是在火光一跃式的诗句里，分裂、破碎始终是他对于这个时代的指认，"但这一切在工业文明之后——世界呈现出分裂的状况，人呈现出分裂的状况，一切必须重新收拾""碎了。神的天空、殿堂碎了/偶像碎了，已没有一块地方需要跪下的膝盖/碎了，自然中那些神奇造物/圣人隐居的茅屋/神圣的诗篇/碎了"，甚至"这世界，已找不到一块完整之物/石头碎了，心碎了/黑暗笼罩，啊！黑暗笼罩/我也只是破碎之物/在众多碎片之中"（《碎了》）。破碎的呼喊、分裂的指认，仿佛夜枭不祥的鸣声让人不适，毕竟，在资本自由流通、信息快捷即时的当下，地球村的统一幻境是如此令人迷醉，似乎这个世界在"上帝已死"之后，于资本、技术的驱动下重新建立起了有效的统一性，时代分裂的本质正被深深掩埋，这种自欺欺人的幻觉不由让人想起海德格尔所言的夜半时分，"世界黑夜的贫困时代久矣。既已久长必会达到夜半。夜到夜半即最大的时代贫困。于

　　　　　　　　　趋光的书写：诗歌、地域与抒情

是，这贫困时代甚至连自身的贫困也体会不到。这种无能为力便是时代最彻底的贫困了，贫困者的贫困由此沉入暗冥之中。贫困完全沉入了暗冥，因为，贫困只是一味地渴求把自身掩盖起来"。而指认"破碎"与"分裂"的世宾却毫无避讳地喊出了这个时代的荒芜与破碎，执意要揭开这被掩盖的贫困，敏感地指出了现实世界被资本浊浪、技术狂潮掩盖下的另一面：支离破碎、满目疮痍。世宾毫无避讳的呼喊声里无疑有着里尔克、海德格尔等前贤的清澈回声荡漾，当现代科学和各类技术成为人类趋之若鹜的曙光，里尔克、海德格尔等却在一片狂欢中看见了生命被对象化、个体走向破碎的宿命式的阴影，由此，如何重返澄明的诗意世界成为技术世界内部的敏感者们心有戚戚的愿景。对于世宾来说，"现实暗哑无声，清音遥远，这就要求我们必须经由批判来接通两者的联系"，诗人反对以同谋的、弥合性方式去面对世界，而是要以撕裂的、批判的方式去揭开和净化现实。在资本、技术已然统一的狂欢语境下，批判，成为世宾抵御时代的利器，也是借此投向现实的梦想之长矛，他内在于阴影，又反身抽离于这片阴影，一再强调诗歌对现实生存真相的揭示和批判意义，并且把批判作为其他一切追求的基础。通过批判，世宾得以揭示被遮蔽的存在之真相；通过批判，世宾获得了诗歌的纠正力量来干预碎片化、去本质化的日常生活，并指向富有终极意义的诗意空间。

世宾不仅渴望通过写作来批判现实、恢复人与世界的完整性，而且由书写直接进入行动，走向都市的稠人广众，以生命实践来表达其诗学理念。世纪之交，世宾发起了以诗歌"污染"城市的行为艺术，希冀通过诗歌的实践性批判来全方位干预日渐消灭人类天性的城市生活。他复制商品社会的运作方式，戏仿"包治梅毒"类商业广告形式，将印满诗歌的小广告贴至公共汽车、电话亭、居民小区等都市公共场所，对沉沦于商品运作逻辑下的都市进行了一次诗性的颠覆。在他看来，诗歌这次戏仿式"污染"，是一种策略，也是一种强硬和不合作的姿态，诗歌通过对现实批判而达到宽阔。世宾这种起义式的姿态、无畏的担当、天真而真诚的行动实践，难免不让人再次想起与风车奋勇作战的愁容骑士——堂吉诃德，堂吉诃德幻想在一个泥沙俱下的黑铁时代恢复世道人心，虽然遭遇了重重挫折与嘲弄，却仍然坚定地相信自己于这个世上的责任与使命，"桑丘朋友，你该知道，天叫我生在这个铁的时代，是要我恢复金子的时代，一般人所谓黄金时代。各种奇事险遇，丰功伟绩，都是特地留给我的。我再跟你说一遍，我是有使命的"。而世宾正是这么一个梦想在铁的时代恢复黄金时代的现代骑士，渴望在逐利的、分崩离析的技术社会重新恢复诗歌与人的尊严，深渊式体验与不妥协的批判让他更深地进入时代的晦暗郁结处，也因此从存在敞开处望见了神性光芒，拥有了源源不绝的梦想之力量。

二、从"水"走向"光"：世宾诗中关键词的置换

波德莱尔认为："要看透一个诗人的灵魂，就必须在他的作品中搜寻那些最常出现的词。这样的词会透露出是什么让他心驰神往。"的确，诗中最常出现的词仿佛隐而未发的神秘征

　　　　　　　趋光的书写：诗歌、地域与抒情

兆，它们指示了诗歌命运的来龙去脉与内在秘密，与此同时，诗人的本质与渴望总不自觉地通过具有反复性的词语表象来隐约彰显自身。阅读世宾的诗作，我们不难发现，"水"与"光"始终是诗人为之心驰神往的词语，"水"以自由的流动、无言的阔大承载了诗人面对这个对象性世界所发生的精神运动；"光"则从水的平面乍然升起，以一种强光的形态而存在，照耀了诗人的理想之所在。因此，要看透世宾作为一个诗人的灵魂，"水"与"光"无疑就是那个会准确暴露他的关键词，通过它们，我们将得以窥见诗人隐秘的精神结构与灵魂形态。

水流过世宾的诗歌，有时它作为"水"的原态凸显其不可遏制的生命力，形成与规则世界对抗的强大力量，有时又化身为大海、雨水，以母性的阔大、阴柔包容一切，超越一切；正是在对水的书写中，世宾不自觉地暴露了他与世界的双重关系。组诗《水在流淌》中，水以其不竭的奔流作为其主要运动构成方式，自由自在地奔流不仅是水的存在形态，更是水的自由意志，"水终将要流淌，水终将要自由地流淌/在那高高的山间，在那高高的坝上/水终究要自由地流淌/当它不再沉默，当它以说出力量/那些人们修筑的大坝/那些高音喇叭里唱出的诗篇/将迅速崩塌，在水的愤怒里/它们将消失得无影无踪"。终将流淌的本性与意志让水冲破这一切而成为它自身，走向了一个桀骜不驯者的破坏性的自由，水的自由与诗人的自由，它们共同流淌于字里行间，流淌的水应和着诗人桀骜不驯的自由心性，展现了诗人身临世界时所爆发的强大的抗拒性力量，它呈现了世宾金刚怒目的一面。而化身为雨水、大海的水，则呈现了世宾与世界的另一种关系：超越、悲悯；世宾的不少诗歌总给人一种消弭一切人间悲喜的超越感，虽然，他总喜欢在诗句中咒骂、抱怨那些破碎之物，抑或怀着深深的敬意细笔描述令人尊敬之事，但行至诗歌末尾，一种大海终将归于平静的超越性，会将前面所有的骚动吞没并随着诗句的完结而走向沉默。"他们的轮船在海上航行/从北美洲到亚洲的渤海湾/在海面上掀起了浪花/有时会因为超重，或其他原因/在海里沉没，大海会因此而咆哮/但很快就归于沉默"（《大海终将归于沉默》）。"它们知道雨水终将来临/一切痕迹将被夷为平地"（《雨水将一切夷为平地》）。在水的消弭、吞没中，尘世间一切荣光与卑鄙都变成易朽之物，一切终究成云烟，这不是历史虚无主义，相反，对于内心始终怀抱梦想、渴望一个完整性世界的世宾来说，他是要超越个人，乃至尘世的各类纠缠，毫无负担地朝着精神的腹地前行，因为这尘世的现实"就是被物质统治的地方，也即人的肉身出现和寄存的物理空间和社会空间，它体现了一种有限性"。只有在对有限性的超越中，诗人才能以纯粹的方式进入到他所梦想的具有无限性的心灵空间。

然而，世宾似乎并不满足于水所能表达的他精神形态的某部分，他要走得更远，要为自己的精神寻找一个更阔大、更纯粹的对应物，于是，有如神启，光从上面下来照亮了世宾。光浩渺、纯粹、神圣，它既照亮了世宾的世界，又从诗歌内部发出绵延不绝的光芒。

光是从混沌内部迸发而出的第一道裂缝，也是上帝创造的第一物，基督教义中，光就是上帝的化身，《圣经·约翰》有着明确的谕示"上帝就是光"，光的原始意义与宗教维度上的神圣性无疑照亮了世宾的梦想之物，光在世宾的诗中始终处于从高处、深处向四周弥散的扩张性运动之中，诗人以一种布道的激情，歌颂从高远、深邃处将启示与力量带回人间的光，"要相信光，光从上面下来/从我们体内最柔软的地方/尊严地发放出来/大地盛放着万物——高处和低处/盛放着绵绵不绝的疼和爱/盛放着黑暗散发出来的光/——光从上面下来，一尘不染/那么远，又那么近/一点点，却笼罩着世界/光从上面下来，一尘不染/光把大地化成了光源"（《光从上面下来》）。当光来自上面的清空，光在基督教义中居高临下的位置被世宾有效改造了，而成为神与人之间的一个中介，它遥远又切近，仿佛里尔克诗歌中的天使，居于人类无法抵达的高处，游弋于尘世与天堂之间，传达神的旨意并予人以照耀；而当光从我们体内发出时，光又从宗教维度切换至人性维度，成为从身体内部，乃至黑暗内部发生的人性之光，它与肉身的爱恨情仇息息相关，呈现了人自身的绝对价值。由此，诗中的光既来自于缥缈的形而上的高处，也来自形而下的肉身内部，光不仅溢出了纯粹的宗教性意义，又超越了普泛的人性价值，而成为世宾诗中一种神性与人性二者同体的绝对性价值。

在世宾诸多诗歌中，与光有着同样本质的"诗"的吟咏赞颂也如萦绕不绝的光线从他的诗篇内部流溢而出；"诗"化身为"光"的肉身，成为世俗世界高悬天穹的发光体，彰显了光的神性维度；《在我和诗之间》诗与光合二为一，诗拥有光的基本质地，成为光的一种，"我知道你的存在：明亮而宽阔/在我和诗之间，隔着千山万水　我听见你在召唤，隔着千山万水/你如此清澈、深沉，像高处的光"。清澈、深沉如光的诗歌从世俗化、技术化的泥淖中卓然上升，被赋予了终极性的意义线条，成为诗人眼中的恍然神祇的"召唤者"。诗歌不仅如光一样在高处闪耀，而且俯身人世，从庸常生活中伸出了它的拯救之手。"一句诗光临了我，我看见/它周身散发出光芒——/一束光，来自那崭新的世界/照亮我，使我从污浊中脱身……一句诗周身散发出光芒/如果它源自我已厌倦的日常，我爱！"（《一句诗周身散发出光芒》）如一束光的诗歌接通了现实的敏感神经、见证其中的哀乐苦痛，它照亮人心并予人以宗教性的解脱和安慰。为此，世宾甘愿成为诗歌虔诚的信徒，"那些被信的力量牵引的诗人，他们像圣徒一样在苦难的大地上跋涉，满眼是沧桑的人生，但他们的心中深埋着光明的火种，他们相信这世界至少有一种来自天堂的力量能与黑暗对抗，并最终统治世界，这种'信'，最终使他们来到一个坚定、宽阔的境地"。诗歌与光、诗人与圣徒合二为一的象征性书写，不仅让失去了自然呵护与宗教庇护的当代社会重新找到了诗歌这个可靠的类宗教式的庇护所，而且让诗人褪去了世俗的衣裳，在追求终极价值的道途中化身为度人亦度己的宗教徒。世宾执意在诸神远去、全面世俗化的语域内部视诗为光、说神道圣，宛然追踪众神足迹而漫游于黑暗森林的吟咏者，以逐光的方式来靠近当代诗歌向来所缺失的神性维度。

三、直接激烈与如其所是：世宾诗歌的两张面具

作为一个"艾略特式"有着自觉理论建构并善于反思的诗

　　　　　　　　　　　　　趋光的书写：诗歌、地域与抒情

人，在诗歌创作路上的世宾如始终向前流淌的水，从来不会固定于某一种单一风格。在他生命的每一重要阶段，强烈的创造欲望和毫不妥协的自尊心会让他义无反顾地抛弃上一阶段已经定型，乃至得到广泛认同的风格，而专注于他认为更接近于诗之完美的风格塑造。于是，我们可以看见世宾数十年的诗歌漫游生涯中呈现了至少两种不同风格的诗歌面具。其中一张面具热情、激烈，有着斧头伐木式的直接；另一张面具则凝定、内敛，如雕刻般拥有重量与力量。

世宾的诗歌书写起步于20世纪90年代，熟悉诗坛命运的关注者不难知道，那是一个诗歌正被忽视并日趋碎片化的不安时代，诸多当代诗人沉溺于用晦涩、破碎的方式来书写他们所面临的无奈与荒谬，这种弥散性的诗作固然反映了部分时代真实，但也从中折射出诗人主体内在的分裂与摇摆。对于大多数无所适从并匍匐于时代内部的我们而言，面临世相的破败，更需要一份完整的坚持、一道坚定的光线。世宾的诗作混生于那个时代，却并没有沾染上那个时代的颓靡习气，反而如动荡晦暗里始终愤怒的一点光，呈现了一种坚定的精神面貌与激烈的批判姿态，"人们在忙于生产、恋爱/只有我，独自远离/在无人的房间写着无人阅读的诗歌/丧魂落魄地在大街上奔走/他们在背后发出嘲笑，指指点点/我孤单的身影在轻轻地摇晃　我是被自己的热情灼伤的人/在一条不满砾石和荆棘的路上/我偏执地走着，仿佛要去往一个地方"（《被自己的热情灼伤的人》）。独自远离的诗人坚定地要与人们及现实相分离，仿佛摇晃于非议中的堂吉诃德，诗人一意孤行的偏执，有着对沉沦时代的迎头痛击，更带有不合时宜的巨大骄傲，"我还要不断向前/过去令我惊慌的风暴和狼嗥/我已敢于与它们对峙/我已可以无视任何诱惑和命令"（《世界因无畏而变得广阔》）。在这些言辞悲壮、充满英雄主义气息的诗句中，诗人有效突破了各种复杂的现实纠葛，以斩钉截铁的语气凸显了诗人清晰的精神形态，其中没有犹豫、没有挣扎，仿佛诗人抒写之初，就已确定了牢固的价值立场，借此，诗人洞穿了纷纭复杂的现实事件，斩断了瞻前顾后的情感牵绊，赋予了诗作干净利落的精神线条与锋利的批判光芒。世宾这些直接、尖锐的书写离不开他早期野蛮生长的诗歌激情与强悍的理想主义精神，它们的喷薄而出使得诗人往往难以顾及诗歌形式的打磨与斟酌，而天然趋向于追求诗歌一瞬间的直接力量，追求以"劈开"的方式来揭露被掩盖的现实，"伐木者伐木，诗人写诗/他们不需测量、计划/斧头落在哪里，木头就在哪里断开"（《秘密不再躲闪》）。年轻时代的世宾如一把精准、锋利的斧头，要以单纯、直接的方式猛烈地进入世界并斫取这个世界的内在秘密。

然而，有抱负的诗人不仅要永远地处于个人与传统的搏斗之中，也同样要永无止境地侧身于个人与自我的激烈肉搏之下，世宾早期直接、犀利的诗风在确定个体面貌的同时，也带来了相应的束缚与限制。比如诗风的相对粗粝、情绪的过于外溢。俨然，世宾是不满于此并有着清醒反思的，他要在确定之外重新寻找一种更契合的书写方式。2003年前后，世宾以大量的、密集性的书写宣告了这一转折的到来，他的诗作一反前期风格，以静观的姿态化解了激烈的抒情，以物的自我呈现消弭了诗人主体的外在批判，"如其所是式"的诗歌书写让抒情诗走向雕刻式的厚重、凝定。

　　　　　　　　趋光的书写：诗歌、地域与抒情

人到中年的世宾似乎厌倦了那不断围绕自身的动荡的抒情、激烈的诘问，他要从自我英雄主义的陷阱中抽身而出，重新观看这世间万物，于是，自2003年起，世宾诗中的"我"悄然退位，概念、情感降入了物的肉身世界，"物"成为诗歌的唯一主体。择取诗中之物时，较之传统的风花雪月，世宾青睐的更多是渺小，乃至卑贱之物，落叶、水虫、死猫、毛竹，它们在诗人深入其间的构造下，重新确定了主体，生成为诗意之物；譬如面对朝生夕死的水虫，世宾以史诗般的慎重描述了它们"只有一天"的命运："它们在出生、交配、生产和死亡/在水波的荡漾里，它们已体验了生命的欢乐/和显然无法掩饰的疯狂/只有一天，而后是无边的静默/它们放弃了曾令它们害怕的躯壳/它们关闭了所有欲望的通道"（《它们在黑暗中》）。黑暗中的水虫在盲目地生死，欢乐、疯狂、害怕，一切原始情绪只在欲望支配的生命冲动下进行，诗人在书写它们的同时，何尝不指向人类灵魂暗处类似的盲目与疯狂，世宾诗歌对"它们"的这种雕刻性书写与形而上的强调，不自觉地包含了"里尔克式"关于"物"的思考："人类的灵魂永远在清明或凄惶的转折点中，追求这比文字和图画、比寓言和现象所表现得还要真切的艺术，不断地渴望把它自己的恐怖和欲望，化为具体的物。"固然，里尔克讨论的是罗丹的雕刻之物如何从更真、更高的方向展现人类的灵魂，然而，引而言之，我们可以说，正是在对"物"的雕刻性的书写中，世宾也同样发现了一条可以真切释放灵魂恐怖与欲望的通道。

从"我"返归至"物"，世宾的诗歌逐渐消除了火气，万物如镜般在他诗中舒展开来，诗人的观看也变得愈发纯粹、平静。《宰牛记》全篇是对濒临死亡的一头老牛的描述，全诗没有一个"我"的字眼，仿佛作者只是在冷静地观看、客观地描述，"现在轮到它了。它的肌肉本能地抽搐/但这不是恐惧，它已没有力气/用来恐惧，它很想躺下/但还不是时候。它庞大的身躯有些摇晃/向尊严借来的一丝力气，已快用尽/它看见屠夫走向它，用一块黑布/蒙住了它的眼睛。呵，黑暗来临/现在它感到安详，一切与它已毫无关系/它安静地站着……安静地站着/随后它听见一声沉闷的敲击声/一个世界轰然倒塌/它看见了光"（《宰牛记》）。这是一头老牛被动走向死亡的历程，平静、缓慢的书写仿佛电影中的慢镜头。世宾的这种凝视的观看方式与里尔克类似，冯至在《里尔克——为十周年祭日作》中如此阐释里尔克的"观看"："他开始观看……一件件的事物在他周围，都像刚从上帝手里做成；他呢，赤裸裸地脱去文化的衣裳，用原始的眼睛来观看。"当诗人用一双原始的眼睛来观看，"牛"上升为独一无二的"这一个"，它被赋予了雕塑般的形态，并成为一个敞开的召唤者，而诗人则成为被召唤上前的潜入者，他始终与牛同在，甚至，诗人已然化身为牛，深深体味了牛的悲哀与苦恼，如佛化身万物，遍尝众生的苦恼。在此，世宾与牛一道同呼吸、同历生死爱欲，诗人的心灵内在于物的心灵，于共同存在中，世宾深切地把握住了物的可能性；与此同时，作为物的牛也向诗人予以了生存之上的诗意之敞开，诗人与物的生命融入仿佛里尔克笔下罗丹之灵魂与物的融入，它们凝为一体，坚固而自足。

"诗人需要超越自我以达到一种超于自传的声音"（希尼）。如果说，世宾早期诗作带有浓郁的自传色彩，"我"是诗歌旋转的中心，那么，经历千山万水之后，世宾对观看方式的重新调整，以及与物同在的、如其所是式的书写，让他的诗篇超越了自我，从倾泻式的自传走向有限制、有体积的雕塑式诗作，它们精粹而饱满，以沉入的方式昭示了更宽广、更幽邃的"在"。

结语

当诸神远遁，"贫困时代里诗人何为？"荷尔德林的询问至今回响大地，它如许清晰而尖锐，以致不少诗人选择逃避回答，抑或在技术编织的幻觉中消灭这一回声；与此同时，一些有抱负、有勇气的诗人仍愿意攀爬于这一问题之光所照亮的荆棘路上，以持续的行走去追踪远去的众神之迹。可以说，世宾就是这么一名愿以全部力量致力于回应问题的诗人，他有勇气深入时代的冥暗郁结处来指认这个贫困时代的迷狂与破碎，有梦想在一地荒芜之上重建一个具有普遍性良知、尊严与爱的诗意世界；在民间写作与知识分子写作锋刃交加之际，他于岭南一隅提出了让众人为之沉静的"完整性"诗学纲领，追求在人神分离的大地上重建统一性；在众生沉浮于解构与去魅的狂欢话语之际，他的诗歌却始终坚持其伦理意义与精神高度，对于这个外在的现象世界，他更愿意不倦地朝着有光的精神高地奔跑，并从不回头。

逝水边的尤利西斯：黄金明《时间与河流》的时间书写与抒情方式分析

一

里尔克曾在《给一个青年诗人的信》中写道："艺术品都是源于无穷的寂寞，没有比批评更难望见其边际的了。"的确，作为艺术之影子，批评显得虚妄而可疑，尤其在面对自足的、无穷自由的作品时，每一次批评都似乎将多汁而狂野的生命体固定为僵硬呆板的标本。然而，尽管如此，那对艺术的匆促一瞥，总会留下美的吉光片羽，其幻影始终会蛊惑着批评者对其进行想象与言说，在可能与不可能之间，作品与批评在虚空的对弈下可能会摩擦出那么一些意义的微火。黄金明的诗歌便是这么一类始终诱惑我言说的自足的生命体。

念念不忘，必有回响。时序深秋，年暮迫近，对时光的古老恐惧袭上心头，我又翻出了黄金明的《时间与河流》，这是一首悲凉遍布的时光挽歌，一个有关时间与现代人类生活的巨大象征体，也是虚空中不绝的独白书，诗人宛然寻乡的尤利西斯，一次次朝向人类的生存之源——时间展开追溯，将孤独的个体朝时间的深渊里抛掷，在不可救赎的时光之流中冒险勾勒现代人上下求索的精神图谱。我感动于这样痛彻心扉的诗句，也惊喜于诗歌高密度的书写质地与丰富的词语色泽，在我看来，黄金明的写作有着抒情牧歌的真挚单纯，又具现代诗复合与悖论的张力，他有勇气突入现代人幽深复杂的困境内部，进行艰难的心灵攀援，并以不竭的激情从一个纤敏的向度赓续了迢迢不绝的抒情传统，昭示了技术理性时代如何抒情的可能方式。

当代诗坛喧哗而热闹，黄金明却是寂寞的，仿佛荒野静木，他无待地生长、写作，适当地分泌诗歌的汁液，并不担心被喧嚣的诗坛遗忘，也不焦虑于声名不彰，"我和我的写作，素以处于文学版图的边疆为荣"。涧户寂无人的孤寂里，他埋首于丰盈的劳作，诗歌不过产生于他生命的"必要"处；然而，寂寞的黄金明也是孤傲的，有着巨大的抱负，他诗歌的"必要"性始终不离人类精神史上历久弥新的追问，"我关心人的灵魂，但更关心人的处境，以及人与世界的联系。我反复去写的是——人类扰乱自然的结果乃是扰乱自身——我的全部诗作乃是一曲土地的挽歌、一份人类的精神分析。仅去反映时代是不够的，一个对现实或时代存在关怀的诗人，他的作品必须具有一种足以穿透时代的力量"。

或许正是渴望这种穿透时代的力量，黄金明在《时间与河流》中将抒情对象指向了时间这一永恒之物。在有限中追问无限，这无疑注定是一场孤独而艰辛的跋涉。首先他必须面对来自传统的巨大阴影，时间的诱惑自古皆然，有关时间的抒情连篇累牍，从《古诗十九首》到艾略特的《四个四重奏》，它们不仅构成了布鲁姆所言的影响的焦虑，也已然形成了惯性的书写旋涡；而就当下诗歌书写场域而言，"生活在这种一个相对主义的时代……我们的文化中那些公认的关于秩序、因果性、主客体等的认识已远远不够了。我们大多数人对世界的复杂性、不确定性和不可预测性都太熟悉了。它们统治着我们的世界，并颇见成效地打碎了我们试图联系事物体系的渴望。由此，生活碎片化的展示、具体意义的确认成为当代诗人把握世界的普遍方式，挣脱永恒之锁链、专注于轻逸美学的书写似乎更契合这个崇尚解构、惯于平面化的现代（后现代）世界。"就上述警惕性言论而言，黄金明的《时间与河流》可谓一部不合时宜的理想主义者的宣言书，它沉重、痛苦，充满了对于历史连续性的渴求，诗人要以一己的现代肉身潜入时间黑洞去肉搏意义的明昧，触摸人类命运的秘密河床，并试图还原我们这个时代的精神状况。

二

河流是黄金明诗中反复吟咏的对象，它是人间之河，也是时间的同构体与客观对应物，换而言之，河流可谓时间之肉身的具体呈现。当然，将理念世界之时间与具象的河流加以勾连，可谓其来有自，赫拉克利特的"人不能两次踏进同一条河流"，以河流之变阐释时间的变动不居；孔夫子于逝水边感叹"逝者如斯夫，不舍昼夜"，则表达了时间一去不复返的本能恐惧；而后世的"百川东到海，何时复西归""黄河之水天上来，奔流到海不复回"等无不在重复有关"失去"这一古老的

趋光的书写：诗歌、地域与抒情

时间隐喻。黄金明的《时间与河流》可视为朝向伟大抒情传统的致敬，他也立于时间之畔，加入了渺渺不绝的挽歌声部，时间化为河流的肉身，不舍昼夜地流去，诗人柔肠百转，哀叹"消失"与人类无可奈何的宿命，"河岸坍塌了，而时光仍在流淌/河床干涸了，河流的格言变成了沙粒/时间在某一棵树上消失，它的枝条进入了枯萎"（《时间的论据》）；"土地如磨盘，一代又一代人的身躯陷入了/黑暗的泥淖之中"（《黎明》）。古老的哀音牵引着诗人抒发人类集体的命运之悲，将缅怀的目光投向了芬芳的大地、静谧的村庄、风中奔跑的少年，它们都在时光流转间一一消逝，诗人对于自然风物、村舍篱落的频频回顾，对于现代工业机器溢于言表的反感，难免会让读者将之纳入所谓现代田园诗，乃至生态诗一脉，视为针对工业污染、现代文明的诗意反抗。固然，黄金明的诗不乏上述所言的精神诉求，但他复杂而立体的书写背面有着对于时代更深刻的心灵体察。

哀悼田园之失去、时光之不顾的哀音里，我们仍可辨识出黄金明作为现代思考者清醒而尖锐的音符，他从浩渺的"失去"之哀音中起身，指出"失去"的时间背面即为创造，"流动即创造性。如果不是你在流动/那又是谁（你惊诧于无穷尽地涌现的创造力而无力控制？）/你肯定来自某个深刻的源头/却无从考究……充满了事物与倒影的二重性。你凝望你/和你的倒影（这跟河岸、天空、云朵或鸟群无关，而纯粹是一条河流本身的影子）"（《时间与河流》）。流动必然带来失去，过去之物一去不复返，与此同时，与失去伴生的则是生生不已的创造，创造只有在失去中才能获得。这是一个由历史决定的、变化的世界，古典时代静寂的超验世界崩散了，千年的逝水之叹被诗人赋予了现代的精神底色，即永恒的动的世界（也是失去的世界）内部在衍生无尽的创造。黄金明扯下了时间形而上的面纱，不再沉浸于一去不复返的古老哀伤之中，转而以存在的、瞬间转化的方式来看待事物，以现代存在主义者的果敢直接指认当下的时间现实。

有意味的是，诗人对现代时间创造性的指认并不意味着精神的认同，突破古典迷思的同时，他也对现代"创造"表示了质疑，对现代性内部的进化光谱进行了拆解。在黄金明看来，当下流动的创造性并不提供出路，它只有无穷的涌现，成为无尽欲望的表征，被拥有的同时即化为陈腐，现代的"创新"因"无力控制"而化为雅斯贝尔斯笔下的"刺激"，只瞬间呈现意义而不拥有终极价值。因此，现代时间并不能为迷途者提供人类命运的出口，"你像一个深渊，一个无底洞，一个有入口/而没有出口的迷宫"。从古典总体性崩散下暴露出来的现代时间，由此成为一个没有出口的巨大迷宫。因此，与现代时间同构的河流在诗中始终是分裂而痛苦的，它不再是古典时代奔流往东、束缚于河道内部的光滑的他者，而是充满了挣脱的欲望与对自我的厌憎，"你像被缚的普罗米修斯，像撕掉翅膀的昆虫/爱是艰难的，当水源被投毒，树根被蛀空/你也像下水道那样无法忍受自己的气味"（《时间与河流》）。显然，黄金明喟叹污染之河的同时，何尝不在喟叹被技术理性与物质欲望所规训、所污染的时间，内在于现代性的时间因"无法忍受自己"持续地构成了自身的反对体，"每一个时刻，你都在被迫回答同一滴水的提问/也在被同一片波涛反对"。自我提问、自

　　　　　　　　趋光的书写：诗歌、地域与抒情

我反对生成了现代时间的内在悖论，即进化的同时也是自我异化的展开，创造性的无限涌现意味着对于源头的加速远离。

　　当诗人凝视时间深处，他不仅望见了现代时间深藏不露的双重悖论性，也望见了时间突然裸露的唯物性，解体时代的现代时间已从古典的有神世界脱身而出，不以物喜，不以己悲，以力学的方式自行运转，"你被自身的惯性所推动，又应和着宇宙/神秘的节奏。你瞧，潮汐重复着套路/圆月像一块石头掷向夜空。宗师就要现身/强盗走过山冈。你不喜悦，也不悲伤"（《时间与河流》）。河流（时间）的运行方式恍如老子笔下天地不仁、以万物为刍狗的"道"，但此道非彼道。如果说老庄之"道"先天地而生，是周行不殆、化生万物的先验性存在，那么，黄金明对于时间"不仁"的注视是唯物的。时间"不喜悦，也不悲伤"，因为它只是现代唯物世界的一个客体，"无情"地运行于先验性之外，并由惯性所推动，褪去了精神羽翼的时间成为空无依傍的他者。

　　《时间与河流》以庞杂而精微的诗句集聚展示了这么一种现代时间形态：它失去了源头与未来，并还原为唯物世界的一种客体，失去了意义附着的现代时间最终指向虚无，成为乌有之乡，"你来自空无。你存在于梦幻的水滴""你谈不上得到，也谈不上失去。但你看清了/那些伟大而无用的零"。时间的虚无性让任何动作都指向意义的死亡，并以骇人的空虚消灭一切可能，"他把铁锹投了进去，听不见回声/他把自己投了进去，看不见影子/最后，他把地球也投了进去/一颗蓝色的泥丸在碗底滚动而无人察觉"（《洞穴》）。现代时间化为吞噬一切意义与价值的洞穴，黄金明以洞穴这一精确的隐喻呼应了艾略特的荒原意象，再现了信仰退却、精神迷失之后陷于虚无的时代本质。这一时间形态自然会让我们想起雅斯贝尔斯的时代描述，"到了最后，当进一步发展的怀疑使上帝这个造物主也完结的时候，留存于存在中的就只有力学的世界体系了……世界的这种非精神化，并非由个人无信仰所致，而是那个如今已导向虚无的精神发展的可能后果之一。我们感觉到前所未有的实存之空虚"。

显然，化为乌有之乡的现代时间已然不能为现代的尤利西斯提供归乡之所，黄金明不无残忍地指出，归乡是无望的，"没有我的田园。故乡再也回不去了"（《反田园诗》）。黄金明对于时间（时代）的尖锐的敏感加深了它与文学传统之间的裂痕，时间的内在悖论性、空虚性、唯物性让有关时间的抒情处于罗兰·巴特所言"无本身传统"的状态之中。黄金明空无一傍，一边肯定故乡回不去了，再造田园乌托邦不过是制造虚无的幻觉；一边却渴望"返回黑暗的源头"（《找寻》），希望自己如"一条河流在大海里倒头睡去，犹如远游的人回到家乡"。那么，如何返回？源头何在？

面对这一现代困境，黄金明发展了加缪的存在主义思想，他从虚无开始的地方出发，在悲剧性的体认与虚空的指向中，确立了自我承担、永不妥协的主体性，所以，诗人要做"那个在岸上抽刀断水的蒙面人"（《时间与河流》），以"反抗绝望"的方式从批判与回忆的实践里再造一个价值与意义的故乡，于是，诗人挣脱了有关时间之本质的玄学式思考旋涡，将对时间这一巨大之物的抒情指向他要批判的人间世，将时间的迷思置放于人类更为广阔的生存境遇下展开。《哲人石》以悖论性语言洞穿历史与当下，以子弹般快速而准确的诗句击中人类现代生活的内在痼疾："我很少谈论道法自然。天人合一。阴阳五行/堪舆即迷信？水源处建起了化工厂/轻捷的白鹿，被机械兽咬死于湖畔。我很少谈论……"；"我很少谈论20世纪的耻辱。奥斯维辛集中营/南京大屠杀。广岛和长崎上空的蘑菇云。古拉格群岛……对往事和岁月讳莫如深。我很少谈论。"如果说"很少谈论"与"讳莫如深"是时代虚无主义的惯性伎俩，那么，诗人要从虚无的内部展开反驳，发掘被时光废墟所掩埋的真相，"很少谈论"的面具背后是诗人连绵不绝的记忆书写，他对20世纪惊心动魄的时代伤痕一一加以清点，面对虚无与伪饰，黄金明顽强地保存了有关时间的记忆，因为只有记忆才能参与到永恒的实体存在之中，避免空虚的吞噬。黄金明这一"现代尤利西斯"在"无乡"的虚空里，以"回忆"与"谈论"的方式抵抗他所发现的这个迷宫般莫测而无限空虚的时间，力图再造精神之故乡，并将回忆化入与当下时间不竭搏斗的意志之中。

三

立于逝水边，面临莫测而骇人的时间之流，完整而熟悉的古典抒情主体破碎了，一个喟叹、质疑、挣扎，乃至"自噬其身"的现代抒情主体降临于现代逝水边，黄金明借此发展了他复杂而精微的抒情诗学，从单纯、明澈的牧歌式抒情到复调的、充满悖论与自我辩驳的复杂性抒情，《时间与河流》不仅是黄金明作为诗歌手艺人的一次炫技，也为当下反抒情时代的抒情诗如何抒情指示了一种可能的方向。

对于天地万物、世道人心，黄金明始终情根深种，因此，他感叹、悲悯，无法掩目于有情世界，早期的诗歌书写仿佛情感的一次次喷射与绽放，由不竭激情而推动的抒情声音如此强劲，以致诗人激烈的情感经常会爆破语言的表层，在诗句的河道以叹词的方式形成奇异的凸起。这类强烈的抒情特质与当下诗歌风尚似乎有些格格不入，基于当代诗歌的经验转换，当然，更因为置身于这总体性不复存在的消费时代，有着强烈反抒情特征的"中年写作"成为被广泛接受的书写向度，"叙事性"成为普遍的诗歌形态，这一场域下，抒情诗那自我暴露的情感坦白、沉郁顿挫的词语形态自然被指认为夸张而矫情的冗余物，总之，强烈的抒情形态是当代诗人避之不及的险地。然而，遵循上述普遍性禁忌固然能制造安全的诗歌，自我规训也会带来诗歌能量本身的损耗与缩小，从某个层面来说，禁忌对于有抱负的诗人而言未尝不是一种诱惑与挑战，这不仅考验一名诗人的手艺，更是其勇气与才华的显形器。

黄金明涉险而行，执意于在非田园诗时代抒情、慨叹，他在抒情的悬崖边开始了炫目的飞翔，其飞行的秘密离不开诗人源于生命内核的激情奔涌与收放自如的控制能力。战栗于高强度之弦的激情以攫取的方式控制了诗人制造的对应物，它们不再是客观对应物，而是从诗歌内部生长的现实，是本质化、激情化的形象体，它们成形、绽放或崩溃，无不屈服于激情骇人的力量之下，成为诗人情感的有效对应，一如《黑暗中的喷泉》：

　　　　　　　　　　　趋光的书写：诗歌、地域与抒情

我终于说到了黑暗中的喷泉/说到了潸然泪下的往昔/黑暗中的舞者，那结束的旋转/恰好为盲目的世界所环绕。没有歌声/大地上的歌手，已失去火焰的舌头/没有乐器，木琴仍在一棵大树中沉睡/啊，过于静止的沉默，挤迫着我的耳朵/肉体的反光使我的眼睛发痛。有些事物也许在说话/却没有声音？在什么时候，耀眼的爱情/像对折的刀片那样打开？我怀抱中的少女/滑入了流动中。一支乐曲在绷紧的琴弦上崩溃/一座盛大的花园，也陷入了流沙之中/我在一场自身带动的风暴中狂奔，犹如/一棵盲目生长的大树，一股黑暗中冒出的喷泉

奔涌的情绪、流转的意象如四溢的芬芳催人晕眩，它们自我指涉又相互暗示，诗歌由诗人无拘无束的幻想与语言的自由衍生来推动铺展，而制造这一切运动的力量则来自于诗人不竭的激情，但膨胀的激情要通过词汇与意象来获取空间。因而，极致而绝对的词语成为安顿激情的容器，"终于""恰好""已失去"等高度饱和的词汇无限趋向于绝对。绝对的激情内部闪烁着被情感所变形的意象：火焰的舌头、沉睡的木琴、黑暗中的喷泉，它们亦真亦幻，漂浮不定，无不被激情裹挟着奔泻而出，形成不容置疑的旋转之力，围绕激情之核制造了一个巨大的抒情旋涡。

《时间与河流》宛若一座巨大的热带丛林，其间，词语枝叶缠绕，诗句根茎蔓延，处处蒸腾着诗人蓬勃的激情，洋溢着感人的话语力量，这或许还与黄金明对于时间的根本体悟有关。正因为深谙时光的流动不居、命运的残酷无常，其诗歌的

展开宛如时间的自然流动，成为有情世界演化流变的表征，而非预设逻辑的产物。如"你也在日夜奔流/而静谧如树，树叶被风吹得哗哗响。河岸上/白雾也在涌动，仿佛溶解的天空/几乎流失一空。而岸边的禅寺和菩提树/不能被目睹，但钟声像水波在扩散/上游不了解下游，而转眼之间/就变成了下游。下游已离开舞台/进入了另一个剧场。从源头说起多么省事"（《时间与河流》）。此类诗句自我启发，解放了传统的抒情语调，演变为文本自身的转折流动，它们如万斛泉源，不择地而出，滔滔汩汩，于自我推进、膨胀间不断增殖、分化。自我繁殖的语言让诗歌文本具备了摈弃外在事物的自足性，成为自我指涉的构成物。这种构成物依赖的是诗人主体不绝的内在激情，它如必然的引力吸附着表层语言的蜿蜒展开。

然而，上述单一而澄澈的抒情方式固然有着慑人的能量，却无力容纳黄金明日趋复杂的精神图式；更何况，作为一名永远在路上的诗人，他有着强悍的、永不愿自我束缚的创造力。中年以后，黄金明有意识地进行了诗歌的抒情变法，"这十年来，我的诗歌，由单纯的抒情过渡到处理复杂现实，增加了叙述、思辨、反讽等手段，试图应对时代及现实越来越丰富、繁复的挑战，出现了复调或混搭风格，遂有了《与怀疑论者谈信仰》《哲人石》及《时间与河流》等小型长诗"。黄金明从"我"的抒情旋涡中抽身，与"他"和"你"展开了辩驳、对质。如果说，早期抒情诗内部，"我"作为统摄一切的抒情主体，让世界万物在"我"的情感映照下扭曲变形，使之成为"我"之情绪的对应物，那么，变法之后的黄金明诗歌拥有了更强壮的抒情胃口、更为庞大的异己包容性，它变形了传统抒情诗的单音节形态，化合出一种更为混杂、内部相互辩驳的现代抒情声音。

《时间与河流》是抒情者与"你"的一场巨型对话，抒情对象从"我"的情绪权力机制下剥离出来，成为被观看、被倾诉、被质疑的客体："你观照过自己的流动而难以描述/你捕捉过梦境而无法复述虚幻/你跑到另一条河流上去，发现水的特性/并无不同。但毕竟是另外的河流/你像一朵浪花而无穷尽地繁殖……"当"我"放弃了自我围绕式的体验，一种沉思的、辩论的抒情声音逐渐升起，一个丰富的、包含自我挣扎与历史叙事的抒情客体从情感的遮蔽下浮现，"我"在辨识、定义"你"的同时，"你"又以自身的呈现对"我"加以辩驳与纠正，"我"朝向"你"的倾诉由此演变为两具生命体的博弈与对话，在复调的语词流动中引爆了出其不意的诗歌能量。值得强调的是，上述质疑、辩驳的诗歌形态始终挟带着强烈的主体情感风暴，始终在激情的力量推动下展开。因此，《与怀疑论者谈信仰》在充沛的抒情意志下将现代抒情诗的复调性发挥至更为繁复的形态，"我"观看"他"、描述"他"，意欲对"他"进行定义，"他那狂乱的单纯及隐蔽的复杂性/都有同样的根源。那些美好而狂暴的记忆/纯属偶然，天上秩序井然的群星却有森严的律法/他相信每一个人都参与了地狱的建设/也怀疑自己仍有天真和感伤。他到手的东西/已被抛弃"。随即，"他"的自我独白对"我"的叙述展开了不同方向的回应或狙击，"'我手持怀疑论的镰刀/割取大地上的金黄麦穗但从不怀疑神/在无法目睹的角落冷漠地注视'"。"我"与"他"次第发音，两者相互纠缠、对质、融合，形成了诗歌内部自我肯定又自我否定的悖论形态，如弗里德里希所言，"自波德莱尔以来，抒情诗就转向了技术文明的现代性。这一转向始终具有的独特之处在于，它既可以是肯定性的，也可以是否定性的"。正是在"他"的否定性的自我辩护下，诗人自噬其身，对现代自我的精神结构进行了无情的拆解，因为这份否定并非"他"针对"我"的单向度否定，而是抒情主体精神内部不同向度的交锋与挣扎，是"我"反照自身后指向"我"的再否定，它以分裂的形态映照出一个对应于破碎生活的现代抒情体的精神面影。

艾略特谈论叶芝时曾指出，优秀的诗人应成为"时代意识的一部分"。在这个一切都烟消云散的解体时代，时代意识亦趋于弥散，被虚无主义所萦绕的当代诗人们漂浮其间，多数丧失了嵌入时代内部的勇气。然而，世道也并非遍布悲观，仍有少数勇者坚持从虚无的泥淖中反抗意义的消失，正像狄兰·托马斯所叹"不要驯顺地走进那个良夜/老年应该在日暮时燃烧、咆哮/愤怒，愤怒地抗拒阳光的泯灭"（《不要驯顺地走进那个良夜》）。如果说，我们当下的时代已走入文明的老年，那么，黄金明便是那燃烧激情并保持愤怒的不驯服者，他的《时间与河流》从时间的方向为我们敞开了丧失了总体性的时代秘密，暴露了现代性深渊的秘密运作方式，并以不竭的激情展示了诗性的个体生命朝永恒之物不断摩擦、寻求意义（故乡）的勇气，我相信，它终将成为我们时代意识的一部分。

从不懈怠的敏感：郑小琼诗歌的过去与现在

　　论及郑小琼的诗歌，总绕不开"打工"这个巨大的定语，郑小琼因她敏感、凌厉、咏叹调般慑人的打工抒情诗，不经意被命名为时代的一个重要符号，打工诗歌由此在她的能量辐射下起身，凝聚为当代文学史上一种重要诗歌类型。"打工"作为一个进行时态的历史语码，浓缩了几代打工人的生命经验与命运起伏，潜隐了时代的情感波澜与精神秘密，作为改革开放以来重要的社会现象，有关论述可谓连篇累牍，只是对于它的外在表述多为自上而下的扫描、概括，诸种定义与呈现难逃各类权力话语的粗暴塑形，抑或叠化为智识阶层自以为是的社会想象物。而自动生成于打工群体内部的诗歌结晶，脱胎于个人的血肉经验，在场的书写为我们建构了宏大叙述之外的社会精神史，成为时代的一份有力证词。马歇尔·伯曼曾说波德莱尔体现了现代英雄主义，因为他在反田园诗的现代渊薮内部发明了现代诗歌，而在我看来，打工诗歌也呈现了我们当代社会的英雄主义，呈现了时代幽暗处的伤口，释放了阶层底部的能量，对压迫性的现代符码进行了有力的反击。这种反击不是来自悬浮其上的外部，而是来自时代压力的最深处，张力之下更能绽放出炫目的生命能量与美学经验。

　　从江水浩荡的四川南充来到工厂麇集的东莞，郑小琼漂浮于各类机器轰鸣的车间内部，"在机台、图纸、订单"的负重下无待地书写，于"铁""水泥"等冰冷之物上发现诗意，从时代边缘的幽暗处生成了一个混沌而生命力充沛的诗意空间。《打工，一个沧桑的词》《生活》等早期代表作以粗粝的、挟带了速度与力量的语言呈现了打工者挣扎的生活图景与精神折磨，弥散的疼痛与喷薄而出的伤感溢满诗作的字里行间，郑小琼以奔泻的方式将这种陌生而巨大的情感形态奉献在时代面前：

> 写出打工这个词　很艰难/说出来　流着泪　在村庄的时候/我把它当着可以让生命再次腾飞的阶梯　但我抵达/我把它　读着陷阱　当着伤残的食指/高烧的感冒药　或者苦咖啡/二年来　我将这个词横着，竖着，倒着/都没有找到曾经的味道（《打工，一个沧桑的词》）

> 你们不知道，我的姓名隐进了一张工卡里/我的双手成为流水线的一部分，身体签给了/合同，头发正由黑变白，剩下喧哗，奔波/加班、薪水……我不知道该如何保护一种无声的生活/这丧失姓名与性别的生活，这合同包养的生活（《生活》）

"我"是一个辗转于肉身漂泊与精神痛楚间的抒情主体，挣扎于幽远理想与卑微现实的裂缝间，向着虚空中的倾听者诉说无尽的怅惘。密集的情景转换、连绵的情感起伏展现了郑小琼丰沛的感受能力，当然，这种生存之痛的感慨与抒发，在其他诗人身上也能找到类似的强度，但郑小琼的力量在于她的诗歌从个人处境出发，又超越了狭隘的个体悲欢，在私人经验之外还拥有了公共的力量，展现了现象之上的普遍性意义。"丧失性别与姓名"的生活不仅暴露了诗人的匿名生活，也隐喻了现代资本语境下个体与工业体制间的异化关系，成为现代性暴力的一个有力指证，"无产阶级只在经验上受难；然而，当经验的痛苦具有普遍性时，它便有了救赎的意义"。郑小琼的受难经验，在自我咏叹的同时，也与时代建立了反思关系，理性的切入让诗歌发展了形而上的深度，而感性的叙写又以肉身的方式丰满了理性的概念，在诗歌的个体抒情与时代之间，郑小琼建立起了肉搏式的辩论关系。

在经历过对自身打工生涯的悲剧性见证与焦虑性书写之后，身份发生转换、已成为《作品》编辑的郑小琼并没有因此停止观察与拷问，她将目光投向对普通女性打工群体的命运关注。2012年出版的诗集《女工记》糅合了田野调查、历史传记的笔墨，呈现了底层女工群体的个人生活史，女工们具体而微的命运无不与广大而开阔的时代进程扭结一起，形成一幅幅触目惊心的底层女性世相图。郑小琼以诗歌为沉默的女工立传，她们形形色色，却有着类似的苦难际遇：麻木、忍耐，在命运的重负下看不见未来。如《女工记·田建英》一诗，田建英的逆来顺受与家庭代际传递的贫穷与无望足以震撼旁观者：

1991年她来这里　背着五个孩子和一个病重的丈夫/那天她34岁　跟村子里的小姑娘　她在出村的风中张望/泪水　打湿露珠和麦子上的光芒　1996年　她回乡/带来了辍学的老大与老二　1999年再回去/将全家搬到这个叫黄麻岭的村庄　她说　那时她见到了/新世纪团圆的月亮　2001年老大在深圳吸毒贩毒进了监狱/老二去了苏州　老三　老四各自有了家　在云南湖北　/丈夫嫖娼　染上性病　老五在酒店出卖肉体/这些

年　她一直没有变　早上六点起床　晚上十一点睡觉　/四天去
一次废品站　在风中追赶铝罐

　　郑小琼以白描的语态还原了女性个体在辗转的苦难下所承
受的压力，沉静的诗语闪烁着利刃的锋芒，无情地暴露了底层
女性命运的悲剧性质，在为田建英这一女性个体赋形的同时，
诗人将反思与诘问指向了这背后更为广阔的人心冷漠与体制缺
陷，为中国当代社会留下了一份特殊的精神报告。《女工记》
让我们看到，郑小琼不再将目光胶着于自身的悲欣哀乐，抒情
主体徐徐敞开，她拥有了更为开阔的视野、更具包容度的温
情，在对外部世界的审视中，郑小琼敏感于时代语境内部所隐
藏的普遍性伤害，更愿意以与现实、历史对话的姿态发声，在
个体与社会之间建立广泛的伦理维度。

　　无疑，郑小琼的打工诗歌的抒情姿态在缓慢地自我调整，
如果说以前的抒情姿态，总让人想起被侮辱和被损害者的悲
情，抒情主体似乎总处于被压抑、被伤害的低处，那么从《女
工记》这里，诗人的抒情语言变得沉静而节制，入乎其中，超
乎其外。这一发展路向，让我想起本雅明在《发达资本主义时
代的抒情诗人》里面对波德莱尔的描述，他总是对这个时代具
有一种超越性的观照，并更具本体的反思能力。

　　可以肯定的是，郑小琼声名鹊起，很大部分源于她的打工
诗歌，这些沉甸甸的作品见证了沉默的大多数的匿名生活，成
为时代的一个重要隐喻。评论界对这部分诗作的倚重，使得郑
小琼的诗歌固化为当代诗歌一个符号，符号化的力量使得她的
诗歌在社会学层面凸显其意义并经典化，但同时也造成了遮

　　　　　　　　　　趋光的书写：诗歌、地域与抒情

蔽，掩盖了郑小琼诗歌更为丰富的面向。事实上，郑小琼在持续进行打工诗歌的底层抒情时，也没有放弃其他主题的诗性叙写，并自觉形成了一种多维的诗学风格。因此，我们有必要跳出打工文学、底层代言的话语装置，将其放置于更为开阔的精神视野和美学维度下重新审视郑小琼的诗歌。

《纯种植物》是郑小琼最为个人化的书写，表达了她对诗人身份的充分自觉，"自由是一株/纯种植物拒绝定语的杂交"。这部诗集以重的方式构造了她的精神世界：黑暗的漫游、时代的迷惘、个体的挣扎等，感时伤世、忧心忡忡，有着杜甫的沉郁顿挫之风。沉重真挚的精神自白让读者在震撼之余会感到一种似乎不那么先锋、不那么时尚的气息，全面世俗化的时代，郑小琼却会在诗歌内部放置很多当下看起来颇为不合时宜的大词，然而，郑小琼却逆流而上，她似乎有信心超越大词所带来的疲惫与僵硬，大词被纳入诗人深广的精神维度，反而带来一种历史感与崇高性，仿佛非如此大词不能穷尽郑小琼诗歌内部尖锐而沉重的精神能量。

开始于2003年的《玫瑰庄园》则力图挣脱固有的语言链条，突破风格的自我束缚，进一步探索诗歌的可能性向度。它们是郑小琼压在纸背的抒情，如一曲典雅婉约的古调，其中回旋着有关故乡、亲人、大地、植物的讯息，女性命运的喟叹则是其中盘旋经久的主曲。在这批诗作中，郑小琼从工业美学的探索转向对古典诗文的承续，意境的营造、典故的化用缔造了一个唯美空灵的诗歌空间，它表征了一种新的美学追求的自我展开。

在风格的不断自我突破中，郑小琼的诗歌仍保持了其内在的一致性，即基于生存处境的敏感而坚持的精神对抗性。我相信，当年的她如果没有走出家乡成为一名女工，而是按部就班地成为一名乡村医生，或者一名平凡的教师，她不断朝内思考的、与生俱来的敏感与尖锐，仍会让诗人主体与外在世界之间始终处于一种撕裂与不和谐的状态，她仍然会处处敏感到生活强权所带来的挤压与伤害，在耳熟能详的表层生活发现无所不在的压制与异化，并以一种激烈的方式将它揭示出来。所以，这种基于对黑暗的敏感而发生的精神对抗性，是郑小琼诗歌的原动力，它不仅以呐喊与辩护的方式呈现于打工诗歌，而且也成为其他诗歌形态的主题内核，它是郑小琼诗歌得以不断深化、展开并走向更广阔精神地带的精神脊梁。

趋光的书写：诗歌、地域与抒情

带一把可变的钥匙：林馥娜诗歌小论[*]

　　无疑，有的诗人一出场就已至巅峰，此后一生的写作都不过是开端的重复，抑或主题音域的有限扩张。譬如仿佛被上天亲吻过笔尖的年轻的兰波、十八岁就写出了《果戈理》的特朗斯特罗姆，他们从一开始就一锤定音，找到了那根命定之弦。而有的诗人则一直跋涉于自我怀疑、自我淬炼的漫漫长途，如不断寻求一把可变的诗歌钥匙的策兰、确立了鲜明的晚期风格的艾略特。诗神的恩宠固然让人狂喜，但坚韧的寻找、不懈的淬炼在持续迸发主体创造性的同时，也能带来因风格变换而出现的惊喜，可谓山一程，水一程，更多的诗歌风景得以从有限的生命内部闪现。

　　在我看来，林馥娜一直在变换手中的诗歌钥匙，行走于寻找的变换之途。十几年前，她以"林雨"的自我命名书写当代的古典诗，并小有声名，很快，她感到精致如瓮的古诗词已无法容纳面目全非、复杂破碎的现代语境，转而开始了更具冒险性的现代诗创作。承接传统的余绪，她早期的现代诗好优雅之风，弥漫着浓郁的古典气息，仍未从古诗词的书写身份中自我剥离，因而偏择雅词，热衷化用诗词典故，如"江天印月，在明与暗之间惘然"（《立秋》）、"梅馥、雪羽从其中纷扬而

---

* 刊发于《作品》。

出/骄阳在楼那边慢慢落下/木器此刻应也如是/在无边的磨蚀中拎出羽化的部分"（《突然爱上各式各样的盘碗》）。其古雅、矜持的书写形态与诸多当代诗歌有着隐隐分野，也让其诗作保持了动人的优雅。然而，林馥娜并不满足于这优容、舒坦的言说方式，惯性的书写固然安全方便，但因袭的力量很可能成为笼罩作者的无形之笼，让其在日益晦暗的封闭之中失去新鲜的力量，显然，馥娜从未懈怠，她一直有渴求，渴望寻找契合自我精神质地的言说方式，要穿透那"无言的雪"，聚拢属于自己的词语雪球。

一

对于诗作的自我变化，帕斯捷尔纳克有着明晰的意识，"一个人必须活下去并不停写作，在生活所提供的新储备的帮助下。我厌倦了不惜代价忠实于一个观念。我们的生活一直在变，因此我相信一个人要变换角度——至少每十年一次"。生活的动荡变迁需要一名忠实的作者随之发生改变，对于始终凝视这一现实的林馥娜而言，她也一直警惕地保持着自身的蜕变，这种变化首先是形式的自我突破与拆解，以往华美流丽的语言表层被刻意打破了，平滑的雅词被执拗、携带反讽意义的词句所替代，诗作由此生成了坚硬的现代骨骼。

没有任何附加意义/时间白白地淌着，在医院/嘈杂急切的人群在其中落叶随波 住院部的病房塞进了多于床位的病人/

　　　　　　　趋光的书写：诗歌、地域与抒情

有人默默地等待诞下一小块提前处决的生命/有人切去赘生或变异组织　所有的生命如呈屠场/看得见与看不见的搁置与宰割/在各处进行（《这里的人怀疾病如怀婴儿》）

　　上述诗句有着石头般沉重与晦暗的特质，句子因凹凸不平的词语链接而变得多节、滞重，"没有意义"被扩充为"没有任何附加意义"，延长的限定中"意义"被加深加宽，而"住院部的病房塞进了多于床位的病人"也是故意的延宕，"多于床位"的词语节状体在生成客观性的同时也加强了现实素描的内在力量；同样，"等待诞下"与"提前处决"的"生命"以荒诞、自我悖谬式的相互限制、相互反对，于词语间掀起了骇浪。总之，这首诗击碎了光滑的词语表层，制造了诸多具有延宕性、毛躁的语言节状体，附加于词语内部的情绪被刻意消除了，疾病成为一种客观的病理组织被切割被审视，与之构成对应，一股从诗作内部升起的黑暗而冰凉的气息震动了周边的空气。

　　林馥娜开始了一系列的变声，上述暗哑的、执拗的低音撕裂了柔美的和声，与此同时，反讽、谐谑而尖锐的声调也常常响起，晚近的《数据、病毒与枪》以戏剧化的书写，让我仿佛看到了类似奥登的那张嘲讽的脸：

　　统与计是最便于掌控的工具/有些标的在数字之内成为不起眼的1/有些被带着检测规制的筛子四舍五入漏去/统的力度与计的收放/被病毒与机器大手反复拿捏/直至每个人交出了生命轨迹与数据/有的是0，有的是78，仿佛命运随机摇号/疫控一如古老战事，冲锋兵在前陷阵/关隘的当关一夫抓起枪/指着来人的额头说：36.1/就像雄赳赳地喊出——缴枪不杀（《数据、病毒与枪》）

统计作为工具给予人类以便捷的同时，也简化了生命，抹平了裂缝，掩蔽了丰富、活泼的个体，其中存在的悖论与荒谬非身处其中者难以领略此诗的意味。有意思的是，这首诗的音调干脆、利落，回响着重金属的枯燥气息，有意模仿了数据时代公共话语的言说方式，语言表层与个体感受的荒谬性之间发生了相互撕扯的张力，冷峭里处处闪烁反讽的锋芒。

林馥娜的诗歌一直迁流变化，呈现多变的形态，这固然表明了她的诗学风格并未完成，还一直在追寻的路上，也证明了她有不受羁绊的强大活力，这股力量既会推动她进行上述面目全非的诗学实验，也会促使她对曾经拥有的古典风格反躬自问，重新审视。在《清明》《山居冬晓》等诗作中，我发现林馥娜正自觉往这一方向努力，它们以延长、变形、加深加宽的方式朝古人致敬，雅词，抑或古文作为诗歌表层在诗人高强度控制下发生了巨大的变形。《清明》一诗铺陈了凄风苦雨、墓草与菊花台，但这些传统的、惯习的清明象征物被赤裸的、存在主义式的"做爱"给勇猛地颠覆了，生命的激烈交媾成为对死亡、惯习的一次有力抗击。这俨然是现代个体对于传统的故意挑衅。但有意味的是，这一激烈的挑衅需要大量借助古典意象，清明作为一个巨大的历史象征物为存在的"做爱"构成了不可或缺的背景。而《山居冬晓》颇具王维诗作的风雅，但言说内容与言说的古典形态之间并不和谐，山光云影间出现"夜

　　　　　　　　趋光的书写：诗歌、地域与抒情

里的诵诗"，休憩之地徘徊着"游走于此岸与彼岸"的寻梦人，读者无法依赖惯性来进入诗意的迷醉之境，王维式清雅、闲适的古典趣味被有力地破除了，一个痛苦而迷惘的现代个体浮现出来，古雅的诗歌发生了不可抑制的、旁逸斜出的冲动，古典的语言表层和诗歌的场域形成了不和谐的张力，并流溢出一种陌生的，或可称为现代的力量。

在我看来，多年古典诗词的熏习已化为林馥娜生命中宝贵的一部分，亦足以为其诗学风格的最终确立提供持续的能量。变化的关键不是弃旧图新，而是如何朝向传统之渊进行历史的汲取，如何让传统成为诗歌有机体的一部分，毕竟，现代与传统并非天敌，美国意象主义运动就大量汲取了中国唐诗的精髓；移居海外的北岛在多年激进的诗学实验后也转向了对于传统的反思，"这些年在海外对传统的确有了新的领悟。传统就像血缘的召唤一样，是你在人生的某一刻才会突然领悟到的。传统的博大精深与个人的势单力薄，就像大海与孤帆一样，只有懂得风向的帆才能远行。而问题在于传统就像风的形成那样复杂，往往是可望而不可即，可感不可知的"。因此，如何把握古典之帆的风向，如何在打破古典之瓮后寻到其源头的力量，如何承续固有的诗学优势并加以变革、调控，是林馥娜以及当代诗人均值得去探索的路径。

二

言说的改变除了在技术层面不断自我反思、勇于实验外，自然离不开忠于现实的诚实。这俨然是一个破碎、复杂、多变的现代世界，它的庞杂性与丰富性需要相应的复合型诗作来加以记录与揭示。林馥娜是诚实的，她没有掉转身遁入安全、优雅的幻觉城堡，而是以暗哑、沉重而不乏激愤的声音讲述某些被遗忘的时代记忆，"用一颗五分钱的子弹/将自己嵌入历史的星空"，具有格言的力量，以其强大的暗示辐射了一段尘封的历史；"钉子/在雷锋那里/它是榜样的近义词/在拆迁户那里/它是刁民的同义词"，有关钉子的高强度的隐喻激活了历史与时代现实之间的情境关联。自2019年末迄今，林馥娜创作了数十篇有关疫情的诗作，《纪录》《数据、病毒与枪》《健忘》等诗作直视时代的深渊，担负起了见证的责任。《纪录》开首是六行汹涌而出的"没能"式样的排比句，它们从压抑的冰层下挣脱，直接将你卷入疫情现场：隔离的婴儿、无可告求的患者，悲伤的面影迅速闪现，这些诗句直接、粗粝，未加修饰，却有着粗暴的感性，挟带了不容置疑的力量。特别是，记录者并不置身事外，她悲愤于自身的"无能为力""早早歇息"，愧疚"自己的手不够长"，真诚地揭示出自己面对现实的挫败与内心困境。在一个崇尚轻逸的消费时代，在精致的利己主义四处飘荡的空间，林馥娜选择了"头朝下"的书写伦理，始终保持了向历史与存在发问的姿态，这让她超越了当下日常化、散步化的书写潮流，赋予诗歌以宝贵的重量。

如果说对于历史的凝视、时代生存处境的记录给林馥娜诗歌带来了诗歌的伦理之重，那么，对于存在本质的探求与沉重的思辨性则让她的诗作有了相应的密度与硬度；因此，在林馥娜诸多诗作中，世间万物往往是她阐释本质、进行形而上思考

趋光的书写：诗歌、地域与抒情

的支点：

在琳达与教堂之间／隔着青青的芳草与一排排／宛如巨人脚印的墓碑／孩童们在墓地与草毯里／追逐、翻滚／走马的世象与不变的轮回／在此地浮现原始的镜像（《大地是万物的家园》）

教堂、芳草、墓碑、儿童，生命的欢欣与死亡的哀悼被并置为一幅充满张力的图景，但是，诗人没有顺势进行情感的释放，而是突然陷入了哲性的沉思，并对上述场景进行了本质化的论述。这一书写方式可能会对诗意造成轻微的割裂感，落入概念化的泥淖，但无疑，对日常事物加以思想提纯与哲性追问并非易事，毕竟当下诗歌普遍趋于对经验世界的狂热，顺水推舟的抒情、轻灵机巧的感慨比沉重的思考总来得更轻便，也更讨巧。林馥娜意欲穿透生活细节与日常叙事，对其加以本质化观照与提纯，由此，物成为理念图式下被变形的被本质化的诗之物，她写沉香，"生命的沉淀物，需要时间之水／浸泡陈化至无限佗寂"；写舞者，"这寂静的潜跃，是／浮华的人世镜面上，暗夜来临之前／一小块自在"；写洛神花，"美丽的事物总有实用主义的瑕疵／她偏凉的本性，失之药用的尽善"；林馥娜显然并不愿拘泥于现实的细节经络，不愿加入生活抒情的大合唱，她总努力将诗歌射成一颗子弹，希望穿透其表象，指向对于绝对意义的勘测，而格言化的诗句的频繁出现，更以高强度的方式显示了诗人思辨热情，"所有的新闻依然是预制好模板的旧闻""所有的沦落均微不足道／一切的剥夺都不着痕迹"这类高密度的句子直击世界内部的困境，坚决的言说闪烁着思辨的光芒，它们超脱于个体感情经验的特殊性，起用了诗人全部的精神力量。

坚实的、意欲超越经验世界的书写方式让林馥娜难以被归类为 "女性" 诗歌，向来有关女性诗歌的阐释，诸多论者总强调其性别所衍生的符号化形态，譬如有关女性自我迷狂的黑夜意识、软性的阴性写作，抑或女权式的壮烈对抗等。当女性成为一种标签，乃至某种美学的惯习标准，诸多女性作者不自觉成为这一限制性装置的迎合者，抑或反抗者，而最终沦为话语磁场的证明人。对于这一陷阱，不少女性诗人开始了自我觉醒，她们要摆脱各种甜腻腻的指认或者女权英雄主义的命名，更愿意以作为个体的存在的方式来进行写作与思考。难得林馥娜在这一点上有着清明的理性，我从未见她在诗作中刻意凸显其女性身份而矫揉造作过，对于书写身份，她磊落、自然，毫无 "女性" 的特权意识与思想包袱，面对经验世界，她坚持追踪其精神脉象，始终保持了对形而上与生活本质的深刻渴望，"我偏好凹凸咬合的真诚/露出本质的牙印"（《水声》），或许正是因此，她成为一个具有超越性别意义的书写者。

三

这种要求 "露出本质的牙印" 的书写诉求最终会触及现代人的基本生存处境，不自觉转向哲学化的体验维度，有关虚无、荒谬的言说不止一次浮动于林馥娜的诗篇内部，"时间的切片布满虫洞/一个个空无的起点与终点"（《惊春——瓦上花》），"当我以近于无的水花/打出最远的里程/出来吧，与我对坐/对着虚空，我说"（《织物》），诗人对虚妄的时代的精神有着深切的体认，的确，自从尼采喊出"上帝死了"的口号后，现代人已无法从神祇与坚固的事物那里获得救赎，失去了幻觉的人们望见了烟消云散后艾略特笔下的荒原世界，虚无主义弥漫四处。但诗歌作为人类的一种精神活动，它在进行时代现象学描述的同时，还必然有所行动，真诚的诗人更应该有着抵抗这时代病的精神载力。

对虚无的体认并没有让林馥娜陷入虚无主义的泥淖，她不嬉皮、不放纵，要"坐在空气的怀里，成为时间的果实"（《坐在虚空的怀里》），"如果轨道过于漫长黑暗/我便从身体里擎出一只油纸灯笼"（《高铁》），坚定地以行动来戳破这寒冷的现代性虚无：

尽管冰雪将化/世上一切亦终将无痕/我还是使劲/给古堡顶踩上几个白脚印/为存在与虚无献一个同等的致敬/边城阒寂/天色纯蓝欲滴/远处有老者垂钓冰窟下的鲜活（《在维堡》）

在终将无痕的天地间踩几个白脚印，较之茫茫天地，行动者是微渺而柔弱的，然而"踩"的动作凸显了人的主体性，表达了在无限虚空间自我确认的努力。这让我不禁想起鲁迅笔下朝向无物之阵举起投枪的战士，较之手握利器的勇士，林馥娜温柔而坚决，"踩"的孩子气固然闪烁着动人光芒，但其内在的坚持与抵制有着不逊色于雄性战士的韧度与力量。

林馥娜以诗歌的方式传递了朝向虚无的主体力量，更重要的是，她的不妥协并不拘泥狭隘的反对，她期待用柔软而体恤的爱来弥合这破败世界的裂缝。

对于日益坚硬的世界与永恒的流逝／我没有应对的武器与穿越之技／唯有一颗越来越柔软的心／尝试着再次学习爱。人世辽阔，天地有大寂寞／如果你没爱过，请奉出你的爱／如果你爱过，请再次尝试／深深地——去爱（《跨年》）

对于坚硬的现实，诗人没有持戈相向，也不高蹈其上，她要用一颗柔软的心来包容人世的生机与颓败，句末对于"深深地去爱"的直接呼吁让我感到震撼。精神弥散的当下，"爱"似乎是一个煽情的、高分贝的大词，它宏大而陈旧，很少有诗人愿意在诗中如此直白地提及，他们更愿意沉溺于无爱的孤独与失爱的颓废之光晕，指认解构、拆散更切合这个碎片化的时代；可林馥娜停止了这种后现代的、狂欢的舞蹈，她以古老的，甚至粗暴的音域呼唤爱的到来，一再吁请爱的绝对价值。这带有洞穿性的执着让我想起雅思贝尔斯"人类体验到世界的恐怖和自身的软弱。他探寻根本性的问题。面对空无，他力求解放和拯救。通过在意识上认识自己的限度，他为自己树立了更高的目标。他在自我的深奥和超然存在的光辉中感受绝对"。基于内心的执着，林馥娜的诗歌是有光的，她不惧于朝向深渊的俯就，或者说她有信心以自身的光辉镀亮或弥合阴阳之间的隔阂，但她所绽放的光芒不是要照彻一切的强光，而是温煦、弥散之暖光，她承认并接纳人世间的黑暗与不堪，也绝不沉沦于这暗地，她要"于尘世与神殿之间，积极地随遇而安""不衰老不昏聩不易辙/矢志奔向清明之境，旷远之乡"，矢志以自身的修为与圆满来点亮暗处的微火，以个体的德性来温暖这个四处透风的人世间，因而，她的诗歌如迢迢春水，坚硬的河床上流淌着辽阔的悲喜。

让诗歌自由呼吸：评俄罗斯当代女诗人英娜·丽斯年斯卡娅的诗集《孤独的馈赠》[*]

　　20世纪俄罗斯的诗歌天空可谓群星闪耀，阿赫玛托娃、茨维塔耶娃、帕斯捷尔纳克、曼德尔施塔姆等以各自的光谱与芬芳构筑了后白银时代熠熠生辉的发光体。其中，英娜·丽斯年斯卡娅就是一颗稍后升起的清冽新星，对于她的诗歌价值，索尔仁尼琴曾给予热情的肯定，1993年，他写信给丽斯年斯卡娅——"人们好像还曾忧虑：在阿赫玛托娃和茨维塔耶娃之后，由谁来延续俄罗斯诗歌自己的独特性，为其增添光彩，树立威望呢，——这由您达到了，显然，这并非按照既定的计划，而是非常简单，自然而然，水到渠成的。"这是一名俄罗斯精神巨人对另一名巨人的致敬，俄罗斯诗歌的伟大传统熠火不息，丽斯年斯卡娅不仅薪火相传，而且为之增光添彩，这一切在索尔仁尼琴看来，都是以一种自然的方式发生，仿佛诗人英娜生来便是隶属其中的。20世纪90年代以来，苏联时代曾失去发表资格的丽斯年斯卡娅接连获得了"索尔仁尼琴奖"、俄罗斯国家诗人奖，成为继阿赫玛托娃、茨维塔耶娃之后当代俄罗斯诗人的典范。然而，这么一名有着纯正俄罗斯精神血脉与广泛声誉的女诗人，在中国却极少被国人所关注，翻译过来

＊　刊发于《广州文艺》。

204　　　　　　　　　　　　　　趋光的书写：诗歌、地域与抒情

的诗作也寥寥无几，针对这一匮乏，黄礼孩主编、晴朗李寒翻译的诗集《孤独的馈赠》无疑给予我们一个莫大的安慰，在茨维塔耶娃之后，我们看到了一个毫不逊色的英娜·丽斯年斯卡娅。

一、"孤独的馈赠"

意气风发的年纪却被冷漠地抛掷于时代巨轮之外，人至暮年又痛失人生与灵魂的双重伴侣，因时代禁锢而造就的孤独与因人生无常而带来孤独一样，它们成为丽斯年斯卡娅一生的承受，仿佛诗人的命运处于与孤独永无止境的纠缠之中。俄罗斯一位诗评者感慨"孤独无时无刻无处不在地伴随她，在此种境况下，孤独不再是浪漫的，诗人而是斯多葛主义的孤独，孤独，它不为人所选择，而只能承受，好像是命定而无法回避的"[①]。孤独，对于英娜来说是双重的，既是形而上的抉择，也是形而下的承受，既因外在禁锢，也因内在坚持，诗人的孤独与诗歌的孤独融为一体，成为雅斯贝尔斯所言的诗歌与人的合二为一。

政治高压下的苏联时代，英娜承受的是边缘化，乃至被禁止发表作品的孤独。这种孤独与其说来自被动承受，不如说来自诗人因内心良知的自觉选择；爱伦堡曾如此描述通往奴役时代的苏联人民整体的精神状态，"完整的语句说了一半戛然而

---

① 英娜·丽斯年斯卡娅：《"我总是不合时宜的"——英娜·丽斯年斯卡娅访谈录》，载《孤独的馈赠》，晴朗李寒译，北岳文艺出版社，2015，第187页。

止。思想和情感不由自主地屈服于环境的影响"①。个体在思想情感的自我放弃中，最终与体制融为一体，无疑，这是集权与奴役共鸣的岁月，也是精神测量的一把无情尺子，是顺流而下屈服于权威，还是孤绝地坚持自我？是随声喝彩还是专注于诗歌"忧伤的手艺"？面对种种抉择，从俄罗斯诗歌光源中走来的丽斯年斯卡娅，毫不犹豫地遵循内心法则，众生喧哗中，她仿佛一个孤独的精灵，"我在泪水与讥笑中生活，/无依无靠，却很自豪。/向我乞求慰藉吧，/那些安慰——永远不会得到！"（《我在泪水与讥笑中生活》）从英娜高傲而不合时宜的诗篇中升起的是不羁的灵魂与奔赴自由的高贵精神。

　　盛行僵化教条主义的苏联文坛，崇尚的是主题先行、与时代话语保持一致性的"正确"诗歌。这种文化禁锢，使得大部分诗人要么噤若寒蝉，要么蜕变为时代传声筒。英娜自由而敏感的心性不禁让她对禁锢时代发生了激烈的怀疑，十九岁便发出了反抗的呐喊："请用棉被裹紧我，/把窗子关闭/任何理想/请不要向我提起/你看，我如此疲惫/身心困倦，/在深夜我很少入睡，/活力削减。/而在思绪的墙壁上——/是乘风鼓起的白帆，——/我不能无视它们，/请让我闭上双眼。/这种相似令我恐惧，——/摘下那双面挂毯吧，——/我如此竭尽全力，/就像帆船要冲出墙壁"（《请用棉被裹紧我》）。这是一个拒绝世界、活在自我想象中的少女，她似乎看透了"理想"的虚伪，困倦于外在的规训，而宁愿闭上眼睛，依仗内心燃烧的激情破

---

① 爱伦堡：《人，岁月，生活（第一部）》，王金陵、冯南江译，人民文学出版社，1979，第2页。

　　　　　　　　　趋光的书写：诗歌、地域与抒情

壁而去！这首少年之作横空出世，宛如一道闪电划破阴沉的天宇，一开始就奠定了诗人的精神基地，即始终要以内在的真诚与不羁的精神来冲破强权加诸的禁锢，自由的诗魂绝不妥协于外在的规训。时隔十三年后，人到中年的英娜并未松懈她挺直的脊梁，当发现本应高贵的语言嬗变为歌唱权力的工具，主流的词语成为蛊惑人心的咒语，依仗词语来构筑诗歌的诗人变得异常痛苦："哦，那些词语多么令我痛苦！/它们流淌着，像从额头滑落的雨滴。/主流的词语/隐匿了次要的含义。/一切都在逐渐改变，/寒霜被称着白银，/甚至生活已经不能/与我忧伤的手艺相融。/生活曾在我的眼前/而一切隐藏在字句里/就像书页之间/夹起一枚槭树的叶片。/只有在死神的面前/一切事物才找到了自己的位置。/钉子成为钉子插在自己的孔眼中，/而高处成为天空。"（《哦，那些词语多么令我痛苦……》）面对词语的堕落、指鹿为马的虚伪，自由的诗人要用真诚来击破这虚伪的世界，并不惜用死亡来净化一切，诗人感到在谎言成灾的年代，只有死才能还原词语的本义，让"一切事物找到自己的位置"；英娜深知她是在没有限度的荒谬中寻求真理，中止这荒谬的最好方式便是越过理性的重重障碍直抵死亡，这决绝的方式类似舍斯托夫于旷野上的激越呼喊，以一种非理性的直觉来中断貌似理性的规则与谎言。

丽斯年斯卡娅这种不合时宜的真诚与绝不妥协的自由姿态，让她的诗歌一直游离于苏联时代的主流诗歌圈子。作为诗人个体，因1979年对苏联作协的抗议，她跟先生更是被噤声十几年，失去了计划经济时代作家所享有的一切权利，成为被时代所掩埋的活人。对于降临于作家身上的种种灾难，诗人无怨无悔，并将孤独视为馈赠："有的人会得到/幸福的馈赠——/它能飞，会叫，/就像栖息的群鸟。/有的人会得到/特权的馈赠——/它有分量，易腐烂，/就像小铺里的商品。有的人会得到/神奇的馈赠——/就像有益健康的/甜美的花蜜。/而我会得到/孤独的馈赠，/它干涩，激烈，/如同大海里的火焰。"（《孤独的馈赠》）这是自我放逐的孤独，也是坚持内心戒律的孤独，诗人在顺流而下的时代话语中逆流而上，固执而坚定地游向由内在自由与真实灵魂所构筑的诗歌岛屿，成为苏联时代不合时宜的孤独者，这位写诗向阿赫玛托娃与茨维塔耶娃致敬的女诗人，骨子里俨然与两者有着同样高贵的诗魂，有着"在天空之上是我的葬礼"（茨维塔耶娃《葬礼》）的高傲与自信。

如果说与外在强权相疏离而造成的孤独，宛如淬炼的火焰，让英娜变得高傲而纯粹，那么，当伴侣谢苗·利普金于2003年逝世，生离死别成为诗人灵魂的炼狱，让她对孤独有了更切近本质的思考，即一个孤零零的灵魂被突然抛到了这世上，该当如何去承受命运所加于人的孤独，《没有你……》《翻转的世界》等组诗既是对爱人的悼词，也是诗人对于孤独的纵深体验："我从自己的黑暗中慢慢挣扎而出，/比从坟墓的骨殖中生长出灌木，还要迟缓。/……就让他们来吧，我们会思念起那些人，/那些在另个世界回想我们的人。/我们凭借记忆区分开人与野兽。/金黄的猫咪蜷缩在我的台阶上，/我真切地感受到，我的心中充满了/怎样的失落，我又是多么的孤独。"（《我从自己的黑暗中……》）这是弥漫于整个生命之中的黑暗的孤独。也是失去了外在束缚之后自生命内部升起的孤独，诗人经历了巨大的社会变革之后，于新的时间链条上回望过去，历史善恶的轮廓在良心的天平上有了清晰的形状。然而，尘埃落定，爱人远去，诗人陷入了与历史、生死的单独对话中，作为生命个体的孤独处境以一种本质的方式凸显出来，英娜进入了存在主义哲学家克尔凯郭尔所言的"孤独的个体"式的本体孤独之中。显然，英娜晚期的诗作从尖锐的向外的抗争性孤独走向了更为深邃、阔大、充满哲性的孤独之境。

二、"你是多么切近，哦，上帝"

宗教所含括的精神维度与价值取向对俄罗斯作家精神的照亮早有共识，别尔嘉耶夫、舍斯托夫、谢·布尔加科夫等无不有所撰文，弗兰克总结俄罗斯文学与宗教的联袂在于它们"不在于纯理论上的、不偏不倚地认识世界，而总是对生命的具有宗教情感的解说"[1]。宗教与文学宛如俄罗斯作家生命内部升腾的气流，始终萦绕不绝于他们的精神天空。基于耳濡目染，英娜自幼就与宗教结下不解之缘："从十四起我便开始不断地阅读圣经。记得年幼时保姆经常带我去教堂。""从八岁。后来我曾经用诗歌做祈祷，还是押韵的。"[2]这种种切近宗教的经验对英娜而言，不仅是教义上的思想触摸，更成为照亮其生

---

① 弗兰克：《俄国知识人与精神偶像》，徐凤林译，学林出版社，1999，第4页。
② 英娜·丽斯年斯卡娅：《"我总是不合时宜的"——英娜·丽斯年斯卡娅访谈录》，载《孤独的馈赠》，晴朗李寒译，北岳文艺出版社，2015，第193页。

命的一道光，而在以后的诗歌生涯中，宗教更成为始终激动着诗人的神秘之音。

英娜的诗作自始至终吟唱于宗教的天穹之下，东正教教义中有关苦难、承担、牺牲等理念与理想已如盐化水溶于她的诗作中。东正教教义维度下的苦难跟牺牲有关，更与重生相维系，"毁灭和灾难往往与启示录联系在一起，苦难过后，往往是拯救，是新的世界，是重生。这样，苦难成为黎明前的黑暗，成为拯救的代价"①。"受难者"（MyetlHoK）往往是俄罗斯最高级别的圣人，因为圣人在对苦难的承担中净化自我，淬炼为神；正是源于这么一种植根于民族宗教内部的苦难认知及其衍生出的承担意识，俄罗斯作家始终俯身拥抱苦难，从苦难的泥泞中思索苦难赋予人的意义。帕斯捷尔纳克用哭泣的墨水书写时代赋予命运的苦难，体现了一代知识分子的良心；阿赫玛托娃更是始终站在苦难的泪水中移动她孱弱的笔杆，成为抚慰俄罗斯苦难的淡淡月光；同样，丽斯年斯卡娅承续了这一不绝如缕的精神血脉，以拥抱苦难的姿态直面苦难，以承担与牺牲的方式来消解苦难，将苦难转化为自我净化、缔造光明的淬炼。英娜的一生是笼罩于苦难阴影中的一生，外在强权加诸她的精神苦难、不合时宜而被排挤的生存苦难、痛失爱人后的情感苦难，诸苦集结，成为诗人无法逃匿、必须承受的命运，"请你不要绕过我，/这倒数第二的不幸！至于那最后的不幸/我自己也不会主动绕行"（《椴树花疯狂绽放》）。面对降临身上的不幸，诗人毫无闪避，而以内在的勇气与道义去承担最

---

① 郭小丽：《俄罗斯民族的苦难意识》，《俄罗斯研究》2005年第4期。

后的不幸，仿佛就刑的耶稣，要让全世界的罪孽都抵销于个人的受难之中，"我用石头雕凿出十字架，/为了慢慢地扛着它前行"（《头发渐渐稀疏了》）。诗人自觉地背负十字架走向不幸，就如她自觉地将自身献为多灾多难的祖国的人质，"我从土壤中生长，像一棵云杉/那是多层的土壤，/六角的星星/不能把我从这里救赎。/在俄罗斯风雪与俄罗斯音节中/我生根长大——没有别的出路，/我已把自己献身为人质，/从吸气到呼气！"（《人质》）诗人仿佛将全俄罗斯的苦难都背负一己身上，将自我献为人质，将承担罪孽的身体牺牲于祖国之前，就如以洁白的羔羊为世人抵罪[①]，受苦、牺牲、承担，它们闪耀的精神火焰燃烧在英娜的诗作中，仿佛教堂穹顶下回荡着有关受难与救赎的圣曲。

　　值得注意的是，英娜永远是自由呼吸的不羁之子，对于宗教，她更多从精神共鸣的层面靠近，亲近而绝不盲从，因此，我们发现，虽然英娜的诸多诗作中上帝、天使频繁出现，然而，诗作中的上帝只是诗歌内部的一种坚实的力量，诗人信任它却绝不依附于它，"上帝审判了我，上帝宽恕了我，/他庇护我，关注我，惩罚了我，/但他从未用手为我/指出一条可行的道路。按自己的内心选择吧：/自己的道路，自己的归宿，自己的生活方式，/不要视地狱为天堂，/也不要把天堂当作地狱"（《上帝审判了我，上帝宽恕了我》）。对英娜而言，上帝无所不在，它具有绝对的律令，但它并非无所不能，诗人主

---

① 约翰看见耶稣来到他那里，就说："看哪，神的羔羊，除去（或作：背负）世人罪孽的！《约翰福音》（1），第29页。

体更强调遵照内心指令，以个人勇气打碎上帝的偶像。在这里，英娜体现了她基于人本主义之上的宗教观，即人并非匍匐于上帝脚下失去自我的朝拜者，而是有辨别、有力量、有勇气的个体存在，正是对于个人力量的确定，她才会弃绝了教徒对于上帝、天使的哀恳与乞求，而指向基于人自身的自我拯救，"所有人都散乱而匆忙地消失了，/可是，我的天使啊，我没有呼唤你。/不要安慰我，我是极度伤心的女人。/但无论如何我会熬过这一生"（《所有人都散乱而匆忙地消失》）。显然，英娜信仰宗教但旨归于人，"我尊重戒律，逃避规则……我引用耶稣基督的话说，人非为礼拜六而生，而是礼拜六为人所设"[1]。上述自白有着诗人不羁灵魂的闪现，但就更深层面而言，诗人对宗教的信奉不是模式化的偶像崇拜，更不是对僵化规则的恪守，而是心灵的靠近与融入，是类似犹太教的内在性肯定，"否定了祭品和偶像崇拜在宗教中的作用，把宗教崇拜转化为内在的、纯精神的"[2]。由此，上帝、天使成为英娜诗中的一个精神实体，它们并不是高高在上仅供诗人崇拜与呼吁的对象，而成为时时与诗人进行对话、交流的他者。从这个层面而言，对上帝的认同与爱始终离不开对人的认同与爱，如弗兰克探讨精神空虚的俄罗斯人该如何与活的上帝相遇时所言："我们所面对的不是许多压抑我们灵魂并引诱其走上迷途与绝境的理想、原则和规范，而是只有两条戒命，它们就足以使我们的生命有意义，有坚实基础，使其丰富而有活力，这就

---

[1]　英娜·丽斯年斯卡娅：《"我总是不合时宜的"——英娜·丽斯年斯卡娅访谈录》，载《孤独的馈赠》，晴朗李寒译，北岳文艺出版社，2015，第193页。

[2]　王亚平：《基督教的神秘主义》，东方出版社，2001，第49页。

是对作为生命之源泉的上帝的爱和对人们的爱。"①显然，英娜诗作中的上帝便是弗兰克文中活的上帝，它离弃了圣物、理想等加诸的空洞的意义，而成为与生命同在的实在之物。

直至晚年，上帝仍是英娜诗歌中一道明亮的眼神，一个与诗人生命共振的实体："你是多么切近，哦，上帝，/我的主，又是多么遥远！……在这只盛满咸菜的大桶里，/艰难地仰视/太阳升起在海面，/哦，上帝，光的睫毛中是你的眼！"（《你是多么切近，哦，上帝》）这是诗人逾八十岁所写下的诗句。诗人行至晚年，死神并不遥远，若远若近的上帝变成了生命中的一道光线，洋溢在诗人四周。我们仿佛看见一个行走于生命终端的诗人专心地审视自己的灵魂，并于上帝相遇中发觉内在的光明。自始至终，英娜诗作中的上帝并不是被悬置的概念，抑或虚化的终极价值，而是与诗人一起交流的实在之体，如弗兰克分析俄罗斯宗教精神所言："我们所寻求的对象不是幻影，而是真正的实在；不是某种遥远的不可企及的东西，而是和我们无限接近的、永远和我们在一起的东西。因为这一生命于光明的永恒源泉，本身也就是驱使我们寻找它的力量。"②沐浴于宗教光线中的英娜，与宗教的关系与其说是崇拜与被崇拜，不如说是切近的交流；从宗教那里得到的与其说是教徒式的拯救与安慰，不如说是源于生命内部的精神共鸣。

---

① 弗兰克:《俄国知识人与精神偶像》，徐凤林译，学林出版社，1999，第142页。
② 弗兰克:《俄国知识人与精神偶像》，徐凤林译，学林出版社，1999，第138页。

三、丰富的单纯

英娜·丽斯年斯卡娅的创作时代正是欧美诗歌运动迭起、形式技巧转变频繁的时代，然而，专注于自己"忧伤手艺"的诗人似乎一直外在于各类先锋潮流，拒绝了眼花缭乱的形式冒险与语言实验，坚定地朝诗歌内部的小径挺进。正是这种安于孤独、不惧潮流的特质让英娜始终保持了自己清晰的诗歌面貌，缔造了专属于自己的单纯而坚实的诗歌体。

威廉·巴雷特在《非理性的人》一书中这样写道："俄国作家中最有价值的，是他们对生活的直接把握，对文学形式与象征的技巧做作极端鄙视。"[①]这或许也可以用来描述英娜那些直接而慑人的诗作，也许是环境使然，也许是天性使然，诗歌风格上，英娜有着俄罗斯作家的直接性，并更趋向于茨维塔耶娃式的犀利与激烈，面对失去信仰却又谎话连篇的集权年代，诗人的愤怒不加修饰地喷薄而出，"老党员从被窝里摔出/《真理报》——都是令人厌烦的胡扯……/我觉得很好，我还不知道/是信仰它，还是盼着它倒掉。监狱的囚车从火车站/开往冻土地带，那里充满饿狼的嗥叫，/我觉得很好，我还不知道/他们是自由，还是命丧荒郊"（《人们把土豆、猪油拖向市场……》）。对于笼罩一切的谎言与强权，英娜的诗句毫无讳言，反而尖锐如匕首，直抵现实，刀刀见血，强调对生活进行直接表达，不过，有着直接力量与正义情怀的丽斯年斯卡

---

① 威廉·巴雷特：《非理性的人——存在主义哲学研究》，段德智译，上海译文出版社，1992，第138页。

娅并不因此成为第二个茨维塔耶娃，显然，她貌似猛烈的诗歌还有着自己不可复制的独特性：清晰的精神线条、高度准确的意象与灵敏的节奏感。这些珍贵的特质让英娜隶属于俄罗斯伟大诗人谱系的同时，又幸运地拥有了自己清晰的面貌。

在日趋碎片化的不安时代，诸多现代诗人沉溺于用晦涩、破碎的方式来呈露他们眼中的荒谬现实。这固然反映了部分时代真实，但也从中折射出诗人主体内在的分裂与摇摆，或者，对于大多数无所适从的我们而言，面临时代的破败，更需要一份完整的坚持、一道清澈的光线；英娜的诗作仿佛那动荡晦暗里始终坚持的一点光，始终呈现了一种坚定的精神面貌与价值理念，并擅长运用格言般洁净的语言来突破各种复杂的现实纠葛，"洞察一切，/一切真理都很平常，/不要向圣者请求宽恕，/请向犯罪者请求原谅。"（《没有甜蜜的忘却……》）"在死一般的沉寂间，/风对我歌唱：/谁参与了战斗，/谁就不会摆脱战争！"（《在死一般的沉寂间》）大量判断性的句式、斩钉截铁的语气均凸显了诗人清晰的价值观，其中没有犹豫，没有挣扎，仿佛诗人抒写之初，就已确定了牢固的立场，借此诗人来洞察纷纭复杂的现实事件、斩断瞻前顾后的情感牵绊，稳定的精神线条、坚定的抒情姿态让英娜的诗作结构趋于水晶般坚实的形态，形成了明快、透明的书写风格。

英娜的诗歌意象并不繁复，但每一个意象的出现都恰到好处，似乎诗人已将意象择取的可能性榨取干净，非如此不能表现其中的力量，诗人如此来形容"敌对"与"穷困"——"我不知道敌对的面孔，/但我想象它是这样的：/从红色的死水中抽出的/生满铁锈的短剑。我不知道穷困的面孔，/但我想象它是这样的：/从人行道污浊的水中捡起的/黄边儿的五戈比硬币。"（《我不知道不幸的面孔》）死水与短剑、污水与硬币，这样让人不适又惯常的事物，在作者的安排下，并列于空间的它们不仅以鲜明的颜色诉诸视觉，而且在时间运动的瞬间被诗人融为一体进行了雕塑似的定格，富于暗示性的一刻迸发出直指人心的力量。阅读英娜的诗歌往往会于瞬间遭受强烈的视觉冲击与情感力量，其秘密或者正源于英娜对诗歌意象精确而有效的控制。英娜的诗不仅以意象震惊视觉，还如一名高明的弹奏者，善于从听觉层面调度词语，寻求一种最贴切、最富有表现力的诗之节奏，其不少诗作段落整齐分明，节奏清晰，语调转换自然，并擅长于整齐和谐的音中穿插和谐的语音伴奏。譬如这首她成熟期的诗作《低低，低低的，今年第一场雪》："低低，低低的，今年第一场雪/低低的声音。/温柔，温柔的，我把温柔的双手搭上朋友的肩头。洁白，洁白的，洁白的飞絮——洁白的雪花从空中落下……/我战胜了奴隶的意识，/你也克服了它。 面对永恒的时间我们的恐惧不会长久/只是在这样的时刻，/第一场小雪，如同生病的孩子，/身子蜷缩紧贴在院墙上。"全诗共分三节，每节四行，段落清晰，而各段的语调相互应和。前面两段诗人特意择取音节暗沉的词语加以重复，营造出一种静谧、感伤的气氛，仿佛暗哑的大提琴前奏，以抒情的方式将诗歌缓慢推进；行至第二段第三行"我战胜了奴隶意识"始，语调变得激昂铿锵，它处于诗歌的中下部，宛然乐曲中闪亮的音符岛屿；而至第三节，冗长语言的流动让语调变得绵长，复杂的语言结构形成了富于沉思的语调，宛如曲子将近而余音缭绕。诗人张弛有度的节奏安排让整篇诗如一首协奏曲，由内而外发出和谐而曲折有致的共鸣。

有俄罗斯的评论家认为丽斯年斯卡娅的诗看起来很简单却并不单调。的确，阅读英娜的诗作不需要动用过多的智力与学识，它们总是在第一时间以直接的力量将你打动。然而，这种貌似简单的直接性并不意味着英娜的诗歌世界是粗率无文的。经过主体性的熔铸与创造，英娜的诗作已淘尽了现代诗作流行的晦暗性语调与分裂的破碎性，而趋于一种坚实、清晰的整体形态，成就了独属于英娜的单纯而丰富的诗歌体。

结语

终其一生，英娜坚守"异端"的创作原则，让诗歌自由呼吸，国内不能发表，就发地下刊物，甚至投向"没有自己读者"的国外，经年的孤独成就了诗人，自由的书写缔造了超越狭隘时代的恒久诗篇，值得欣慰的是，20世纪90年代以来，英娜接连获得了"索尔仁尼琴奖"、俄罗斯国家奖、俄罗斯国家诗人奖。在她八十岁的生日上，总统梅德韦杰夫高度评价了英娜"作为一名杰出的抒情诗人，您闻名于国内和世界，享有极高的声望。您的作品以其精美的风格和深刻的印象，成为俄罗斯文学中最为鲜明和显著的现象之一"。或许，这些迟来的荣誉是世人对诗人孤独的另一种馈赠。

整合与超越——评张桃洲的
《声音的意味：20世纪新诗格律探索》[*]

　　新诗格律问题一直与新诗的成长如影相随，可以说，新诗形成以来所遭遇的困境都在这一问题上有着集中体现，以致成为新诗史上聚讼纷纭的关节点。从胡适、徐志摩、卞之琳、林庚到王力、何其芳、郑敏等，诸位前贤纷纷从理论、技术层面提出各种解决方案，繁复缠绕的辩论及话语实践似乎已经透支了这一话题空间，以致在影响的焦虑下，少有当代学人愿意涉险进入这一似乎固化与不再新鲜的语域。然而，对于有抱负的学者而言，新诗格律化仍是一个充满诱惑与生产性的问题，关键在于如何激活这个老问题，如何在诸多重叠的论断之下寻求另一种可能性，这不仅考验一名学者的学术眼光与知识累积，更是对其耐心与勇气的挑战。张桃洲数十年躬耕于新诗研究，新诗格律问题更是他持之以恒所关注的焦点，在他看来，"新诗格律问题的探讨，显示了迄今为止关于新诗与现代汉语之关系的最具深度的思考，它具有严密、系统的理论承传性"。正是意识到这一问题的内在重量，张桃洲的新著《声音的意味：20世纪新诗格律探索》以堪30万字的鸿篇，对20世纪新诗格律问题做出全面的清理与反省，并顽强地朝解决这一问题的

---

* 刊发于《汉语言文学研究》。

　　　　　　　　　　　　　　趋光的书写：诗歌、地域与抒情

可能性途径前进，呈现了一名学者丰沛的创造力与敏锐的问题意识。

在我看来，《声音的意味：20世纪新诗格律探索》是一部有效整合了历史经验、超越理论拘囿、从更开阔的视域来反思新诗格律问题、探究新诗格律本质的力作，论者自由游弋于上下百年的新诗格律化探索的历史激流中，寻求变动不居的历史表象之下的新诗格律问题的实质，显示了开阔的历史视野与追根究底的探索精神；它以细密的文本阐析、卓越的审美意识、敏锐的辨别意识，清晰地展示了新诗格律化理论与实践双重探索的得与失；更重要的是，作者在本书确立了观照新诗格律、寻求新诗格律化方向的创造性视点，即从语言出发，结合"话语"的理论资源来剖析新诗格律的实质，提出"语调写作"的可能性方向。这种超越性的理论视域，打破了以往新诗史上从外部形式来探讨新诗格律形态、建构新诗格律模式的拘囿，将新诗格律探索引向了更为广阔的空间。

一、从历史清理开始

学术体例作为一种有意味的形式，也是作者学术理念的外化。在本书的体例编排上，张桃洲既没有选择传统的编年体体例，也没有遵循当下流行的以问题来连缀章节的模式，而是兼顾历史与理论、宏观与微观之间的张力，将章节划分为"发展论""实践论""范畴论"三个板块，呈现了一种张弛有度的运思方式。首篇"发展论"着重从历史范畴对新诗格律化探索历程进行整合清理；中篇"实践论"从审美范畴对新诗格律化进程中的具体理论与实践进行具体阐析；末篇"范畴论"则旨在探究新诗格律的本质，打开新诗格律问题的多面空间，并借此提出解决问题的可能性方向。这三个板块虽各有侧重，但都牢牢统一于新诗格律问题这一笼罩性的场域之中，形成从这问题出发的不同光谱，使得全书的新诗格律探索变得丰富而立体。而论者将略显厚重的"发展论"置于著作的开篇，也潜在说明本书并非旨在从理论制高点提供一种非此即彼的判断，而是首先从问题的清理开始，探析新诗格律化途中所堆积的种种问题与实践，"与其对新诗的历史与现状横加鞭挞，不如立足于对已有经验和教训的考察，来探讨新诗未来之'形'的可能路向"。正是怀着这样一种审慎、郑重的态度，张桃洲开篇便以潜入的姿态重返历史，深入触摸堪百年的新诗格律探索历程。

面对历史浊流下纷纭复杂的诗歌事件，论者特意强调他的"非线性"梳理，与传统学术史上的"线性"梳理形成有意的对峙。固然，线性的历史梳理多以流派更迭、时间流动的纵向方式来连缀历史，这类惯用的结构方式一目了然、便于把握，但潜藏着以先验方式来简化历史复杂性的风险。而张桃洲的"非线性"梳理，有意识地避开了"线性"描述这一劳永逸的、先验性的操作陷阱，自愿深入到庞杂、凌乱的历史现场中，从丰富驳杂的经验层面来把握历史的节点。如"发展论"中第二章对《少年中国》同仁诗学追求的历史还原、第三章对沦陷区诗人诗学理念的把握、第四章对20世纪50年代新诗形式论争的叙述等，均有意识地回到了一种动态的、迁流不居的

　　　　　　　　趋光的书写：诗歌、地域与抒情

历史情境中。值得注意的是，张桃洲在处理上述历史经验时，没有沉溺于明快的书写快感，而是以一种审慎的态度，尽可能客观地展示相互纠缠的复杂矛盾。譬如在谈到《少年中国》的同仁们与象征主义的关系时，他尽可能深入暧昧迁变的历史内部，指出最初李璜等一部分同仁的诗歌态度是将象征主义看成自由诗兴起的一种动力，认为它解放了诗歌的格律，潜在认同了象征主义与自由诗的关系。但随着对象征主义诗歌的进一步译介，李璜、吴弱男等又进一步从象征主义那里发现一种不拘于传统格律的音律，反而从象征主义诗歌处汲取建立新诗格律的营养。这种不断发现历史事件中相互冲突、相互妥协、相互纠缠的书写方式，正是福柯所言的"有效"的历史书写，"有效的历史却从事件的最独特特征、它们最敏锐的表现形式入手来处理事件。结果一个事件不是一种决定、一项协定、一种王权或一场战役，而是对各种力量关系的颠倒、权力的篡夺，是对一种转身反对使用者的词汇的占有，是一种在衰弱时毒害自身的微弱的支配关系，是一个戴面具的他者的进入"。作者这种对复杂历史的耐心与有效的处理能力，使得诗歌事件中各种力量关系得到了清晰的呈现。

固然，返回历史现场的努力，复活了历史的细节与温度，敞开了诗歌研究的空间，但也存在可能再度封闭化的风险。如姜涛所言："如果'现场'仅仅指向某种抽象、静态的历史客观，返回也只是为了释放丰富性、差异性，为既定的文学史图像增添更多的细节或花边，那么研究的历史性恰恰有可能被抹擦。"的确，堪百年的历史进程中，有关新诗格律化的讨论一直绵延不绝，数量繁复，不少论述可谓重复、缠绕，甚至意义匮乏，如果一味强调恢复其历史细节，诗歌研究的论述就会被漫无边际的现场所掩盖。张桃洲似乎早就意识到这种种陷阱，所以在开篇，他便强调其书写立场："与其较多地从一些外在的义理对新诗格律进行探讨，不如首先发掘那些煞费苦心的格律倡导者内部的实际动因。不妨说，就根本的实质而言，格律体现的乃是一种形式规范的吁求。""其中，格律一度被视为新诗之形的核心与归属，其在百年间的迁变昭示出诗人们为探求新诗之形所付出的努力和面临的困境。"将新诗格律化探索纳入到对新诗形式运动中进行考察，可谓张桃洲观照历史的一个基本观点，由此，有关新诗格律化的诸类探讨不再是基于流派纷争、社团口号而发生的偶然性事件，而成为中国新诗寻求形式规范进程中具有生产性的历史有机体。在这一意识笼罩下，张桃洲所择取的历史节点，都是有的放矢，从不同层面层层逼近有关新诗形式建设的问题，在分析沦陷区诗人吴兴华、朱英诞的诗作时，作者主要抓住了他们对中国古典诗歌形式的借鉴；对20世纪50年代新诗格律论争的描述，则主要探讨何其芳、卞之琳的"现代格律诗"理论与当时历史语境下的诗歌形式及其20世纪20年代新格律体运动之间的关联；涉及20世纪90年代以来的新诗现象时，作者则凸显了有关"汉语人文性"的讨论对新诗形式建设的影响。可以说，在择取这些研究对象、处理这些纷繁复杂的资料方面，张桃洲充分从新诗的形式追求这一结构性冲动出发，纲举目张，有力地归纳了新诗格律化探索历史的内在逻辑线索。

更难得的是，作者还超越了地域性局限，将当代中国台湾新诗的格律化探索历程纳入考察视野，与大陆新诗的诗学探索构成了相互补充、相互借鉴之态，作者的历史书写由此获得了开阔的学术视野。这种非线性的、以点带面的、横跨大陆台湾两地的新诗叙史方式也极大丰富了中国新诗史的历史面貌。然而，毋庸讳言，对新时期以来大陆学界有关新诗格律化探索的论争，作者只是匆匆掠过，似乎越靠近当下越有失语之态。事实上，除了郑敏的形式探索外，王光明、解志熙、许霆等学者的新诗格律化研究，均值得用相当的篇幅与之进行对话。

二、打开问题的症结：回到语言

就新诗格律化的研究现状而言，不少论者除了对不同历史阶段的新诗格律理论进行线性梳理外，多集中于格律形式与诗学观念层面的研究，这几乎成为新诗格律研究的范式，并支配了大多数论者相关研究的展开。显然，这类论述不仅严重饱和，而且呈现出自我循环的遮蔽性，其中最大的遮蔽是"讨论大多拘泥于格律本身而没有将之同新诗的其他诗学理论相勾连，故难以理清新诗格律问题的实质及其症结所在"。当一个问题被反复探讨，其问题实质却始终云遮雾绕时，有关追问会随之产生。正是不满于这一研究现状，张桃洲力图从上述支配性思路中解放出来，回到问题本身，对新诗格律问题产生的症结、新诗格律的实质进行追根溯源。

那么，新诗格律问题产生的症结何在？作者选择了与罗兰·巴尔特同样的讨论原点："古典时代的写作结束了，从福楼拜到我们的时代，整个文学变成了一种语言的问题。"在张桃洲看来，新诗的格律问题同样来自于语言问题，"实际上，新诗格律紧密勾连着语言的特性，理解现代汉语的特性与辨析新诗格律的实质互为前提"。的确，较之诗性的、适合制造格律之美、词约义丰的文言文，经过口语化改造、白话文引入、欧化熏陶等杂合而成的现代汉语，已是一种与文言文截然不同的语言材料，构成了与古典汉语世界相分离的"场"。"现代汉语相对于古典汉语的显著变化体现在：一方面，强调以口语为中心和言文一致，直接导致了古典汉语单音节结构的瓦解和以双音节、多音节为主的现代汉语语音及词汇的构成，同时也导致了现代汉语书面语虚词成分的激增。另一方面，由于受西方语法的浸染，现代汉语一改古典汉语的超语法超逻辑的特性，而趋向接受语义逻辑的支配"。现代汉语这种语言浮泛、句法冗长的特性，使得古典诗歌中整饬、押韵的音律之美在新诗书写中遭遇严重破坏，或者说，现代汉语的特性使得诗歌格律难以获得相应的语言支撑，诗歌格律面临的是语言无可挽回的溃散，欲在现代汉语构成的新诗中重新寻求古典诗律的整饬无疑是缘木求鱼。语言的这种先天缺陷成为新诗格律存在的一个无法逃脱的先验性的场域，也从理性层面规定了新诗的格律追求势必在上述现代汉语的特性之"场"中加以调适，于是，新诗的格律问题在某个层面可置换为新诗的语言问题，"在新诗中格律问题变成了：新诗的语言——现代汉语是否具有格律所要求的某种基质，既然它在外在样态上是与后者不相容的？"新诗格律化的自我寻找与现代汉语的自我淘洗、自我确认之间构成了相互交融的关系。

张桃洲立足于语言层面的追溯，可谓拨云见日，从源头上抓住了新诗格律问题的症结之所在，洞见了问题之问题。既然，新诗的格律问题源自新诗的语言，那么新诗语言所存在的问题，便成为新诗格律问题的"元问题"。正是出于这样的逻辑考虑，张桃洲以精细的辨析方式对新诗语言问题的复杂性进行了准确地把握，指出围绕其间的三重张力——"白话与欧化、古典与现代、口语与书面语"构成了新诗语言，也是新诗格律问题的"元问题"，因为"所有关于新诗本质的认识、关于新诗特性的悟察及关于新诗整体成就的评价等问题，便都可以此为基点得以展开"。出于这种理论自信，面对在"元问题"的张力之间回旋往复的中国新诗，张桃洲清醒地看到，任何非此即彼的论断都会如推石上山的西西弗斯，一劳永逸的解决方案终会趋于徒劳，因此，他始终保持张力中的警惕，强调超越二元对立的思维，从融合的角度来获取新诗的语言资源，以进行时的方式来寻求元问题的解决方案"挣脱与牵扯、开创与回归——新诗就这样在古典与现代之间，做着永无休止的努力"。由此，附身于现代汉语之上的新诗格律问题，势必追随新诗语言在挣脱与牵扯、开创与回归之间做着永无休止的运动，成为一个始终在路上的充满开放性的与生产性的诗学问题。

正是追溯至语言之根，对源问题进行了有效辨别，新诗格律的实质也随之水落石出，"由于上述现代汉语的限制，新诗的格律只能趋于内在化"。在对周作人、郭沫若、穆旦、昌耀等一系列诗人诗作的精湛分析中，论者表明"内在旋律"已成为新诗格律化进程中必然的、不可遏制的形态，"由于吸纳带汉语的特点和自身体式的限制，自由体新诗在建立格律时，更多地趋向一种内在的旋律。这种内在旋律的生成，显然经过了一个繁复的'诗的转换'过程，这是诗人从现代汉语的特性出发，对语言所具有的散文性、浮泛化进行剔除和锤炼，并根据情绪的律动而锻造既贴合情绪又符合现代汉语特性的节奏的过程"。张桃洲从语言的角度来疏通新诗格律化的问题症结，寻求新诗格律的实质，应当说，这在理论上颇具说服力，新诗格律的本质也摆脱了以往模糊、泛化的形态而趋于明晰。

三、"话语"视域下的新诗格律：有意味的声音

众所周知，古典诗律是可以脱离诗歌内容而单向悬置的形式，在节奏、用韵的安排上，古典格律具体而透明，而繁复、冗长的现代汉语使得新诗格律丧失了这种形式上的透明性，它不再是自明、自足的形式体，而成为随时发生变动的事物，如同福柯笔下处于网络关联中的书籍，"当有人向它提问时，它便会失去其自明性，本身不能自我表白，它只能建立在话语复杂的范围基础上"。那么，对于失去了自明性的新诗格律，我们如何去把握？在古典格律之外，如何建立新诗的格律形式？虽然，张桃洲并没有给予我们一个一劳永逸的、肯定性的答案，但在返回历史、追溯问题的进程中，他不可避免地携带了自身的诗学视角，这集中体现于贯穿全书的融合了巴赫金有关"话语"理论的论述之中。

本书的副标题为"声音的意味"，这无疑有着向贝尔的"有意味的形式"所致敬的意味，自有凸现作为声音形式之格律的形式内部之丰富含义，也是张桃洲"话语"诗学观的具体

趋光的书写：诗歌、地域与抒情

呈现。可以说，它以开宗明义的方式回应了诗歌研究中的形式偏执问题，现代诗歌研究史上，新诗格律始终成为一种形式上的研究客体，一个自足的问题场域，而这样无疑会产生巴赫金所言的缺陷："它们将其抽象地从整体割裂出来的部分结构充作全部整体的结构。"对于这一研究遮蔽，有的学者曾进行激烈的反思："如果说现代汉语诗歌真的存在什么问题的话，那么，这个问题恰恰是某些人在如何认知诗是什么方面所表现出来的语言形式论的偏执。因为这份偏执，现代诗学话语才始终停留在语言形式本体论的单一层面上，诗歌写作的美学目标才始终局限在技术玩赏的浅近视野里。"正是敏感于当代诗歌研究中语言形式论的偏执性，从做博士论文伊始，张桃洲便借用了巴赫金、福柯的"话语"理论，提出了"新诗话语"的概念对此进行反拨，所谓"新诗话语"，即将新诗本体与历史看作一种"话语"（其中包含两个最基本的要素——语言与语境），由此探讨处于现代性境遇中的中国诗人，如何运用给定的语言和演说空间，将自身的现代经验付诸现代表达？可以说，此文有关新诗格律的研究也是其新诗话语理论的一种承续，"不过反观自己前几年所进行的新诗话语研究，着眼点仍然主要在语言层面。能否将关于新诗语言的研究导向深入？我想到了格律这一并不新鲜却尚未得到充分讨论的议题"。

固然，张桃洲的新诗话语观来源于巴赫金的话语理论，巴赫金曾言简意赅地为"话语"做如下定义，"任何现实的已说出的话语（或者有意写就的词语）而不是在辞典中沉睡的词汇，都是说者（作者）、听众（读者）和被议论者或事件（主角）这三者社会的相互作用的表现和产物。话语是一种社会事件，它不满足于充当某个抽象的语言学的因素，也不可能是孤立地从说话者的主观意识中引出的心理因素"。此定义精简地传达了巴赫金的话语观：首先，话语是一个社会事件，是一种负载了意识形态的社会实践；其次，话语是一种对话，是说者与听者相互交流、相互塑造的产物。借助于"话语"诗学的观察视角，张桃洲打开了新诗格律"尚未得到充分讨论"的问题空间，凸显出其有别于传统讨论的不同面向。譬如，论述新诗格律化历史之进程，作者不再胶着于形式与形式之间的置换分析，而是关注历史语境对新诗格律的渗透与塑形，指出在不同的言说空间下，新诗格律的变迁不再是单向度的形式运动，而成为形式与当下语境及其社会意识形态相纠缠的多重运动；这一运动方式着重体现于民间歌谣对新诗格律之影响，作者指出民间歌谣的"方言"入新诗，从侧面补充新诗格律的讨论和实践，潜在改变了诗歌风格与音调的底色，但这种"方言"补充并不仅仅出于形式上的考虑，"很多时候，'方言'是在隐喻的意义上受到诗人们的青睐的，因为它首先意味着颠覆——对于以雅言为根底的诗学体系的颠覆"。从新诗格律迁变中，张桃洲窥见了民间文学与精英文学、俗言与雅言之间的相互争斗与策反，敏锐捕捉到其中所包含的意识形态的操控作用，从而将形式的变动引入到了巴赫金所推崇的社会学诗学的广阔领域。这类将新诗格律作为包含社会性、对话性的话语事件来进行研究的诗学方法，更淋漓尽致地体现于《朗诵：新诗音韵的探测》一节中，作者别具慧眼地注意到了朗诵对于新诗格律的作用，指出朗诵不仅从音韵层面探索新诗的节奏与韵律，而且也对诗歌进行重塑，"诗歌朗诵之于诗歌理解与接受的一个特点，即以不同的发声去诠释、阐发诗歌作品，给予诗歌多种声部，为诗歌虚构多种语调，释放朗诵者对诗歌的释义性抒情。在一定意义上，朗诵乃是一种出于对诗歌进行自我理解、赋予诗歌含义的个体行为"。当诗歌文本进入朗诵的音域之中，它就不再是沉睡的文本，而身处一种被重新唤醒、重新塑造的语境之下，对于它的朗诵，不仅构成了朗诵者与倾听者之间的对话，也构成了诗歌文本与朗诵者之间的对话，不同的朗诵以不同的方式来诠释诗歌，从而发生出不同语境下不同的诗歌文本，朗诵中的诗歌由此成为一种不断变化的、充满创造性的流动文本，成为交流中的一种对话方式。

"话语"视角的引入，不仅让张桃洲在阐析新诗格律事件时得以独辟蹊径，而且在面对新诗格律形式如何建立这一世纪难题时，也敢于发人之所未发，张桃洲以冒险的方式将"新诗话语"的理论路径衍生于新诗格律问题的解决之中，创造性地提出了"语调"写作的概念，他大胆指出"今后新诗或许是一种包含了语调的写作，而不必预设某种固定的韵脚和音节。或许那样的写作，才真正地回到了格律的本义"，"他们从声音的复杂内蕴入手，有意识地在其诗歌创作中调配多层语调。他们的创作实践无疑敞开了新诗格律探索的路径，令人对新诗格律的可能性充满期待"。语调写作的灵感同样来源于巴赫金的话语理论，"掌握词语并学会在其整个生涯中与自己周围环境全方位的交往过程中赋予语词以语调"。"语调"超越了一般的节奏、音韵，而与语境、诗人的情感体验、意识形态乃至交流对象相关联，总之，将语调作为新诗格律的方向，可谓击破了声音形式的藩篱，将新诗格律置放于更为广阔的诗学空间，从闭抑的美学追求走向开放的动态的话语诗学追求。作者肯定语调写作不仅是一种亟待实现的书写方向，同时在某些优秀诗人那里也是一个现在时的书写方式，王寅、西渡等诗人便是契合了作者审美期待的拥有个人"语调"的诗人。《王寅诗歌语调的变奏》一文以高度的敏感精确地勾勒了王寅诗歌语调的独特性与演变历程，作者从音调和音色的辨析出发，指出在理想主义高音高奏的20世纪80年代诗坛，王寅诗歌却拥有一种由凝练的语句、轻盈的低语、单纯的自白所构成的语调，成为诗人中的异数，而进入20世纪90年代以后，王寅诗歌音调变得急促、迅疾，带有浓郁的呼吁性；但是，虽然诗歌外在的音调发生了变化，内在具有自白意味的语调并未减弱，反而成为其诗歌内核的支撑点。同样，在对西渡诗歌的分析中，作者也以同样的敏感发现了隐匿于西渡诗歌内部的悲音，那种对命运的隐忧、对于生死的冥想始终潜藏于诗歌肌体的内核之中，成为西渡诗歌的秘核。在上述诗歌文本的语调分析中，张桃洲所展现的精细的音调辨析能力、灵敏的节奏感，都无愧为声音的知己，毕竟，新诗没有古诗固定的格律，阐释一首新诗的音调之美、语调之态，没有固定的依凭，可谓空手缚兔，只能依赖于研究个体的个人感觉与鉴赏力。

值得进一步探讨的是，作者所言的语调写作主要强调的是包含诗人个体情感与体验、带有强烈个人风格的语调书写，是"弗罗斯特式"的深层的个人语调形态。这种强调对于当下浮躁、随众并专注于形式炫技的诸多诗人而言，不无提醒意义；但不可略过的是，深层语调的建立不仅跟个体的情感、意识有关，也逃离不了外在语境如社会总体意识形态的操控。五四新

趋光的书写：诗歌、地域与抒情

文化运动伊始，建立于个人本位主义之上的情感抒发成为一代诗人的语调特征，而20世纪30年代以来，诗人自我扩张式的抒情话语开始受到民族、集体的外在遏制，诗歌的语调形态随之发生了集体的迁变。或许，语调写作应该是诗人个体与外在语境相互商榷、渗透而形成的一种既有共性又有着不可替代的独特性的一种有意味的声音形态。

结语

可以肯定的是，在新诗格律的梳理与探索中，张桃洲始终是审慎而犹疑的，"或许""似乎""可能"等具有协商性的词语在书中频繁出现，它们显然在表达：这不是一部下结论的封闭性的书籍，作者在此并不是为了赋予新诗格律一个明确的定义，给予一个固定的答案，而是始终抱一种开放的理念，一种可能性的探究姿态，将新诗格律从所谓的明确性中拯救出来，澄清围绕其间的问题，并由这些问题出发，发现另一些问题，并将问题晦暗处的可能性光亮展示出来。对我而言，这种不那么自信的书写方式反而显示了一名学者的理性精神与谦抑态度，而这种精神与态度在当下诸多意气之争的诗歌评论界是罕见而值得珍惜的。

徒劳的复仇：鲁迅的散文诗《复仇》及其周边文本的再解读

　　自青年至暮年，"复仇"一直是鲁迅文本中浮动的魅影，《摩罗诗力说》《孤独者》《复仇》《复仇（其二）》《铸剑》《女吊》等，它们共同构成了一个连绵不绝的复仇话语谱系。其中，直接以"复仇"为名并以"复仇"为基本构成的象征性散文诗《复仇》，可谓是理解鲁迅复仇意义谱系的重要枢纽；然而，因鲁迅的夫子自道，《复仇》的解读相对单一，不少论者多遵循鲁迅所言的"因为憎恶社会上旁观者之多，作《复仇》第一篇"一语，习惯从社会学层面追溯其复仇的原因，阐明其单一的象征意涵，如对庸众的批判、看客心理的否定等。而《复仇》作为一个象征文本所呈现的自为意义，以及《复仇》全文所构成的复杂张力，则在有关看客批判的话语阴影下被遮蔽了，而"一个象征总是超越使用这个象征的艺术家，使他实际上说出的比他存心表达的更多"。本文将在文本细读的基础上，旁及鲁迅其他有关复仇主题的文本，力图解放《复仇》所包孕的复杂曲折的象征意蕴，并尝试通过"复仇"的解读深入鲁迅郁结幽暗的心灵界域。

　　　　　　　　　　　　　　　　　　趋光的书写：诗歌、地域与抒情

一、主体的内耗与复仇的悲剧性体认

《复仇》的篇名即显志，然而，开篇文字却并不循题目直指复仇，而是宕开一笔，以如痴如醉的笔触对生命的相互偎依与杀戮进行了两段惊心动魄的深描。鲁迅为什么要以浓墨重彩的方式写下似乎无关宏旨的文字呢？这两段不乏激情与沉溺的文字与"复仇"之间构成了一个什么关系？我认为，这是颇值得我们注意并研究的。

显然，首段对于鲜血之蛊惑所进行的深描，呈现了血液深处的基本冲动与诱惑，它在接吻、拥抱中制造生命沉醋的大欢喜；而与之对应，第二段是对杀戮与毁灭的深描，在对皮肤、鲜血不乏妖冶、冷酷的描写中，鲁迅对死之本能的诱惑进行了浓墨渲染；冰冷的呼吸、人性的茫然以极致的方式同样制造了生命的大欢喜，这两段文字可谓奇崛、瑰丽，诗意盎然。然而，有意味的是，如果将它们从文中剥离，也并不会对"憎恶旁观者"这一鲁迅所明确言及的复仇主题有所折损。那么，鲁迅为什么要以如许沉溺的方式抒写上述诗意文字呢？显然，本文在"憎恶社会上旁观者之多"这一被特别凸显的意蕴之外，还蕴含了鲁迅更为丰富的生命体验与思想面向。值得注意的是，上述生命的大欢喜，它们均发生于看客到来之前，即发生于持刃者针对看客的复仇之前，也即处于复仇这一情境之外，生命沉浸于爱与死的大欢喜之中，无论是拥抱，抑或灭亡，均是生命能量酣畅淋漓的释放，是主体自由的充分实现，这是未被复仇所限制的自由主体的伸展。可以说，《复仇》开篇所沉醉的飞扬的自由生命状态与复仇情境下干枯的生命状态构成了一个强烈的对照。

如果说，在路人未曾参与的广漠旷野之上，裸着全身的"他们"自由而自主，相爱或相杀，因基于生命本能的冲动，而沉浸于生命自由创造的大欢喜之中，那么，当路人们从四面奔来，密密麻麻实施围观时，"他们"所处的场域不再是无人的自由旷野，而是一个充溢着看与被看、复仇与憎厌的存在之境，"他们"身不由己地被投掷入一个复仇的场域，如海德格尔所言，被抛入了这个世界，从而深刻地体验到自身被抛入世界的限制感，"他们"必须要面临被路人围观的被看之命运，并不得不成为齐泽克所言的被界定的"瘙痒的主体"。因为，看客围观的目光已成为主动的压迫者，而为了应对这一压迫，"他们"不得不停止自为的动作，而以针锋相对的应对性的行为来进行复仇。固然，停止动作的对视式的复仇行为刺破了看客的无聊，但同时也让"他们"这一主体屈从于以自身干涸为代价的被动情境之下，由此，复仇让复仇主体屈从于因果关系，成为原因与结果之连接的一部分，主体在复仇的指向下自我拘囿，被限制的不自由给主体带来的即是鲁迅所言的"干枯"，是生命的自我压抑与主体的自我消耗。从存在论的角度而言，复仇为生命规定了一个硬性的指向，制造了一种先在的局限，在此，复仇成为目的，人蜕变为复仇的工具，复仇转而凌驾于人之上，而作为主体的人则被抽空了。因此，鲁迅在文末所言的这场"无血的大戮"，既是针对看客的报复，对其无聊、麻木进行精神上的杀剉，同时，也指向复仇的主体，复仇同样也对"他们"的生命进行了抽血，让其在被限定的复仇之下失去了主体的活力与自由。

与干涸的"他们"类似，《孤独者》中的魏连殳在指向他者复仇的同时也折堕了理想，耗尽了生命，他从一名秉持理想的启蒙知识人蜕变为高朋满座的师长顾问，其根本原因就是在面临启蒙无望的绝境时，为了报复"不愿意我活下去"的他者而偏要活下去，如信中所坦言："同时，我自己又觉得偏要为不愿意我活下去的人们而活下去；好在愿意我好好地活下去的已经没有了，再没有谁痛心。使这样的人痛心，我是不愿意的。然而现在是没有了，连这一个也没有了。快活极了，舒服极了；我已经躬行我先前所憎恶，所反对的一切，拒斥我先前所崇仰，所主张的一切了。"魏连殳试图通过以牙还牙、以眼还眼的方式对"让他活不下去"的人们进行复仇，然而，为了这偏要活下去的复仇，他却不得不实施自我异化，躬行自己先前所憎恶、所反对的一切，甚至对于孩童，他都怀着复仇的狂热，让他们叩头、学狗叫。表面上，他得到了胜利，但这胜利却不来自于真实主体的内在要求，一系列针对他者的复仇最终导致了魏连殳精神的撕裂与扭曲，并加速他的自我毁灭，"以其人之道还治其人之身其实是把双刃剑，在杀伤对手的同时，更伤害了自己。魏连殳的死尸即是一个证明，这死尸的沉重给予鲁迅心灵的重压几乎是难以摆脱的，那旷野里狼的号叫的惨伤与悲哀，无疑包括这因复仇而受到的自我伤害在内"。可见，鲁迅笔下的复仇从来不走向世俗意义上的圆满结局，主体的消弭与毁灭几乎成为复仇者的命定归宿。《铸剑》中的头颈交缠，难分彼此，固然报了父仇，让王失去了性命，但其代价则是眉间尺与黑衣人的同归于尽。在手刃仇人的同时，鲁迅于结果之外更关注复仇过程中主体因复仇而受到的自我伤害，这让他超越了单向度的复仇书写，而将笔触更深地指向人的自我束缚与悲剧性命运。

因为，无论是旷野里惨烈长号的魏连殳，还是身体干枯的"他们"，抑或断其年轻之头颅的眉间尺，鲁迅始终警惕到，复仇往往会以黑洞的方式吸纳复仇者激情的热血与鲜活的生命，一旦复仇者开始实施复仇行动，他就不可避免地沦入被控制、被限定的旋涡，被抛入荒谬的生存之境遇。这种敏感的悲剧性体认缘于鲁迅的文化哲学体系中"潜在地存在着一种对人的存在的悲剧性的感觉，一种力图从各种物质的和精神的支配下摆脱出来的挣扎感，一种寻找人的真正归宿的激情"。《复仇》中持刃的"他们"也罢，《铸剑》中的眉间尺、黑衣人也罢，他们在鲁迅笔下既是实施复仇的主体，也是被复仇所支配的悲剧性受体，在实施复仇的同时，他们的个人自由与悲欣哀乐被无情地挤压了，生命被挤入了复仇的抛物线，成为被规定、被抽空的主体。鲁迅敏锐地体验到了其中所包孕的天然的悲剧性，正因如此，他才会在致郑振铎的一封信中特意强调复仇者应该"所欲而行"，力图摆脱复仇所倾泻于复仇者的悲剧性伤害，"不动笔诚然最好。我在《野草》中，曾记一男一女，持刀对立旷野中，无聊人竟随而往，以为必有事件，慰其无聊，而二人从此毫无动作，以致无聊人仍然无聊，至于老死，题曰《复仇》，亦是此意。但此亦不过愤激之谈，该二人或相爱，或相杀，还是照所欲而行的为是"。上述言说指出复仇者应当突破复仇对象所引发的共体关系，遵循主体意志来采取行动，它指向的不再是生命悲剧性的自我消耗，而是生命意志的自由张扬。这些不断自我纠正、自我反思又自我怀疑的文字，诚如汪晖所言："鲁迅内心对阴暗经验的独特的、异常的敏感，导致他不像同时代人那样深、那样无保留地沉浸于某一价值理想之中，而总是以自己独立的思考不无忧郁、不无怀疑地献身于时代的运动。"信中对于"复仇"的怀疑乃至否定都离不开鲁迅一贯的怀疑自省意识，以及阴郁的时代经验吧。

二、不变的结局与复仇的荒谬性指认

如果复仇在消耗主体生命力的同时能够给予现实迎头一击，如果复仇能够促使历史的进化或分化，那么，这复仇仍是遵循了传统复仇路径的行为，即于自我牺牲中寻求到有价值的改变，从而达到复仇的目标。然而，在《复仇》及与复仇有关的讲述中，鲁迅要么搁置了复仇的结局，要么以嘲谑的笔致来书写复仇的虚妄，要么以或惨烈或狂欢的笔法书写复仇者的荒谬性存在，脱离了行动因果逻辑的复仇在鲁迅笔下由此陷入了现实与形而上的双重荒谬之中。

《复仇》如鲁迅自言是针对旁观者的复仇，让旁观者无聊以致干枯到失了生趣，这似乎痛快淋漓地完成了复仇的要义，然而，钱理群却尖锐地指出："但似乎仍然没有解决问题，看客们的无物之阵并没有因此而破除，鲁迅本人也没有试图为人们提供完满的结局与答案。"还有学者更从这场复仇中窥见了精神下滑的游戏感，"于是，一场或拥抱或杀戮的英雄壮举，最终在一场赏鉴和被赏鉴的喜剧中消解殆尽。从中我们不仅没有感受到复仇者英雄精神和人格的崇高，反而体验到巴赫金所谓的英雄从精神上向肉体上滑落后产生的游戏感"。的确，无解的结局与近乎喜剧的游戏性并非过度阐释，上述学者的理解不过再次证明了《复仇》文本的复杂向度。《复仇》中的"他们俩"以停止表演的方式，让看客无聊，但这无聊并不带来改变，群聚而来的看客又蜂拥而去，复仇者的行动并没有推动历史的进化，反而陷入了周而复始的轮回，旁观者不过重新陷入无聊，无物之阵依然存在，复仇陷入了无法改变其失败的荒诞之中。汪晖指出："悲剧与荒诞都意味着人在面临无可抗拒的失败时的选择，但悲剧的失败仅仅说明选择的时机、方式限制了选择，而荒诞则意味着无论在什么条件下，以何种方式进行选择，都无法改变失败的命运……正是在这个意义上，荒诞比悲剧更残酷。"如果说，鲁迅笔下的复仇者在复仇的自我消耗与折堕中具有悲剧性意味，那么，复仇这一行为本身因其无解的结局与终趋于失败的命运，则让复仇指向了"一切照旧"的荒诞性命运，仿佛西西弗斯在推动巨石，"这种努力，在空间上没有顶，在时间上没有底，久而久之，目的终于达到了。但西西弗斯眼睁睁望着石头在瞬间滚到山下，又得重新推上山巅"。无聊的看客离去，但他们仍旧无聊，无动作的"他们"不过让看客重新陷入无聊，而一切照旧，钱理群所言的《复仇》之"没有解决问题"大致与西西弗斯的徒劳类似。

这一暧昧的有关复仇结局的书写，不能不让我们意识到鲁迅的复仇话语中自始至终所萦绕的强烈的荒谬性，即鲁迅笔下的复仇并不遵循快意恩仇的复仇逻辑，并不带来复仇者所意愿的结果，它要么趋向于《复仇》中的"没有解决问题"，要么趋向于《铸剑》中狂欢化的意义消解，当黑衣人、眉间尺与王

趋光的书写：诗歌、地域与抒情

的头颅难分彼此，正邪莫辨，荒谬的三王墓不过指向的是一场生命的断裂仪式，而复仇的破坏性则在狂欢的共同毁灭中被消解了。更无望的是，黑衣人与眉间尺以生命来拥抱复仇，但他们的行动对于普罗大众而言却不产生任何触动。"百姓都跪下去，祭桌便一列一列地在人丛中出现。几个义民很忠愤，咽着泪，怕那两个大逆不道的逆贼的魂灵，此时也和王一同享受祭礼，然而也无法可施"。王的力量仍然对民众具有主宰性，王的消失不会改变这世界丝毫，复仇之刃所碰及的空虚与无聊无情地将复仇加以解构，复仇者被动地存在于荒谬的境遇之中。最能体现复仇之荒谬的莫过于《孤独者》，魏连殳以牙还牙式的复仇不过演变为一场他个人内心的自我杀戮，他用生命所祭出的复仇大旗，不仅不对"对象"产生新的意义，甚至从未让周遭人感知到复仇的存在，他抉其本心所实施的复仇，对房东太太而言，不过是倒霉者交运之后的势利，"你可知道魏大人自从交运之后，人就和先前两样了，脸也抬高起来，气昂昂的。对人也不再先前那么迂。你知道，他先前不是像一个哑子，见我是叫老太太的么？后来就叫'老家伙'。唉唉，真是有趣"。房东太太的隔膜与麻木将复仇给予无情的消解，复仇成为魏连殳自导自演的一场独白，甚至在魏连殳死后，他滑稽的尸体也成为复仇的一个反讽，"一条土黄的军裤穿上了，嵌着很宽的红条，其次穿上去的是军衣，金闪闪的肩章，也不知道是什么品级，哪里来的品级。到入棺，魏连殳很不妥帖地躺着，脚边放一双黄皮鞋，腰边放一柄纸糊的指挥刀，骨瘦如柴的灰黑的脸旁，是一顶金边的军帽"。显然，在魏连殳的意图与行动之间，在他所发出的复仇信号与现实之间，一种强烈的错位以荒谬的方式结束了这场绝望的复仇。

更重要的是，鲁迅敏锐地发现，在复仇的境遇下，复仇主体与复仇对象往往形成了荒谬的精神共体，不可避免地发生相互的精神渗透。《复仇》中的持刃者因为看客的麇集旁观，而放弃了生命之大欢喜的拥抱或者杀戮，反而以看客作为行动的尺度，被动地丧失了主体的活力，沉沦于无动作的境遇，由此陷入了无所为的无聊之中。同样，魏连殳为了向这冰冷、势利的社会复仇，转而借这冰冷、势利的他者作为价值尺度，来构造复仇的行为方式，反而让复仇演变为一场荒谬的自我异化行动，"他先前怕孩子们比孩子们见老子还怕，总是低声下气的。近来可也两样了，能说能闹，我们的大良们也很喜欢和他玩，一有空，便都到他的屋里去。他也用种种方法逗着玩；要他买东西，他就要孩子装一声狗叫，或者磕一个响头。哈哈，真是过得热闹。前两月二良要他买鞋，还磕了三个响头哩，哪，现在还穿着，没有破呢"。魏连殳曾经对孩子抱有极大的希望与纯真的热爱，但进入复仇的场域之后，他却躬行先前所憎恶的行径，对孩子进行精神奴化与人格蹂躏，复仇个体转化为被复仇者的精神共体，"当人的生命以敌人作为自己的价值的尺度，彼此成为一个共体时，就不可避免地要发生精神（思维方式、行为逻辑等等）的渗透"，魏连殳为了复仇而自我异化，以他者价值作为复仇之矛，妄图来抵抗这个他不认同的世界，却更深地陷入被异化的空虚与阴暗中去，眼睁睁地任由自身堕落与异化。复仇由此堕落为一个荒诞的泥淖，它让魏连殳陷入其中，无法自拔，并从现实与意愿严重分裂的层面掏空了魏连殳的荒诞人生。

　　　　　　　　　　趋光的书写：诗歌、地域与抒情

三、决绝的复仇与意义的自我确立

的确，鲁迅对于复仇的洞彻一如西西弗斯对于自身命运的洞悉，"无能为力却叛逆反抗，认识到自己苦海无边的生存状况，下山时，思考的正是这种状况。洞察力既造成他的烦忧，同时又耗蚀他的胜利"。正是基于这一洞察力，鲁迅深刻意识到复仇的荒谬性，体认到复仇对生命进行戕害的悲剧性境遇，然而，与再次回到岩石边的西西弗斯一样，洞彻之后，鲁迅还是要以决绝的姿态坚持复仇。

临终前的最后一段时日，鲁迅怀着极大的热情书写了一篇有关复仇的散文《女吊》，《女吊》写作于1936年9月19日，距离鲁迅逝世一个月左右，彼时的写作，对于鲁迅而言，可谓面临死亡的书写，死亡的阴影下，鲁迅聚集全部的生命能量，借女吊浇其块垒，这个带有强烈复仇性的鬼魂，比别的一切鬼魂更美、更强，投缳之际，她身着大红，是为了化为厉鬼复仇，鲁迅借此厉鬼作人世最后的总结与道别，可谓意味深长。书写《女吊》期间，鲁迅又作杂文《死》，以遗嘱的方式重申自己坚持复仇的人生哲学："七，损着别人的牙眼，却反对报复，主张宽容的人，万勿和他接近。此外自然还有，现在忘记了。只还记得在发热时，又曾想到欧洲人临死时，往往有一种礼仪，是请别人宽恕，自己也宽恕了别人。我的怨敌可谓多矣，倘有新式的人问起我来，怎么回答呢？我想了一想，决定的是：让他们怨恨去，我也一个都不宽恕。"警告后人万勿接近"宽容"者，坚持"我一个都不宽恕"。这种决绝的力量与女吊的复仇交相辉映，共同定格了鲁迅临终前的人生姿态。

我们不难意识到，对于向死而思的鲁迅而言，复仇正是他决绝的人生宣言，虽然，他对复仇有着阴暗而绝望的体验，然而，这些黑暗的覆盖不过是鲁迅更决绝地追寻主体意义的出发点。面对看客四处弥漫的无聊、周而复始的冷漠，面对复仇所产生的无可挽回的失败，《复仇》的"他们"却更为决绝，"他们俩这样地至于永久，圆活的身体，已将干枯，然而毫不见有拥抱或杀戮之意"。"永久"意味着时间维度上毫不妥协地坚持，"他们俩"以时间永久的方式表达了更激烈的反抗，虽然这反抗必然指向失败，虽然这永久的反抗必然让他们圆活的身体干枯，然而，正是在这悲剧性的荒谬情境下的永久坚持，表明了主体反抗的意志，既然结果是荒谬和无意义的，那么坚持永久，则是自觉地对此进行否定，并从限制与牺牲中创造出自我价值。因而，干枯地立着的"他们"得以"永远沉浸于生命的飞扬的极致的大欢喜中"。它与文前两段所渲染的生命力之自由释放的情境遥相呼应，共同谱写了一曲酣畅淋漓的生命主体之赞歌。也正是出于这一自戕式的狂暴坚持，《孤独者》中的魏连殳深刻地意识到自己的异化，意识到自我生命的消耗，但是，他却最后强调"我"胜利了，"我已经躬行我先前所憎恶，所反对的一切，拒斥我先前所崇仰，所主张的一切了。我已经真的失败——然而我胜利了"。这胜利，对于陷入撕裂与痛苦之中的魏连殳而言，不产生于行为之结果所发生的意义之中，而产生于"魏连殳式"复仇这一行动本身，一如西西弗斯所遭遇的反复推动巨石的命运，它以枯燥的轮回式的徒劳赋予结果的荒谬性，但西西弗斯却以坚持的行动创造了自身的命运，超越了荒谬的困境。对于魏连殳而言，复仇便是这一创造性行动，是面临荒谬但又蔑视荒谬之际所迸发的主体意义，所以，与魏连殳倾心笔谈过的"我"才会在他滑稽的尸体上看到"口角间仿佛含着冰冷的微笑，冷笑着这可笑的死尸"。这嘴角的冷笑仿佛是魏连殳反躬审视自己生命之际，对于荒诞命运的一个高傲的蔑视。

西西弗斯永无止境地推动巨石上山，体验到个体存在的荒谬性与无意义性，然而正是在绝望的推动中，西西弗斯确立了自身的意义。在鲁迅这里，复仇，也即西西弗斯的"推动"，它是"立意在反抗，指归在动作"的此在，它并不指向某个具体目标，此刻的动作便在昭显其创造性意义。所以，《过客》中不断奔走的过客，只顾一味朝前，无论前方是坟还是鲜花，他都将这一目的悬置，无尽的奔走本身便在行动的每刻呈现其价值，就鲁迅而言，亦是如此，对于复仇所带来的自身的内耗、复仇所必将遭遇的荒谬性结局，鲁迅均深味其中的无奈与绝望；然而，鲁迅仍要做复仇的愤激之言，只因为，复仇正从行动本身确立了个体永不妥协的意义，这是一种"西西弗斯式"的骄傲反抗，"他藐视神明，仇恨死亡，对生活充满激情，这必然使它受到难以用言语尽述的非人折磨；他以自己的整个身心致力于一种没有效果的事业。而这是为了对大地的无限热爱必须付出的代价"。

从"打工"到"劳动"：诗歌嬗变与时代逻辑

　　21世纪初，继底层叙事的热潮之后，抒发生存之痛的打工诗歌勃然兴起，郑小琼、郭金牛、许立志等"打工诗人"陆续浮出历史地表，打工诗歌一时成为引人瞩目的文学事件。如今二十余年时光流转，"打工诗歌"风光不再，它迅速固化为一个陈旧的诗歌术语，难以再引起阅读与评论的冲动。与此同时，"劳动者诗歌"率先在孕育了打工诗歌的深圳凸显它新鲜的时代面孔，2016年，《深圳劳动者诗歌十人集》《向劳动致敬：我们的诗》等陆续结集出版，"劳动者诗歌"的命名横空出世；2020年，全国首个劳动者诗歌奖在深圳颁出。虽然，劳动者诗歌迄今尚未引发文坛热议，但命名及书写方式的嬗变，不仅是符号学层面的更迭与移动，更是背后结构性意义的变迁与时代精神的折射。那么，从打工者到劳动者，创作主体发生了何种变化？从打工诗歌到劳动者诗歌，其文本又呈现为何种嬗变？

　　先谈打工诗歌。2007年5月由珠海出版社推出的《中国打工诗歌精选》可谓一份标志性的打工诗歌文本，它收录了1985年—2005年全国一百位打工人的诗作，全面展示了打工诗歌的实绩。有学者指出，这批被奉为典范的打工诗歌反复出现的主题词是"孤独""迷茫""流浪""徘徊""挣扎""绝望""煎熬""鲜血""泪水""失眠""屈

　　　　　　　　　　　　　　　趋光的书写：诗歌、地域与抒情

辱""盲目""伤口""伤痛""失意""无助""茫然""痛苦""我们这一代人的苦难史"等等。车间、流水线、螺丝钉、工装、机器、铁等意象成群结队地占领诗歌,现代企业流水线的生产模式演化为限制人身自由的抽象权威,生产者成为劳动关系中异化的受害者,悲怆感弥漫于整部诗集,苦难叙事以类同的方式集体出场。

典型如郑小琼、许立志的诗作。郑小琼的《打工,一个沧桑的词》《生活》等代表作以一唱三叹的悲情感叹着打工人的沧桑生涯,她"在机台,图纸,订单"的负重下无待地书写,于"铁""水泥"等冰冷之物上提炼诗意,黄麻岭轰鸣的机器构成诗人一个巨大的梦魇。2014年,打工诗人许立志从深圳的高楼一跃而下,肉身的自我毁灭仿佛显影剂,进一步放大了他诗作中的绝望与痛楚,《他们说》《省下来》等诗粗粝直白,敞开了一个幽暗的底层经验世界,回旋着打工人的悲鸣。

上述沉淀着伤痛与屈辱的书写模式在劳动者诗歌这里突然消失了,展读《向劳动致敬:我们的诗》这一诗集,新的抒情主体与新的抒情机制迎面扑来,同样是写打工妹的生活,与郑小琼所塑造的屈辱、迷惘的女工形象不同,邬霞笔下的打工妹褪去了沉积于"打工"符号上的阴暗色调,成长为充满自我价值感的社会实践者,"我们来自不同籍贯/怀揣不同的梦想/奔向不同的工厂/坐在不同的流水线上……我们不是娇娇女/从不叫一声苦喊一声累/迎着朝阳奔跑/让青春像花一样绽放"(《打工妹》)。在这里,"打工诗歌"中的受难者形象被全面更新,朝气蓬勃的劳动者形象明朗地崛起,欢快的书写编织了一曲颂歌似的劳动咏叹调。刘永的《一个民工的时光志》则以主人公的姿态宣告新历史语境下劳动者的尊严与价值，"一个民工日常的物质生活/以及一个城市的精神叙述/从不缺少土方、钢铁、乾象、资金/以及现代意义的民工/通过最平凡的方式/进入这个城市的编年史/……他们像是虔诚的古代人一样/在那建造一座属于未来的城池"。诗中的民工不再是被资本与机器压制的受体，而是主动介入历史进程、加入现代城市运行逻辑之中的主体，民工作为一种肯定性的历史力量，参与时代建构，并以古典式的崇高感创造着未来。

显然，从打工诗歌到劳动者诗歌，抒情主体发生了一系列的嬗变。如果说打工诗歌中的抒情主体总拘囿于被压抑、被伤害的自我体认，滑行于控诉与自我怜悯相交织的抒情机制，那么，在劳动者诗歌这里，抒情者从苦难的阴影下果敢地挣脱出来，呈现了主体明快的能动性与强大的意志力，摒弃了惯性的苦难抒情方式，转而强调现代工业劳动赋予个体的尊严与幸福。这种积极而正面的表达带来了明朗、宏大的美学风格，不禁让人想起李泽厚对大工业生产美学的呼吁："不必去诅咒科技世界和工具本体，而是要去恢复、采寻、发现和展开科技世界和工具本体中的诗情美意。……大工业生产的工具本体就没有渗入情感（心理）本体的可能吗？就不可能恢复工艺—社会结构中的生命力量和人生情味和意义吗？"

抒情主体与抒情方式的嬗变离不开时代演变的逻辑。"打工"一词的产生与20世纪末农村劳动力大量入城就业有关，特别是自中国进入市场经济社会以来，广东因全球资本、技术的涌入而一度成为世界工厂，大量劳动力麇集于深圳、东莞、佛山一带，打工者命运在粗放的生产方式与资本扩张的裹挟里浮沉跌宕，劳动过程中人的价值被相应压抑，人格主体与劳动主体由此分离，打工诗歌呈现了时代幽暗处的伤口，对压迫性的现代符码进行了有力的反击，只是，这种批判始终伴随着超载的苦难意识，在输出悲情、批判现实的同时亦部分扭曲了当代生活的真实图景，乃至某些写作演变为一种讨巧的、宣泄情绪的文化商品。随着中国经济发展步入新的历史阶段，曾经野蛮生长的资本竞争与工业生产进入了相对成熟规范的后工业时代，网络科技、自主创新、绿色工业、产业强国等时代课题逐步展开，嵌入其中的产业工人在工作环境、社会保障、价值认同方面也得以完善并提升，他们对劳动与世界的关系得以重新解读与把握，一种洋溢着乐观主义精神的抒情方式由此形成。当然，这种单一而乐观的抒情诗作难免会遭遇新的困境，全面投入的抒情或许悬置了复杂的现实问题，光滑明亮的劳动叙事可能屏蔽了挣扎困惑的精神图景。

显然，如何在批判与歌颂之间寻求客观的现实坐标，如何在盲目反抗与全面投入之间保持清醒的主体意识，仍然是值得我们不断深入的问题节点。特别随着人工智能日新月异的发展与信息技术社会的全面降临，制造业的自动化发展、虚拟空间的蔓延等正生成新的生产逻辑，劳动者与生产机制之间的关系势必发生层出不穷的新变化，如何正确描述这一变化，并寻求更具时代性的抒情方式，俨然为当代诗歌提出了新课题。

作为行动与异己的"自我"：
谈喻言的"自我"诗学

在一切坚固的事物趋于消散的当代语域下，作为抒情主体的"自我"亦逐渐被诗人们自觉剥离或掏空，艾略特所言的"诗不是表现个性，而是逃避个性"似乎成被奉为圭臬的现代诗法则；叶芝的面具书写、里尔克的观看诗学，乃至蓬热的"事物的立场"陆续扬波为隐而不彰的诗歌主流。因而，望见喻言诗中嶙峋怪石般林立的"我"，我难免悚然而惊，他是预备重返"惠特曼式"的自我之歌，还是剑走偏锋，欲在惯性的诗学主流中另辟疆域呢？

惠特曼诗中的"我"如此充沛张扬，大写的"我"席卷一切，扩张至无远弗届，这是被高亢的抒情诗反复征用的"我"，曾在郭沫若、北岛的诗中拥有过洪亮的回音；显然，喻言要挣脱这个热情洋溢又难免空洞的抒情自我，他苦心孤诣地反复书写"我"，不过是为了创生出一种隶属于自身的自我诗学。"我"是喻言笔下抽空了抒情汁液的坚定的行动体，是被观看的他者，诸如"然后，我做了一个／长长的呼吸／月亮缓缓升起"（《无意中，我建起一个宇宙》）、"天空是一顶帽子／扣在我头上／我摇晃脑袋／天空也跟着摇晃"（《天空是一顶帽子》）、"我果断推开窗／举起双手／成为这个春天／第一批俘虏"（《植物在春天举起义旗》），上述不同诗篇内部的

"我"自足而坚固，与浮现的事物处于被描述的同等位置，"我"不再勃然而大，自诩为诗的抒情主宰，而是退隐还原为物之一员，成为世界的一部分，与月亮、天空、窗户、春天之间相互塑形、纠缠，"我"在行动中推动词语的诗性运动并由此创造诗意。

"我"在喻言的诗中以"他者"的方式浮现并行动，然而，"我"并非一个温顺的符号，"我"始终以刺头的方式保持着异己性，总在行动之中突然刺破光滑的表象，制造内部的不平衡与张力，因此，诗人并不着意建构一个诗意盎然的抒情世界，他要以一己之力来解构历史、情感，乃至观念与神话。开篇的《我赶着一群石头上山》可谓对西西弗斯神话的一种反写与消解：

我赶着一群石头上山／就像牧羊人赶着羊群／云层越堆越厚／天空压得低低的／就快砸着头顶／我接到指令／必须在天黑之前／把这群石头赶上山顶／这群纯洁的石头／像千年积雪一样白／天完全黑下来／我们刚刚走到山腰／我一遍一遍打着呼哨／这群石头再也挪不动脚步／我说：我们反了吧！／话音刚落／这群石头一哄而散／纷纷滚落山脚。（《我赶着一群石头上山》）

如果说在诗作的前半部，诗人以具象的书写精确地模拟了西西弗斯神话的叙事脉络，那么，"我们反了吧！"则凌空开启了一个巨大的转折，疲于奔命的"我"不再屈服于有关西西弗斯的固定言说，而要反抗惯性，让石头滚落山脚，"我"不再是意义的维护者，而是一个举起义旗的异己分子，在抵达意义之前自觉破除意义的建构。因此，"我"是喻言诗中自由、勇敢的异质分子，"我"的出场犹如匕首的一闪，总迅速照亮并刺痛读者的眼睛，让简洁而短小的诗作成为巨大的张力织体。

这种巨大的张力还呈现于诗人自噬其身的痛苦之中，仿佛鲁迅笔下的游魂，诗人抉心自食，欲罢不能；分身于现实界与想象界的"我"无法弥合分裂的自身，总处于不断撕裂、怀疑的挣扎之中，清醒的自省使得诗人一次次对"我"发动攻击，又一次次铩羽而归，由此，诗人步入了无法解脱、没有归途的矛盾旋涡之内：

我把自己关在身体里/几十年/循规蹈矩/温良敦厚/像个正人君子/只有我自己知道/夜深人静/我会偷偷/从皮肤里钻出来/作奸犯科/杀人越货/白天想干而没敢干的事/全都干一遍/天亮之前/再钻回去（《越狱犯》）

我的一生都关在一面镜子中/眼光所及，无处可藏/我知道只要轻轻一拳/就可打碎它/从此逃出超生/但我的亲人也在镜中……以及累积起来的一点点虚名/我的一生都被这片薄薄的玻璃绑架/知道它不堪一击/四十多年过去/仍下不了手（《镜子》）

喻言以罕见的坦诚暴露了分裂的自我，他调侃着那个循规蹈矩、下不了手打碎镜子的"我"，不惜撕下冠冕堂皇的伪装，露出一个懦弱、无力的小"我"，然而，正是这毫无虚饰的暴露中，一颗清醒、强大、自由的灵魂从阴影背面浮现出来，它作为现实界的"我"的倒影，以倒置的方式呈现了诗人

　　　　　　　　　趋光的书写：诗歌、地域与抒情

有关理想与灵魂的伦理追求。这不禁让人想起布鲁斯特对于"悖论"的推崇，"在某种意义上，悖论适合于诗歌，并且是其无法规避的语言。科学家的真理需要一种肃清任何悖论痕迹的语言；显然，诗人表明真理只能依靠悖论"。对小我的暴露正可以看成喻言对强大的精神自我的悖论性言说。

言为心声，正是源于这诚实的"自我"诗学观，喻言的诗歌语言如自心间冲口而出，祛除了繁复的隐喻，摈弃了浮华的意象，只留下光洁的语言骨骼。细读喻言诗作，我发现其间重复着某种语言学现象，即他总让每句诗都尽量地缩减自身，诗人快刀一跃，将惯常的叙述性长句齐齐斩断，诗句被劈斫为意义的悬崖，相互独立，又相互召唤，故意的留白与句意斩断造成了诗意的延宕与转折的效果，如《徒劳》一诗：

我曾站在山顶/伸直双臂/试图顶住渐渐下垂的苍穹/我知道所有的努力/终将徒劳/我仅仅想/天地闭合间/那最后一抹光亮/保留的时间/更长一点

"我曾站在山顶"与下一句"伸直双臂"乃至第三句"试图顶住渐渐下垂的苍穹"可以惯性地合并为一句，完整地表述主体的动作指向与意图旨归。当然这类合并叙述是散文式书写，散文是一种理性的线性结构，它以前后语义相互勾连的方式抵达意义的终点，诗歌则与之相反，如何在句子中制造空白、转折与断裂，如何抵制散文的侵袭，则关乎诗人的技艺。显然，喻言有着熟练的诗歌手艺，他将陈述性的句子斫分为三段，如此，每一句的意象都悬崖般高耸，诗意在单独成行中清晰地凸显出来。站在山顶的我塑造了一个孤绝的自我形象，这是一个前不见古人后不见来者的悲怆者，他登临绝顶，一览众山小，却孑然一身；随即，"伸直双臂"作为突兀的一行，则如放大的镜头将一双插入虚空的双臂定格，它以抵抗的姿态补充了抒情者的动作，并制造了与上句有所区分的诗意；同样，渐渐下垂的苍穹这一意象沉重、苍凉，于单句中展现了其下沉而衰颓的命运，同时又与上两句构成了一种相互补充与抵抗的张力。因此，前三句通过有意地断句，构成了诗意的延宕，凸显了意象的个体意义。如果说散文的结构主体是叙述，是目的分明的线性运动，那么诗歌作为文字的结晶，其主体便是高度凝练的意象，断句凸显了意象的结晶体，强化了自身的指涉，前三句以雕塑的质感分别制造了"我""双臂""苍穹"三种意象结晶体。而自第四句"我知道所有的努力"开始，诗歌开始了一种前后承接的转折，既将前三句概括为"所有的努力"，也开启了有关诗人意图阐释的诗意空间，即所有上述孤绝的努力，只不过为了将光亮保持得更长一点。由此，整首诗固然短小，却结构精巧，句与句之间联系紧密，既独立又隐约勾连，诗意的整体连贯性又使得整首诗自然、质朴，不见雕琢之态。

　　断句的手艺，让喻言的诗精巧而自然，并且营造了一种清晰、明快的节奏，对于诗歌而言，节奏是一种声音的姿态，是诗人从众生喧哗中辨识自我的存在条件，喻言正是找到了契合自己性情的一种手艺，所以赋予了诗歌节奏某种属于自己的调性。当然，喻言诗歌的语言风格还不仅上述特质，他的口语化倾向也多被论者所提及，简洁、直白的口语风格显然与诗人的诗学观念、个体性情有关，在此笔者不再赘述。

无论如何，在我看来，喻言是一个凌空的勇者，亦是一名倔强的诗歌手艺人，在每一个失眠的深夜，他一次次醒来，攥紧这坚硬的语言之矛，朝变幻的世界发起固执的进击，此时，理想界的"自我"清醒而强大，宛如无所不能的巨人。

远视的诗学：读世宾的诗集《交叉路口》

新世纪以来，随着泛政治化时代的远遁，一种基于日常经验的写作范式被诸多诗人共同分享，生活的细部膨胀为美学的发生器，长久的凝视让庸常之物升腾起诗意之光。世宾的新诗集《交叉路口》似乎也可以置放于这一诗学背景下来考察，墙、筷子、杯子、钉子、蚂蚁等微末事物编织为诗集的主体经络，压低的抒情声音默契地配合了日常的生活美学。然而，随着阅读的深入，世宾的观看诗学让这部诗集延异为一个独特的美学岛屿，它逸出了当下日常写作的惯性书写机制，带来了值得珍视的诗学生长点。

观看之道建立了人与物之间基本的审美关系，主体目光的投射下，万物不再静默如谜。如果说凝视与放大有助于诗人在日常事物上提炼诗意，那么，世宾显然对当下的凝视观看法持警惕乃至否定的姿态，他在新的诗集中孜孜不倦地追求一种自觉保持距离的远视法。"相对于清晰，眼前的沼泽/总有过多的执念/总有太多纠缠不休的情绪/只有拉远距离，眼睛/才能重新对焦/把枝枝蔓蔓从不成功的凝视/剪除——这才能呼应对等的真实/并使那失而复得的意志/在视网膜上得到准确的描述"（《远视》）。这首诗可谓阐释世宾远视诗学的元诗，他要自觉拉远距离，剪除生活的枝蔓，寻求对本质的准确描述。这类追求远视的对焦方式让诗人保持了冷静的情感距离，剥离了执

　　　　　　　　　趋光的书写：诗歌、地域与抒情

念与情绪的纠缠，以"罗兰·巴特式"的零度姿态来观看事物。由此，"它""它们"及省略了形容词的光滑的名词，以中性的方式凸起为坚固的能指符号，压低的抒情带来了一种坚实的文本形态。

远视是为了破除细节的纠缠，寻找另一种清晰。世宾通过远视法主动消除了事物身上枝蔓横生的细节，而将之定型为某种本质的构成体，因此，你无法看到他笔下的"墙"，抑或"杯子"所拥有的细节，却能发现事物内部的意义旋涡。"墙的建立是对空地的反对/空地自在于自己的空，可以/装下它所赞成的，和反对的/它甚至没有反对的/它可以装下它自己"（《墙》），墙不呈现其物质性表象，只在盘旋的思辨中讲述其内部意义；同样，杯子的细节在诗中也是匮乏，乃至缺失的。"此时杯子放置在桌面上/洁白的样子仿佛不存在内外的缺陷……每一只杯子只服从它的功能/装水，或者被使用它的人/挪用，这种情况，它空虚的怀抱/同样来者不拒"，杯子已然脱离了物的形式，仿佛意义的编织体，以不断自我定义的方式阐释其抽象性价值。世宾不仅消除事物的细节，甚至略去了事物的基本物质形态，而直接萃取其意义，在对物的概念性界定中，回旋着纯粹的本质性力量，诗人仿佛以文字的方式再现海德格尔对凡·高之画的言说："世界得以显现的一种方式，也是真理敞开的一种方式。"

远视也意味着书写主体的部分退场，诗中的"它"和"它们"似乎从主体的裹挟下解放出来，拥有了自身的命运与声音，密林"或迷失于不断加密，或/遗忘于自身制造的歧路/密林在一次次的自转向中/陷入了巨大的未知"（《密林》），筷子则"从未丧失热情/或听见内心沮丧的告退。麻辣、油腻/总是使它不由自主地——/要把一切占为己有"(《被遗弃的筷子》),事物如其所是地展开了其人格化的命运,这种写法自然让人想起里尔克与蓬热。里尔克训练自我以原始的眼睛观看万物,主体与他者化为命运的共同分担者,如冯至所言,"他开始观看,他怀着纯洁的爱观看宇宙间的万物。他观看玫瑰花瓣、罂粟花;豹、犀、天鹅、红鹤、黑猫;他观看囚犯、病后的与成熟的妇女、娼妓、疯人、乞丐、老妇、盲人;他观看镜、美丽的花边、女子的命运、童年。他虚心伺奉他们,静听他们的有声或无语,分担人们都漠然视之的运命"。显然,里尔克的抒情主体与物之间有着命运的同构性,物的人格与诗人的人格水乳交融,难分彼此。而法国诗人蓬热的写作如卡尔维诺所言是人物置换的,"因为他想认同事物,仿佛一个人走出自身,去体验成为一件事物的感觉"。由此,蓬热不同于里尔克的主客体交互交融,他要全面置换自我与他者,抛弃自身而成为物,从而采取事物的立场来进行言说。

世宾笔下的物亦拥有人格并创造了围绕自身旋转的命运空间,但它们的存在与里尔克、蓬热笔下的物有着迥然的差异,世宾并不如里尔克般构造主体与物的命运共同体,也不如蓬热般将自我消失于物之中,他始终保持远视的距离,携带审视的视角,上述所引的"密林""筷子"始终处于诗人理性,乃至批判性的观看之下,它们事实上成为某种意义的象征体,并在主体的层层揭示下暴露其本质的虚弱与不堪。在此,诗人不仅与客体相分离,而且定义其价值,理性的主体制造了人、物的边界,并在诗歌抵达意义的那一刻,迅速终止事物的自我繁衍。

诗人的远视法总将庸常事物置于陌生与惊奇之下，事物在寻求本质的目光下缓慢地打开谜语般的自身，意义层层绽放，然而，每一层意义的转折并不遵循物的表面逻辑，而源自诗人主体的哲思。因此，这些溢出日常思维的思考总让诗句发生不断的转折与断裂，诸如"它是基于一个错误的起点/无论向左，还是向右/它的愿望越大，它就越深陷入谬误的阴影"格言式的沉吟，拉长了诗句的空隙，降低了词语的速度，概念与判断的介入则进一步削减了抒情的音域，生长出一种玄思与冥想的美学风格。在我看来，《交叉路口》就是这么一部可以让人更沉静、更深刻地进入日常事物的诗集。

几则广东诗人诗作的速写

其一，低飞与洞悉——姚风的诗小论[*]

姚风的诗是始终是朝向人间的及物写作，一如诗人夫子自道"飞得不高，更喜欢在人间低飞"（《飞起来的诗之鸟》），自觉保持低飞的姿态让诗作保有强烈的现实性与在场感，无论叙事还是写景，外部世界总在诗歌起始处被置于近乎透明的目光之下，袒露出其未曾被斧凿过的真实，它们大多是平庸之物：弃满垃圾的大海、嘈杂的酒馆、饲养场、劳作的工人等，日常生活以现实的肥力培育着诗意的自然进放，在这里，诗是生活自然生长的结果，而不是空中烟火般词语幻象的自我摩擦，这种及物性赋予姚风诗歌以坚实的质感。

然而，姚风并非静默的旁观者，并不满足现象学层面的表面滑翔，他渴望"察看灵魂在飞旋的时间中所呈现的年轮"（《飞起来的诗之鸟》），要透过人间烟火洞悉背后的真相，当旁观的眼睛甫观"蓝色的工人们坐在流水线旁/正在打磨/一个个金属的十字架"，诗句很快就进入意义诘问的思辨旋涡，

---

* 发表于《特区文学》。

趋光的书写：诗歌、地域与抒情

"怀疑上帝/但不拒绝他的订单/但上帝是否知道/这些神圣的象征/在中国的生产成本/是多么低廉"（《中国制造的十字架》），谐谑而辛辣的质疑揭示了全球化语境下资本的销蚀力量与意义的悖谬性。冒犯的本能总推动着姚风对表象进行无情解构，所以，《征服者》在诗的下半场转向"被镜头省略的夏尔巴人"，"他们是脚夫，算不上征服者/只要付给两千美金/他们可以帮助任何征服者/征服珠穆朗玛峰"，脚夫与前面挥舞旗帜的征服者构成了嘲讽与颠倒的关系，诗人一把扯掉了虚饰的帷幕，暴露了消费社会形象制造背后的虚妄与不堪。

凌厉地剖析现实并不意味着单向度的诗意控制，姚风并不把自身置放于道德制高点进行居高临下的审判，他多通过质疑与情节的对峙张力来倾斜地说出真理，《特雷莎老太太》有关真话的价值判断便是在场景的叙述推动下被倾斜着展示的。更重要的是，姚风拒绝赞美这个世界的同时，也无情地打破抒情者的自我幻觉，始终将自身也置放于质询的旋涡之内，《重逢》写旧情侣相见，他却自问"我还纯洁吗"？《玉龙雪山》仰望天边白雪，他感叹"我不过是匆匆过客。混浊的肉身/怎能适应纯洁如雪的生活"，抒情主体针对表象与幻觉的解构从来是双向的，在洞悉他者的同时也决绝地质询自身，这类"鲁迅式"抉心自食的方式展示了难得清明的自省精神。

从诗人与现实的关系而言，姚风是个勇者，不退却，不自欺，不依仗诗歌的精致面具，他畅快地丢弃了隐喻的羽衣，荷戟独入接踵而来的现实，这自有一份果敢。不过，在阅读姚风诗歌的过程中，我总感觉这份果敢是从虚无里挣扎出来的，特里林论乔伊斯的观点总不自觉浮出脑海，让我隐约看到姚风与乔伊斯之间类似的精神征候，特里林以批评者的敏感论述了乔伊斯的双重性，即一面抵抗虚无，一面与虚无结盟，其证据之一便是乔伊斯对生活的退化过程所显示的强烈兴趣。如果说姚风以凌厉的诗风呈现了抵抗的特质，那么，他对退化的生活过程由衷的关注与热情，也让我看到他精神底色中的虚无成分，有关生命的衰亡、情感的凋零、被消费蚀空的自然，它们固然是诗人无情探究的对象，也是诗人无法摆脱的影子。姚风于辽阔的人间低飞，他渴望洞悉一切，包括虚无。

其二，自由的一种方式——浪子诗歌小论

地图，不仅是一种被人类制造为己所用的工具，更是意志的命名、权力的标记、自由的规训，它以一种先验的暴力方式规范河流、山川，并简化每一个秘密澎湃的都市城镇，于是，本来灵动自由的大地固化为简洁的符号，僵化为被抽空的表征，从这个意义而言，对地图的反抗，就是对规训与先验的反对，就是从外在的束缚坚决走向内在的、无边无际的自由。浪子将诗歌集命名为《走失的地图》，从地图的命名中凌空蹈虚，最后抵达了对地图的内在超越，于是，浪子所流连过的地方，不再是地图的某个标记，它们从命名的粗暴符号之下溢出，成为浪子个人的生命印痕，甚至，连印痕都趋于虚无。

浪子从乡村到都市，从客村到小洲村，他流浪于广州各地——中心或远郊，然而，无论是他蛰居广州闹市，投身于轰轰烈烈的红尘之际，还是他彻底放弃谋生诸法，与一架乱书、

一壶浓茶开始了小洲村的自由生活，那种出尘的寂寞、无望的悲凉已如影子般纠缠，它们昭示了诗人无惧失去的未来。这首写于1999年的《广州，1999》或许最能概括浪子与栖息之地（浪子与尘世生活）的真正关系，"你不再属于我　其实/你从来就不属于我　你是你/我是我　最初是这样的　最后也是/我的存在是对你恰到好处的讽刺/我的孤独就像你的污染　你无法摆脱/更无法从中作梗　打击我　使我自己叛离/在一个人的城市里　我庆幸我所知太少/还不够一个葬礼仪式的挥霍/因此我心旷神怡　在踽踽独行中/充满发现的感动　（没有谁属于谁）/躯体寄居何处无关宏旨　只要心灵/穿越世俗的偏见提取到真理　人类的良知/仍在追随黎明的路上燃烧　栖落何处无关宏旨"。生存之地的广州对浪子来说，不仅陌生，更是虚无；浪子不仅如本雅明笔下的拾荒者一样对无关紧要的都市进行观看、发现，以"波希米亚"的方式穿行于稠人广众之间，而且，更重要的是，都市在诗人的内在生命体验中，它们更类似一个虚无，一个随时可以抛却的躯壳。因为，浪子诚如其名，他的本质即是无根，"比自然的屏障更加牢固　无根的人/满足于无根的生涯　是美德的赐予"（《对死亡的爱》），无根意味着流浪、颠沛，无根的同时，也让无根者拥有不固定、不确定的自由。或许，正是迷恋于自由这一主体，浪子从未真正停留于某地，他自觉斩断个体与尘世的诸多纠缠，并于无尽漂泊中得到人生的大欢喜。

　　浪子曾自言，自己一无所有，除了诗歌。在我看来，一无所有需要太多的勇气与坚持；尘世有繁花似锦，亦有诸多束缚牵绊，因此，众人还是愿意循于庸常生活，安于乱花迷眼，在生活满足与远方情怀的高压线上小心翼翼地保持着平衡，这是一种安全而不失"尊严"的活法；而浪子却一直剑走偏锋，一路放弃，最后无可失去，除了诗歌的慰藉。浪子的茕茕孑立，跃出生活轨迹之外的无尽漂流，似乎具有悲剧意味，但又似乎昭示了某种众人有想法却无勇气的生活方式。

浪子的诗，总是直抵本质：生与死、意义与虚无，还有如影相随的与生俱来之孤独。它们的交相出没构成浪子诗歌的内在与外在。因为，除了本质之外，所有一切不过是地图的迷障，它们对浪子而言不值一提。

其三, 他有余力再造一座岛屿——读华海的《蓝之岛》*

技术化、消费化的时代语域下，被迫迁移于话语边缘地带的诗人们仓皇，落寞，似乎更乐意从弥散的现实碎片中寻求诗意，一种泛日常主义的写作成为普遍潮流，然而，这类泥沙俱下、富于异质包容性的诗歌并不令人满意，它促狭、坚硬，总沾满不堪的现实泥泞，因而，在这类写实的、个人主义的书写之外，一种超越的、带有总体性的诗作仍值得期待。当读到华海的《蓝之岛》，我们会发现，这正是有着明晰的精神方向的总体性诗作，诗人依仗理性而宏大的生态诗学理论，凭一己之力再造了一隅人与自然相交相融、具有启示性的诗意世界。

《蓝之岛》以谣曲的风味、颂的虔诚吟咏了各种各样的小

---

* 发表于《中国绿色时报》。

岛，凤凰岛、蟠龙岛、沙之岛、桃花岛、江心岛等，不一而足。这些岛有着新鲜的阳光、疯长的草木、聆听的蘑菇、敞开的人，人与物和谐存在，构成了一个完整而自足的乌托邦世界。形态各异的岛屿俨然是让诗人目迷五色的梦幻之岛，是承接了诗人梦想与渴望的虚构之岛，"岛很小，小得跟心脏一样"，它亦是诗人的心之岛，是他阐释其生态思想、张扬理想主义精神、再造生态乌托邦的诗意支点。

岛屿之上，人与物之间构成了交相呼应、相互置换的关系，自然风物不再是单向度的被观之物，而成为诗人倾听与进入的对应者。众所周知，人类中心主义认识论机制下，主体与自然客体是分裂而对立的，风景呈现为主体理性概念的切割体，而华海以学习与倾听的方式扭转了这一惯习的暴力机制，以沉入万物的姿势感受自然之道，"你可以向铁树学点耐心，向松树/请教坚韧，还要向水杉看齐/在一个植物、动物组成的家族里/学会谦卑善良，能够倾听/鸟类和风的声音，说出大山/和地上小蚂蚁们想说的话"（《想象一棵树》）。万物不再是被观看、算计的对象，而成为人的内在需求，人成为一个有限的存在者，他匮乏而虚弱，需要从万物那里寻求秩序与意义，而只有俯身向下，人才能获得倾听的能力，在与万物的平等关系中得到自然的馈赠。

可见，华海的诗是对人类中心主义的有效剥离。18世纪以来，从神权笼罩下脱身而出的近代人不仅确立了以人为本的法则，而且从蓬勃的工业文明中发现了人的力量，康德甚至提出了"为自然立法"的哲学主张，人类陶醉于"人为万物的尺度"的幻觉之中。随着信息化、高科技时代的到来，技术崇拜进一步加速了人与自然的分离。面临这一困境，海德格尔期待人类克服工业技术的藩篱，拾起倾听的使命，"我们所思的是这样一种可能性：眼下刚刚发端的世界文明终有一天会克服那种作为人类之世界栖留的唯一尺度的技术—科学—工业之特性。尽管这不会出于自身和通过自身而发生，但却会借助于人对一种使命的期备——不论人们倾听与否，这种使命总是在人的尚未裁定的天命中说话了"。只有在俯身的倾听中，人才能逃离悬置于上方的现代文明的辖制，感受到人作为自然个体的本真性存在。从这个层面而言，华海的诗可谓海德格尔哲学思想的浪漫笺注。

"人"在华海的诗中主动降低了身姿，俯身学习，获取了自然的秘密，而且"人"还成为物的一部分，成为光线、流水或者心灵的讯息，化身为一名现代通灵者，"那火的流动便是水的燃烧/能量转换意味着生死轮回/一切从泥土开始　从阳光　空气　水/我进入根部　和绿叶的嘴巴　最初的/也是最干净的美味　带着菌类/蕨类　藤类植物的清鲜/进入岩羊野马们的肉体和血液"。诗中的"我"化为能量的一部分，消融淹没于变动不息的自然流转之中，"我"即万物，万物即"我"，最终"我"与万物融为一体。"我被吃　就是回到一棵草和一只野兽/以及整个赖以栖居的自然/回到自然　就是重新飞回玄幻往复的/生死与网/也就回到了道和一/回到了原初"（《蟠龙岛》）。诗句中不仅闪烁着泛神论的影子，更是天人合一观的具体呈现，万物有灵，人、物之间建立起了相互融入的终极性关系。

从地理学层面而言，"岛"远离绵延不绝、烟火繁盛的陆地，在水一方，唯美轻灵，并以隔绝的方式独立一隅，与现实形成了疏离与对抗关系。岛屿由此成为承载华海生态诗学理想的完美象征体，它们是诗人纸上建构的精神乌托邦，以倒影的方式对现代工业文明构成了离心力量，成为一个具有启示意义的寓言性存在。

其四，及物的抒情——游子衿诗歌短论

游子衿的诗，是一种及物的抒情诗，让人想起美国诗人弗罗斯特的诗作，素朴、及物的同时又有着沉思的面孔。游子衿的抒情跟高蹈的、天马行空的情感释放不同，他总是俯身入世，着重于对自然、周边人事，乃至某个具体动作、某场对白展开书写，并于具体书写中包孕了情感的激流与邈远的哲思，《松口中学》《梦江南》《伤心咖啡馆之歌》等诗作内部，可以窥见，作者的情感异常饱满，它们翻腾、挣扎，但又被很好地控制住了，作者娴熟地将这种情感浇注于具体的情境之中，情感被有效情境化，从而赋予了情感以重量与形式，形成了一种既坚固又开放的诗歌文本。这种坚实的诗歌形态避免了空洞、不及物的抒情陷阱，更能恢复我们对于诗歌的感受。

游子衿的诗歌固然总以具体情境为支点展开及物的抒情，但情境不过是渡江之筏，其诗歌指向始终是内面的精神生活，它并不面向外在敞开的世界，也不刻意寻求与他者对话，相反，诗中出现的情境始终是朝内的，它对纷乱的外在现实具有一种包裹自身的抗拒性，《日子》这首诗具有相当的典型性，

一个外在于现实的男人在广场上抽烟，他处于广场这一现实情境之下，但诗歌导向的却是诗人的存在性问题，他越来越深地进入到绝对孤独的体验之中，而成为外在世界的不在场者。

抒情形态之外，还值得关注的是诗集所反复书写的主题——时间。仿佛博尔赫斯对于时间的无尽迷恋与本体论的感知，"假若我们知道什么是时间的话，那么我相信，我们就会知道我们自己，因为我们是由时间做成的。造成我们的物质就是时间"。游子衿将诗集取名为《时光书简》，固然有着时光不再的纪念性质，更有着如博尔赫斯一样的对于时间的高度自觉，毕竟，这是一本当代诗歌中罕见地从不同维度、不同形态来反复书写时间的诗歌集。其中有对时间瞬间的凝视，一瞬间，事物的包孕性得以展开，秘密的芬芳乍然绽放，如《在时光流逝之前》《晨曦将至》便如是；其中有着对时间与记忆之纠葛的深描，如《深大记忆》；有对时间的超然性与永恒性的领悟，如《林中洼地》；还有关于时间轮回的叙写，如《当我老了》。其诗歌《发生史》更是以环绕的、诗意的笔触展示了对时间内部秘密的不懈追寻。在这里，时间并不是空洞而单质的，它由一系列生命的挣扎、期待、遗忘所构成。可以说，时间成为游子衿诗歌的核心，而其中的情感、想象、记忆，不过是对时间一次又一次的辨认，成为书写主体与时间关系的不同转换。其中，"不断失去"是游子衿时间抒情的主调，因而对于时间的抒情始终回荡着逝者如斯的悲凉低音。

当然，这只是基于个人兴趣、视野之上的某种看法。就书写形态来说，游子衿的诗歌抒情，特别是情诗，大部分是单音部的，是人为加以提纯的抒情，部分诗作由于过于沉溺

　　　　　　　　　趋光的书写：诗歌、地域与抒情

于个体的情感、情绪之中，而缺乏现代诗那种杂音与不纯所形成的张力，也缺乏自我辨别、自我质疑的复调性。穆旦的《诗八首》作为一组现代情诗，或许可以在某些层面给予作者一些启发。